LOVE SUCKS SOMETIMES

LIEBE UND ANDERE VERRÄTER

HANNAH KAISER

INHALT

1

Madison

* * *

Seufzend ziehe ich die Tür meines Coffeeshops hinter mir zu und schließe ihn ein letztes Mal ab.

Wobei es genau genommen nun gar nicht mehr *mein* Coffeeshop ist. Ich habe ihn verkauft, um von dem Geld einen Neuanfang zu starten.

Ich sollte mich darüber freuen, und vielleicht mache ich das auch irgendwann.

Morgen oder so. Oder übermorgen. Oder nächstes Jahr. Keine Ahnung.

Im Moment tut es einfach nur weh, meinen Laden zurückzulassen.

Sehr weh.

Dennoch sind manche Dinge notwendig, und das Leben

wird weitergehen. Es muss weitergehen, auch wenn es sich momentan so anfühlt, als hätte ich eigentlich gar kein Leben mehr.

„Ich werde deine heiße Schokolade vermissen. Du machst die beste, die ich je getrunken habe." Meine Freundin Autumn zieht mich in eine Umarmung, aus der ich mich so schnell wie möglich wieder befreie, weil ich genau weiß, dass ich die Tränen sonst nicht mehr werde zurückhalten können.

„Du kannst mich ja jederzeit in Midway besuchen, dann koche ich dir welche und bringe auch deine Lieblingscookies mit. Oder ich besuche dich hier. Oder in New York." Ich versuche zu lächeln, auch wenn sich das eher wie eine schreckliche Grimasse anfühlt, und ich befürchte, dass es auch genau so wirkt.

„Okay!" Autumn lächelt auch, allerdings gelingt ihr das deutlich besser als mir. „Bist du dir sicher, dass ich nicht mitkommen soll?" Sie deutet mit dem Kopf in Richtung meines Wagens, der fast bis zum Dach mit meinen Habseligkeiten vollgestopft ist, zumindest mit allem, was ich für die nächsten Wochen brauche.

„Ja, ich bin mir sicher. Du kannst mir im Moment nicht helfen." Ich umarme sie noch einmal und tätschle ihr den Bauch, der von Tag zu Tag ein bisschen runder zu werden scheint. „Kümmere dich lieber um das kleine Wesen in deinem Bauch."

Meine beste Freundin lacht leise und schiebt sich ein paar lose Haarsträhnen hinters Ohr.

„Das kleine Wesen in meinem Bauch will immer nur etwas zu essen. Aber essen kann ich auch, während ich dich begleite. Ich habe kiloweise Müsliriegel in meiner Handtasche."

Ich seufze tief und ein bisschen zittrig.

„Ich weiß dein Angebot wirklich sehr zu schätzen. Allerdings habe ich irgendwie das Gefühl, dass ich allein fahren muss." Ich zucke mit den Schultern. „Außerdem würde es mir noch viel schwerer fallen, wenn du dabei bist. Das würde sich noch mehr nach Abschied anfühlen."

„Okay." Zum Glück kennen wir uns bereits so lange, dass sie weiß, wann sie nachgeben muss, und statt weiter mit mir zu diskutieren, greift sie nach meiner Hand, drückt sie kurz und tritt dann einen Schritt zurück. „Schick mir eine Nachricht, wenn du gut angekommen bist, okay?"

Ich muss lächeln.

„Ich glaube, die Hormone gehen schon jetzt mit dir durch." Schnell öffne ich die Autotür, um den Abschied endlich hinter mich zu bringen.

„Mag sein. Aber sag mir trotzdem Bescheid, in Ordnung?"

„Mache ich!", verspreche ich und winke ihr zu, bevor ich die Wagentür hinter mir schließe, den Motor starte und losfahre.

Ich hasse es, Abschied nehmen zu müssen, und dieses Mal ist es so viel mehr, als mich nur von einem geliebten Menschen zu trennen, den ich jederzeit wiedersehen kann.

Es ist der Beginn eines völlig neuen Lebensabschnittes, was so furchtbar positiv klingt, sich aber momentan schlichtweg entsetzlich und schmerzhaft anfühlt.

Es gibt so viele schlaue Sprüche zu diesem Thema, etwa, dass sich für jede Tür, die sich schließt, eine neue öffnet, und das mag alles sein; doch das Problem dabei ist, dass ich nicht weiß, wie es sich anfühlt, hinter der neuen, geöffneten Tür zu leben. Ich habe das auch niemals herausfinden wollen, denn mein altes Leben war eigentlich gut so, wie es war.

Was leider nicht funktioniert, denn mein Ex-Verlobter hat mich ein halbes Jahr vor unserer geplanten Hochzeit sitzen gelassen, nur um spontan eine andere zu heiraten, die in das Haus eingezogen ist, in dem er und ich vorher zusammengewohnt haben.

Sie schläft nun vermutlich jede Nacht mit dem Mann, mit dem ich mal den Rest meines Lebens verbringen wollte. Sicher allerdings weiß ich, dass sie jede Nacht in meinem Bett schläft, und ich weiß nicht ganz, was ich merkwürdiger finde.

Vielleicht klinge ich frustriert.

Wahrscheinlich klinge ich frustriert!

Vor allem bin ich erschöpft und total durcheinander. Ich fühle mich, als hätte mich jemand völlig entwurzelt. Obwohl die Trennung von Janos mittlerweile schon vier Monate her ist, bin ich innerlich nach wie vor nicht wirklich zur Ruhe gekommen, habe noch immer nicht wieder zu mir selbst gefunden. Der Verkauf meines Coffeeshops ist ebenfalls ein riesiger Schritt in ein neues Leben.

Es fällt einfach schwer, jemanden zu vergessen, wenn er einem beinahe jeden Tag über den Weg läuft, und in einem so kleinen Örtchen wie White Crossing ist das kaum anders möglich. Es sei denn natürlich, ich würde mich irgendwo verkriechen, aber mein altes Kinderzimmer im Haus meiner Eltern, in das ich vorübergehend eingezogen war, lädt nicht mehr so wirklich dazu ein.

Ich habe mich entschieden, einen Neuanfang zu machen, alles hinter mir zu lassen, was mich belastet.

Energisch wische ich ein paar Tränen weg, die nun doch wieder zu laufen beginnen. Ich will sie nicht mehr haben. Ich habe genug geweint, jetzt ist es an der Zeit, meine Energien in anderes zu investieren.

Tyson

* * *

Tyson Walker verzieht schmerzvoll das Gesicht.

Etwas, was er in den letzten Wochen viel zu oft getan hat. Er kann nur von Glück reden, dass es bloß ein Ammenmärchen ist, dass das Gesicht in einer bestimmten Position erstarren kann, wenn man eine Grimasse zieht, denn ansonsten hätte er sicherlich ziemlich bald ein großes Problem.

„Geht es?" Der Physiotherapeut der Midway Icefoxes schaut lächelnd zu ihm hoch, während er weiter irgendwelche Triggerpunkte in Tysons Knie bearbeitet.

„Als ob du aufhören würdest, wenn ich Nein sage, Ben ..."

„Als ob du Nein sagen würdest, wenn es nicht mehr geht!" Erbarmungslos massiert Ben weiter, und Tyson beißt die Zähne zusammen. Leider stimmt das. Wahrscheinlich würde er auch dann nicht Stopp sagen, wenn er jeden Moment vor Schmerzen in Ohnmacht zu fallen drohen würde; denn Schmerzen zu haben und trotzdem weiterzumachen, gehört zu den Dingen, die man beim Eishockey ziemlich schnell lernt.

Es gibt Spieler, die spielen mit gebrochenen Rippen und Handgelenken weiter, die stehen selbst mit einer Gehirnerschütterung am nächsten Tag wieder auf dem Eis – auch dann, wenn sie es eigentlich nicht dürfen. Vermutlich wird bei nichts in diesem Sport so oft gelogen wie auf die Frage des Teamarztes, ob man sich fit genug fühlt, um zu spielen.

Es geht hier nicht um Vernunft oder Gesundheit, es geht um Erfolg. Das mag völlig verrückt sein, aber niemand schafft es, im Profisport wirklich erfolgreich zu werden, wenn er nicht irgendwie verrückt ist. Besessen vom Sport, besessen vom Ehrgeiz, vom Team, von sich selbst – ohne das funktioniert es nicht. Es gibt während der Saison Wochen, in denen er keinen einzigen Tag freihat, und manchmal wacht er morgens im Hotel auf und weiß nicht, wo er sich gerade befindet. An manchen Tagen trainieren sie stundenlang, bis ihnen alles wehtut, er kann nicht essen, was er will, und hat streng auferlegte Schlafenszeiten, zumindest während der Saison.

Der Sport dominiert sein komplettes Leben. Ach was, eigentlich *ist* der Sport sein Leben, und er kann sich momentan nicht vorstellen, jemals etwas anderes zu machen, auch wenn seine Zeit als Profi langsam abläuft, immerhin ist er bereits Mitte dreißig. Aber noch ist an aufhören nicht zu denken, auch nicht, wenn seine Knieverletzung ihn zu einer Pause zwingt.

Also beißt er die Zähne zusammen, egal, was sein Physiotherapeut da gerade macht, Hauptsache, er wird bald wieder fit sein.

„Du musst das Bein mehr schonen, Tyson ..." Ben seufzt frustriert und bewegt das Knie noch ein paarmal vorsichtig auf und ab. „Es ist schon wieder geschwollen. Kühlst du es regelmäßig?"

„Ja." Tysons Antwort klingt wie ein Knurren. Die letzten

Wochen haben wirklich an seinen Nerven gezerrt, und er ist schließlich nicht doof im Kopf. Er hält sich akribisch an alle Vorgaben, die Mannschaftsarzt und Physiotherapeut ihm diktieren, macht täglich seine Übungen und sieht zu, dass er all das in einem vernünftigen Rahmen belässt, auch wenn es ihn beinahe in den Wahnsinn treibt, dass er so wenig unternehmen kann. Er beobachtet Ben dabei, wie dieser ihm die Schiene wieder anlegt. Tyson kann es kaum abwarten, das verdammte Ding endlich in den Müllcontainer werfen zu dürfen, aber bis dahin vergehen noch Wochen.

„Was ist mit den Treppenstufen in deiner Wohnung? Konntest du das regeln?"

„Ich bin für die nächsten Wochen bei meinem Agenten untergekommen, er ist ohnehin nicht zu Hause, und ich kann das Gästezimmer im Erdgeschoss bewohnen."

„Hervorragend." Ben lächelt zufrieden und geht sich die Hände waschen. „Dann wird die Schwellung bestimmt bald zurückgehen, manchmal braucht es auch einfach ein bisschen Geduld."

„Wie schön ...", brummt Tyson als Antwort. Geduld ist wirklich nicht gerade das, was er als eine seiner Stärken bezeichnen würde, ganz im Gegenteil.

Ben dreht sich zu ihm und trocknet sich die Hände mit einem Papierhandtuch ab.

„Ich weiß, dass es anstrengend ist, und ich weiß auch, wie zermürbend es sein muss, wenn einem nie jemand zu hundert Prozent sagen kann, ob es wieder in Ordnung kommt oder nicht. Wir alle arbeiten daran, okay? Und im Moment sieht es doch gar nicht so schlecht aus. Aber dass die Schwellung noch immer so stark wird, ist ein Zeichen dafür, dass irgendwas dein Knie noch zu sehr reizt. Du musst dringend etwas zurückfahren, okay? Manchmal ist weniger einfach mehr."

„Manchmal ist mehr allerdings auch mehr ..." Genervt fährt sich Tyson mit dem Unterarm über die Augen und beobachtet Ben dabei, wie dieser das Papierhandtuch zusammenknüllt und in Richtung Mülleimer wirft. Natürlich wirft er daneben, und zwar gleich mehrere Meter. Das muss man erst mal schaffen.

„In diesem Fall gibt es kein *Mehr*. Es gibt nichts, was wir sonst noch tun können. Du bekommst Medikamente gegen die Schmerzen und die Schwellung, außerdem welche gegen die Entzündung. Alles, was jetzt noch hilft, ist es, abzuwarten und deinem Körper die Zeit zu lassen, die er für die Heilung braucht. Ansonsten machst du alles nur noch schlimmer."

„Weiß ich doch ..." Mühsam erhebt sich Tyson von der Behandlungsliege und greift nach den Krücken, die neben ihm an der Wand lehnen.

Unterarmgehstützen ...

Das haben sie ihm im Krankenhaus eingetrichtert. Allerdings war er für Euphemismen noch nie sonderlich zu haben, er nennt die Dinge gerne bei ihrem Namen, und Krücken sind nun mal Krücken. Sie werden durch eine schickere Bezeichnung zu nichts anderem, und schon gar nicht zu was Besserem, und auf die Mistdinger angewiesen zu sein ist beschissen, ganz egal, wie man sie nennt.

Schweigend humpelt er zu dem zusammengeknüllten Papierhandtuch, das noch immer auf dem Boden liegt, lehnt eine seiner *Krücken* gegen die Wand, bückt sich nach dem Papier und wirft es mit einer einzigen geschmeidigen Bewegung direkt in den Mülleimer.

Ohne ein weiteres Wort verlässt er anschließend den Behandlungsraum und fühlt sich nun zumindest ein kleines bisschen besser.

2

Madison

* * *

Ich klingle gleich zweimal, als ich bei meinem Bruder ankomme, aber anscheinend hat er vergessen, dass ich mich für heute angemeldet habe, oder er hört die Klingel nicht oder was weiß ich.

Letztendlich ist es mir auch egal, zumindest egal genug, um nicht mehr länger hier herumzustehen und zu warten, denn der Tag war auch so anstrengend genug, emotional wie körperlich. Vermutlich werde ich morgen jeden Muskel in meinem Körper spüren. Wenn man sein gesamtes Hab und Gut ganz allein in ein Lagerhaus schleppen muss, weiß man erst, dass der Verzicht auf Konsum vielleicht nicht die dümmste aller Ideen gewesen wäre, und dabei würde ich behaupten, dass ich nicht überdurchschnittlich viele Sachen besitze; aber in einunddreißig Lebensjahren sammelt sich eben doch das eine oder andere an.

Wahrscheinlich wäre es cleverer gewesen, wenn ich um Hilfe gebeten hätte.

Mir erschien die Idee so romantisch, es aus eigener Kraft zu schaffen, auf diese Art und Weise von meinem alten Leben Abschied zu nehmen, auf mich gestellt und ohne fremde Hilfe in einen neuen Lebensabschnitt zu starten. Der Gedanke daran war so voller wunderbarer Symbolik. Allerdings hätte ich schon nach einer halben Stunde Kisten-aus-dem-Lkw-in-den-Container-Schleppen gerne auf Romantik und Symbolik gepfiffen und sie umgehend gegen ein bisschen Hilfe eingetauscht. Ich habe völlig unterschätzt, was es bedeutet, einen halben Hausstand ganz allein zu schleppen, denn es war Janos, der meine Sachen aus seinem Haus verbannt und zum Lkw gebracht hat, und bei unserem letzten Umzug habe ich niemals so viel Kram besessen wie jetzt.

Aus den Tiefen meiner Handtasche krame ich den Haustürschlüssel hervor, den Mason mir irgendwann mal gegeben hat. Das Mistding von Schlüssel scheint sich gegen mich verschworen zu haben, genauso wie der gesamte Tag; er fällt mir gleich zweimal hinunter, bevor ich endlich die Tür aufschließen kann.

Drinnen begrüßen mich Countrymusik, die aus der Stereoanlage im Wohnzimmer dröhnt, und der Duft nach Abendessen – ich würde auf irgendetwas Überbackenes tippen –, der mich beinahe in die Knie gehen lässt, weil ich solchen Hunger habe.

Allerdings irritiert es mich auch, und zwar beides. Sowohl die Musik als auch der Essensduft. Mason hasst

Countrymusik, er ist eher der Typ für Heavy Metall, und kochen kann er auch nicht. Gar nicht, null. Er ist auf diesem Gebiet so talentbefreit, dass er es kaum schafft, eine Tiefkühlpizza in den Ofen zu schieben, ohne dass diese wahlweise labberig bleibt oder anbrennt. Er kocht nie, normalerweise isst er auswärts oder lässt sich etwas vom Lieferservice kommen.

Ein wenig zögerlich schaue ich mich im Wohnzimmer um. Masons Haus ist ein größeres Einfamilienhaus mit einer modernen Einrichtung, schlicht und überschaubar. Alles ist an seinem Platz. Es ist perfekt aufgeräumt. So sieht es hier sonst nie aus, zumindest nicht, wenn ich zu Besuch komme, und alles zusammengenommen kann das eigentlich bloß eines bedeuten: Mein Bruder hat Frauenbesuch und mich vergessen, wahrscheinlich ist er gerade mit irgendeiner Tussi im Schlafzimmer zugange. Oder im Badezimmer, denn irgendwo höre ich Wasser laufen.

„O Scheiße!“, stöhne ich und lasse meine Reisetasche neben die Treppe fallen, nur um sie gleich wieder aufzuheben. Vielleicht sollte ich einfach gehen und mir für heute Nacht irgendwo ein Hotelzimmer nehmen oder aber im Auto schlafen.

Wenn ich nach diesem Tag auf etwas keine Lust habe, dann ist es, meinem Bruder mit irgendeiner seiner Eroberungen in irgendeiner peinlichen Situation zu begegnen, am besten noch nackt. Genau genommen will ich ihm *überhaupt gar nicht* mit einer seiner Eroberungen begegnen. Ich habe von glücklichen Paaren erst einmal die Schnauze voll, und von Paaren, die einfach nur scharf aufeinander sind, ebenfalls. Generell und an einem Tag wie heute erst recht. Ich will ein bis vier Gläser Rotwein, eine heiße Dusche, etwas zu essen, was mehr Kalorien hat, als gesund sein kann, und ansonsten meine Ruhe. Lediglich in der Abfolge dieser Dinge bin ich heute noch flexibel.

Seufzend wende ich mich in Richtung Tür, um unauffällig zu verschwinden, solange das noch möglich ist.

Obwohl es bis zur Tür bloß wenige Schritte sind, gehe ich so schnell und so leise wie möglich, und ich wiege mich schon in Sicherheit, als ich die Türklinke berühre. Offenkundig habe ich mich zu früh gefreut.

„Oh, hi. Du musst Madison sein … ich habe ganz vergessen, dass du heute kommst."

Die Stimme hinter mir ist sehr tief und sehr männlich, gehört aber definitiv nicht zu meinem Bruder. Ich drehe mich langsam um, öffne meinen Mund, um ihn gleich darauf wieder zu schließen.

Ein Mann steht hinter mir in der Tür des Gästebadezimmers, dic er beinahe komplett ausfüllt, mit nichts weiter als einem weißen Badehandtuch bekleidet, das sich eng um seine schmalen Hüften schmiegt und die Wassertropfen auffängt, die seinen ausgesprochen gut gebauten Oberkörper herunterinnen.

Der Mann trainiert, und zwar regelmäßig, oder er hat einen Job, bei dem er sich körperlich anstrengen muss.

Viel interessanter ist allerdings die Frage, was er im Haus meines Bruders macht, und das beinahe unbekleidet.

Ich meine, Mason war noch nie ein Kind von Traurigkeit, was sexuelle Eskapaden angeht, aber bisher habe ich nicht mitbekommen, dass er sich auch für Männer interessiert. Nicht, dass ich mich auskennen will, was sein Sexualleben betrifft, aber Mason geht leider sehr viel offener damit um, als mir das manchmal lieb ist, und eigentlich wäre ich davon ausgegangen, dass er mir erzählt hätte, wenn er auch auf Kerle steht.

„Ähm, hi …“, sage ich schließlich, als ich bemerke, dass der Kerl aus dem Badezimmer meines Bruders nun vor mir stehen geblieben ist. Ich muss meinen Kopf weit in den Nacken legen, um ihn ansehen zu können; der Typ ist ein verdammter Riese. „Ist Mason auch da?“ Ich schiele an ihm vorbei in Richtung der offenen Badezimmertür.

Der halb nackte Riese vor mir folgt meinem Blick mit gerunzelter Stirn.

Er ist ein wirklich attraktiver Mann, dunkles Haar, das sich in nassem Zustand ein kleines bisschen lockt, was seine sonst beinahe übertrieben markanten Gesichtszüge etwas weicher wirken lässt. Strahlend blaue Augen, die fast zu hell für sein Gesicht wirken, umrahmt von einem Kranz dunkler Wimpern.

Als er begreift, dass ich denke, er wäre mit meinem Bruder zusammen im Badezimmer gewesen, fängt er schallend an zu lachen, so laut, dass ich schwören könnte, dass der Fußboden unter mir zu beben beginnt. Vielleicht sind es auch nur meine weiblichen Hormone, die ein klein wenig in Wallung geraten – na ja, mehr als bloß ein klein wenig, denn so viele Muskeln in Bewegung habe ich noch niemals aus der Nähe gesehen.

Für einen kurzen Moment schließe ich die Augen, um mich wieder ein bisschen zu sammeln, und hole dann tief Luft, was sich als Fehler erweist, denn der Typ vor mir riecht unglaublich gut, nach irgendeinem wahnsinnig angenehm duftenden Duschgel und nach nasser, frisch gewaschener Männerhaut. Zum Anbeißen.

Er lacht noch immer.

„Mason ist nicht hier, wenn du nach ihm suchen solltest, und unter Garantie war er nicht mit mir zusammen im Badezimmer." Der Gedanke daran scheint ihn unglaublich zu amüsieren. „Ich stehe nicht auf Kerle und dein Bruder auch nicht, zumindest hätte ich das noch niemals mitbekommen." Jetzt beruhigt er sich langsam, aber auf seinem Gesicht bleibt ein amüsiertes Grinsen zurück, bei dem er eine Reihe makellos weißer Zähne entblößt, und ich weiß gar nicht, wo ich hinschauen soll, denn dieser Mann ist wirklich unglaublich attraktiv. Schließlich bleibt mein Blick wieder an seiner Brust hängen, ich meine, irgendwo muss ich ja hinschauen und … „Du stehst anscheinend schon auf Kerle, oder, Madison? Meine Augen sind übrigens hier oben!" Er zeigt mit Zeige- und Mittelfinger seiner rechten Hand auf seine Augen, die ich durchaus bereits zur Kenntnis genommen habe, und ich spüre, wie ich selbst knallrot werde. Normalerweise bin ich wahrlich nicht auf den Mund gefallen, aber der Tag heute war einfach zu viel für mich. Ich höre mich selbst nach Luft schnappen, um irgendetwas zu erwidern, doch aus meinem Mund kommt nichts weiter als ein empörtes Geräusch, das sich ein wenig anhört wie ein an Land gespülter Fisch kurz vorm Erstickungstod.

Zum Glück klingelt in diesem Moment mein Handy, sodass ich eine perfekte Ausrede habe, um meinen Blick abzuwenden und mich mit etwas anderem zu beschäftigen.

„Hi, Maddy …", begrüßt mich mein Bruder etwas atemlos, nachdem ich den Anruf entgegengenommen habe. „Ich habe ganz vergessen, dir zu sagen, dass ich die nächsten Wochen in New York bin und nur mal am Wochenende vorbeischauen werde. Das hat sich alles ziemlich kurzfristig ergeben … Ich muss für einen meiner Spieler einen Werbevertrag mit einem Parfümhersteller aushandeln – da bin ich schon ziemlich lange dran, und diese Woche haben sie endlich angerufen. Außerdem haben sich noch ein paar andere Sachen hier ergeben ... Ich kann Tyson nicht erreichen; ich habe ihm heute Mittag eine Nachricht geschickt, aber er hat mir bisher noch nicht geantwortet. Er ist einer der Spieler, die ich betreue, er hat sich verletzt und wird ebenfalls eine Weile bei mir wohnen, es stört dich doch nicht, oder?"

Tyson also, ein Hockeyspieler aus der Profiliga, sonst wäre mein Bruder niemals sein Agent. Das erklärt auch die geschmeidigen Bewegungen. Alles daran ist kraftvoll, gezielt und geschmeidig, nichts daran ist überflüssig, und das, obwohl er humpelt und an Krücken läuft. Ich muss zugeben, dass ich ein bisschen beeindruckt bin.

Und doch, es stört mich, aber was soll ich jetzt dazu sagen?

„Wir haben uns bereits kennengelernt." Mein Blick klebt wieder an Tyson, der mittlerweile seine Arme vor der Brust verschränkt hat, was wiederum die Muskeln an seinen Oberarmen nahezu gigantisch wirken lässt. So langsam bekomme ich den Eindruck, dass es ihm ganz gut gefällt, wenn ich ihn anstarre, als wäre er ein Festmahl und ich würde kurz vor dem Verhungern stehen.

Genervt drehe ich mich von ihm weg, schnappe mir mit der freien Hand meine Reisetasche, drängle mich an ihm vorbei, ohne ihn noch weiter zu beachten, und gehe nach oben.

Immerhin ist das hier das Haus meines Bruders und er ist nur irgendein Gast.

„Sei nett zu ihm, Maddie. Er bezahlt ein immenses Gehalt

dafür, dass ich seinen Agenten spiele. Obendrein ist er in Ordnung."

„Ich bin immer nett ...", murmle ich müde und lasse mich auf das Bett im Gästezimmer fallen. „Bis auf die Male vielleicht, die ich es nicht bin." Seufzend fahre ich mir mit einer Hand über das Gesicht. „Aber du musst zugeben, dass das äußerst selten vorkommt."

Mein Bruder lacht leise.

„Dann tu mir bitte den Gefallen und sieh zu, dass das auch weiterhin so bleibt."

„Aye, aye, Sir!", erwidere ich müde. „Warum ist dieser Tyson eigentlich bei dir? Hat er kein Zuhause?"

„Er hat sich beim Spiel gegen Chicago ziemlich heftig verletzt, und er darf eine Weile keine Treppen steigen. Leider wohnt er in so einem abgefahrenen Schuppen, in dem es keine Fahrstühle gibt. Eines dieser alten Fabrikhäuser im ehemaligen Industriegebiet."

Ich gebe ein zustimmendes Geräusch von mir, denn genau das passt zu diesem Typen. Irgendetwas Martialisches mit viel Backstein und Beton, in dem in einem einzigen riesigen Raum nichts weiter steht als ein Fernseher, ein großes Bett, in das er seine Eroberungen schleppen kann, und natürlich eine metallisch glänzende Fitnessstation mit jeder Menge angeberischen Gewichten. Ein Junggesellentraum, der zwingend von einem schwarzen Ledersofa komplettiert wird, denn das scheint es zu sein, was Männer sich aussuchen, wenn man sie allein Möbel einkaufen gehen lässt. „Na ja, wie auch immer ...", fährt mein Bruder unbeeindruckt fort. „Er muss in Midway bleiben, damit der Mannschaftsarzt ein Auge auf ihn haben kann und er regelmäßig zur Physiotherapie kommt. Der Trainer ist da eigen und traut niemandem außer den eigenen Leuten. Tyson wollte nicht die ganze Zeit im Hotel bleiben, und mein Haus ist ja groß genug. Ohnehin bin ich eh kaum zu Hause, selbst wenn ich in Midway bin.“ Das stimmt, und es ist einer der Gründe, warum ich mich dazu entschlossen habe, erst mal bei Mason unterzukriechen – dass er meistens mit Abwesenheit glänzt. Nicht, dass ich ihn nicht gerne sehe, aber ich weiß auch, wie anstrengend es sein kann, wenn man ständig aufeinanderhockt. Ich hatte gehofft, hier ein bisschen zur Ruhe kommen zu können, wieder zur mir selbst zu finden und … Ach, ich weiß auch nicht. Dass ich nun einen Mitbewohner habe, ist ein Umstand, mit dem ich überhaupt nicht gerechnet hatte, und mein Bruder ist viel zu pragmatisch, als dass er auf die Idee kommen würde, mich könne das stören. In seinem Haus wäre genug Platz für eine sechsköpfige Familie, warum also nicht?

Irgendwie hat er ja sogar recht, und ich habe ohnehin keinen Grund, mich zu beschweren, weil ich kostenlos bei ihm wohnen darf und es schließlich *sein* Haus ist.

Dennoch ist mir gerade zum Heulen zumute. Das Haus mit einem Fremden teilen zu müssen, einem männlichen Fremden, der obendrein auch noch unglaublich attraktiv ist, das ist etwas, was mich gerade hoffnungslos überfordert.

Nach ein paar Minuten Small Talk mit meinem Bruder beende ich das Telefonat und fühle mich seltsam leer, beinahe so schlimm wie direkt nach der Trennung von Janos.

Ich liebäugele mit dem Gedanken, mich einfach im Bett zu verkriechen und für den Rest des Tages in Selbstmitleid zu versinken, aber von unten brüllt Tyson in genau diesem Moment meinen Namen, und das in einer Lautstarke, die jedem Drill Sergeant zur Ehre reichen würde.

Unwillkürlich zucke ich zusammen. Ich habe wirklich keine Lust mehr auf weitere Konversation, mit niemandem mehr. Leider kann ich unmöglich so tun, als ob ich Tyson nicht gehört hätte, denn ich müsste schon taub sein, um ihn ignorieren zu können.

„Ich komme gleich!", brülle ich in ähnlicher Lautstärke zurück und verschwinde dann noch mal kurz im Bad, um mich wenigstens ein wenig frisch zu machen, bevor ich mich zwangsläufig in Gesellschaft begeben muss.

Tyson

* * *

NACHDENKLICH BETRACHTET TYSON MASONS ZWILLINGSSCHWESTER, die in der Küche steht, als gälte es, eine Schlacht gegen ihn zu gewinnen, und dabei will er ihr lediglich eine warme Mahlzeit anbieten.

Dunkelrotes Haar, jadegrüne Augen, reichlich Kurven – auch wenn er Genaueres zu ihrer Figur gar nicht sagen kann, da sie einen Schlabberpulli trägt, der ihr beinahe bis zu den Knien reicht.

Sie ist wirklich ganz süß, wenn auch eher auf diese unglamouröse Öko-Art, nicht unbedingt die Art von Frau, die er sonst bevorzugt – aber durchaus annehmbar.

Sie wirkt ein kleines bisschen abgekämpft, hat anscheinend gerade eine unschöne Trennung hinter sich, und zwar von einem Typen, den Mason als „arschiger Hill-Billy" bezeichnet hat, um dann noch etwas davon zu murmeln, dass seine Schwester froh sein solle, dass sie den „Hinterwäldler, dessen Hirn anscheinend ebenso klein ist wie sein Schwanz", losgeworden ist, diese Erleichterung aber anscheinend noch nicht zu ihr durchgedrungen wäre.

Mason und Madison sind zweieiige Zwillinge, und obwohl Tyson Mason schon seit Jahren kennt, ist er seiner Schwester noch nie zuvor begegnet. Er kennt sie nur aus Erzählungen, und hätte sie sich irgendwie ... nun ja. Eben anders vorgestellt. Zarter, lieblicher, weniger kratzbürstig.

„Sie haben nach mir gerufen, Herr und Meister?" Genervt pustet Madison sich eine verirrte Haarsträhne aus der Stirn und sieht aus, als würde sie gerne jemanden umbringen – vermutlich vorzugsweise ihn selbst. Dabei wirkt sie durchaus beeindruckend, und das, obwohl sie ihm kaum bis zur Brust reicht.

Allerdings war Tyson noch nie ein Feigling.

Ganz im Gegenteil. Er liebt Herausforderungen, und ebenbürtige Gegner sind immer eine Verlockung, sie wecken den Wettkämpfer in ihm, und der ist überaus ehrgeizig. Er verliert nicht gern. Das ist einer der Gründe, weshalb er so erfolgreich ist.

„Herr und Meister ... das gefällt mir! Könntest du das noch mal wiederholen, wenn du nackt bist und vor mir kniest?"

Eigentlich hat er gehofft, dass sie erneut rot wird, so wie vorhin, als er sie beim Starren ertappt hat, aber leider legt sie nur den Kopf ein bisschen schief und blitzt ihn aus jadegrünen Katzenaugen an.

„Was willst du, Tyson?"

„Ich gehe davon aus, dass es zu nichts führt, wenn ich

dich frage, ob du dich tatsächlich für mich ausziehst." Grinsend zieht er die rechte Augenbraue in die Höhe.

„Allerdings. Und wenn Mason mich nicht gebeten hätte, nett zu dir zu sein, würde ich dir an dieser Stelle anbieten, dir beim Ausziehen zu helfen – und zwar aus diesem Haus."

„Na, da habe ich ja Glück, dass dein Bruder mich beschützt", antwortet er, noch immer amüsiert. „Aber wenn ich ausziehe, würde ich den hervorragenden Auberginenauflauf mitnehmen, den ich vorhin in den Ofen geschoben habe, und du müsstest den Rest des Abends hungern. Dein Bruder gehört nämlich nicht unbedingt zu denen, die einen gut gefüllten Kühlschrank hinterlassen, und wenn du nicht gerade auf vor zwei Monaten abgelaufene Frühstücksflocken ohne Milch als Abendessen stehst ... Na ja, dann würde ich dir raten, dir erst ab morgen zu wünschen, dass ich hier ausziehe." Madison runzelt die Stirn und macht anschließend den Mund auf, als wolle sie etwas erwidern, doch in genau diesem Moment öffnet Tyson den Backofen, woraufhin ihr Magen so laut zu knurren beginnt, dass es sich anhört, als würde ein Rudel aufgebrachter Wölfe mitten in der Küche stehen. Jetzt endlich errötet Madison doch, und Tyson beginnt erneut zu grinsen. „Na also, ich wusste doch, dass du ein braves Mädchen sein kannst." Er lässt Madison nicht aus den Augen, die demonstrativ gähnt und die Augen verdreht, und er muss selbst zugeben, dass er durchaus schon mal subtiler gewesen ist, wenn es darum geht, mit Frauen zu reden. „Nun bitte, sei so gut und setz dich." Mit einer Kopfbewegung deutet er in Richtung des bereits für zwei gedeckten Tischs, während er sich daranmacht, den heißen Auflauf aus dem Ofen zu holen. Als hätte er es geahnt, hat er vorhin die doppelte Menge zubereitet. Ursprünglich war sein Plan, die andere Hälfte morgen zu essen – aber tatsächlich kommt ihm Madisons Anwesenheit ganz gelegen. Er hat noch nie gerne allein gegessen, und eine Kratzbürste ist immer noch besser als gar keine Gesellschaft.

Zumindest ist sie so wenig sein Typ, dass er nicht auf dumme Gedanken kommt, wenn er in ihrer Gesellschaft zu Abend isst, denn Theater wegen irgendwelcher Frauen ist momentan wirklich das Letzte, was er gebrauchen kann – und genau dafür sorgen sie doch früher oder später immer. Für Ärger, und zwar für jede Menge davon.

3

Madison

* * *

Ich weiß nicht, was ich erwartet habe. Eigentlich hatte ich ja gar nichts erwartet, und wenn, dann nur das Schlechteste, denn genau das ist es, was ich von Männern momentan denke: dass sie alle Arschlöcher sind, und ich befürchte, dass ich schon an Theorien geglaubt habe, die deutlich mehr an den Haaren herbeigezogen waren.

Allerdings muss ich meine Theorie ein wenig erweitern: Es gibt anscheinend auch Arschlöcher, die hervorragend kochen können.

Normalerweise mag ich Auberginen nicht so gern, aber das, was Tyson hier gezaubert hat, ist definitiv köstlich: Eine süchtig machende Lasagne-Kreation mit cremiger Béchamelsoße, würzigem Knoblauch, fruchtiger Tomatensoße und aromatischem Käse – einfach zum Dahinschmelzen lecker, genau wie der Rotwein, den er mir dazu einschenkt.

Normalerweise essen Profisportler solche Dinge nicht. Fette Soßen und leere Kohlenhydrate aus weißen Nudeln stehen nicht unbedingt auf ihrem Ernährungsplan, schon gar nicht während der Saison, aber so wie Tyson humpelt, dürfte diese für ihn vorbei sein.

Ich komme aus einer Familie, in der sich jahrelang alles um Eishockey gedreht hat. Mein Vater war Sportagent, bis Mason seine Klienten übernommen hat. Ich kenne mich also durchaus ein bisschen aus.

Seufzend esse ich noch eine Gabel voll Lasagne und muss mich zusammenreißen, um nicht die Augen zu verdrehen, weil es so verdammt lecker ist.

Ich merke, wie ich mich entspanne, wie meine Laune sich nach und nach bessert und mir der gesamte Tag plötzlich nicht mehr ganz so grausam vorkommt wie noch vor einer Viertelstunde. Wahrscheinlich war ich nur völlig unterzuckert, und nun, da sich meine Reserven langsam wieder füllen, macht sich wohlige Erschöpfung in meinem Körper breit, eine ruhige Trägheit, die von Entspannung, gutem Essen und ein bisschen Alkohol herrührt und die ich schon seit Ewigkeiten nicht mehr in dieser Form gespürt habe; genau genommen seit dem Tag, an dem Janos sich von mir getrennt hat.

Ich frage mich, was er wohl in diesem Moment macht und ob seine Neue vielleichtl auch für ihn gekocht hat, denn er selbst hat diesbezüglich genauso großes Talent wie mein Bruder – absolut gar keins.

„Nimm noch einen Schluck Wein ...“ Tyson reißt mich aus meinen Gedanken, und ich sehe ihn irritiert an, als er mir das volle Weinglas in die Hand drückt, das er gerade aufgefüllt haben muss. Er lächelt, und zum ersten Mal wirkt er ansatzweise sympathisch. „Ich kenne solche Blicke, sie deuten entweder auf Liebeskummer, auf sexuelle Frustration oder auf beides hin. Gegen die sexuelle Frustration bin ich leider nicht bereit etwas zu tun, aber gegen Liebeskummer hilft ein Schlückchen Rotwein bestimmt."

Meine Theorie, dass alle Männer Arschlöcher sind, wird einmal mehr bestätigt. Ich bin mir nicht ganz sicher, ob ich aufgrund solcher Plattitüden die Augen verdrehen oder ihm meinen Wein ins Gesicht schütten soll. Fehlt eigentlich nur noch, dass er Anspielungen auf meinen Zyklus macht und damit anfängt, dass Frauen generell zickig sind, wenn sie ihre Tage haben. Untervögelt oder menstruierend. Für mehr reicht die männliche Fantasie offenkundig nicht aus, wenn es darum geht, Gründe zu erkennen, aus denen Frauen nicht gut drauf sind.

Leider schmeckt der Wein viel zu köstlich, um ihn zu verschwenden, und so lehne ich mich auf meinem Stuhl zurück und lächle so breit und entzückend, wie ich nur kann.

„Oh, ich bin mir sicher, mit sexuell frustrierten Frauen kennst du dich hervorragend aus, stimmt's, Süßer? Ich habe einen Tipp für dich: Es kommt nicht bloß auf die Technik an. Wenn eine Frau auf dein bestes Teil schaut und den Kleinen als niedlich bezeichnet, ist das *kein* Kompliment ..."

Tyson verschluckt sich an seinem Wein, weil er zu lachen beginnt, sodass sein Lachanfall in einen Hustenanfall übergeht.

„Ich habe mich immer gefragt, wie Mason es schafft, mit all den zickigen Freundinnen der Spieler, die er betreut, umzugehen. Jetzt weiß ich es: Er hatte jahrelange Übung.

Wenn dein Spruch ein Versuch war, mich dazu zu bewegen, die Hosen herunterzulassen, dann muss ich dich enttäuschen, Babe. Daraus wird nichts. Du bist einfach nicht mein Typ.“ Gut gelaunt und völlig entspannt zwinkert er mir zu, während er sein Glas noch einmal auffüllt, und aus Gründen, die ich beim besten Willen nicht verstehe, ärgere ich mich darüber, dass er behauptet, ich wäre nicht sein Typ. Wahrscheinlich ist mein Ego schlicht zu sehr angeknackst, seit ich für eine zehn Jahre jüngere Blondine verlassen worden bin. Allerdings ist das Letzte, was ich will, dass Tyson etwas davon bemerkt.

„Ich bin untröstlich. Vermutlich werde ich mich heute in den Schlaf weinen, weil ich deinen wunderschönen Penis nicht zu Gesicht bekomme.“ Ich proste ihm zu und leere mein Glas anschließend in einem Zug, bevor ich aufstehe. „Ich gehe dann mal hoch und fange gleich damit an. Vielen Dank für das Essen! Wir sehen uns morgen ...“

„Schlaf gut, Babe. Vielleicht träumst du ja von mir.“

„Oh, ich kann es kaum abwarten. Bitte weck mich nicht, solltest du mich schreien hören.“

Ich winke ihm zuckersüß lächelnd zu, bevor ich mich umdrehe und die Küche verlasse, immer schön langsam, damit er bloß nicht denkt, ich wäre auf der Flucht vor ihm.

Tyson

* * *

Kopfschüttelnd schaut Tyson Madison hinterher.

Normalerweise sind Frauen netter zu ihm, geben sich Mühe, ihm zu gefallen, und nicht, ihm auf die Nerven zu gehen. So etwas hat er nicht mehr erlebt, seit er in der sechsten Klasse Samantha Nicholson um ein Date gebeten hat.

Seit er auf dem Eis wirklich erfolgreich ist, hat er gelernt: Frauen sind genauso oberflächlich wie Männer, wenn nicht sogar noch schlimmer.

Denn während die meisten Kerle, die er kennt, wenigstens dazu stehen, dass sie einem prächtigen Paar Titten in Kombination mit einem süßen Schmollmund nicht widerstehen können, tun Frauen immer so, als würden sie gar nicht auf solche Dinge achten, als wären ihnen nur innere Werte wichtig.

Humor zum Beispiel. Humor gehört zu den Attributen, die Frauen angeblich bei Männern besonders mögen, etwas, worauf sie besonderen Wert legen. Seiner Beobachtung nach ist das die Angabe, die Frauen auf diversen Dating-Portalen am häufigsten machen, wenn es darum geht, zu beschreiben, nach was für einem Mann sie suchen.

Dennoch hat er oft genug erlebt, dass Frauen auf all diese Dinge pfeifen, wenn ihnen ein reicher, durchtrainierter Kerl mit Promistatus und jeder Menge Kohle schöne Augen macht. So gern er seine Teamkameraden auch mag, der eine oder andere ist dabei, der kaum weiß, wie man Humor oder auch jede Menge anderer Wörter überhaupt buchstabiert. Die Frauen liegen ihnen trotzdem scharenweise zu Füßen.

Er hat eine katastrophale Ehe hinter sich und ist dabei zu der Erkenntnis gekommen, dass Frauen berechnende Miststücke sein können; sie sind keinen Deut besser als Männer.

Er mag vielleicht auch frustriert sein, was das angeht,

allerdings kann er mit Fug und Recht behaupten, nicht sexuell frustriert zu sein.

Zumindest solange er nicht verletzt ist nicht, denn normalerweise geht er aus und kann jeden Abend eine andere haben, wenn ihm danach ist.

Nur momentan hindert ihn sein verdammtes Knie daran, auszugehen, denn er hat keine Lust dazu, sich humpelnd in der Öffentlichkeit blicken zu lassen, und erst recht nicht mit dieser verdammten Schiene, die ihn aussehen lässt, als wäre er einem Science-Fiction-Film entsprungen.

Obendrein müsste er sich entweder ein Hotelzimmer suchen oder seine Eroberung mit zu Mason nach Hause nehmen, da er unmöglich die vielen Stufen bis zu seiner eigenen Wohnung hochsteigen kann – und beides käme ihm irgendwie seltsam vor. Noch seltsamer wäre es, eine Frau zu fragen, ob sie einen Aufzug in ihrem Wohnhaus hat oder im Erdgeschoss lebt, bevor er sich weiter auf sie einlässt.

Madison

* * *

ICH BIN SCHWACH. Ein Weichei. Eine Heulsuse.

Das bin ich wirklich, denn ich lasse die Tür zum Gästezimmer nur angelehnt, als ich mich dort verkrieche, weil ich es irgendwie tröstlich finde, dass ich nicht allein hier im Haus bin. Von unten dringen die Geräusche zu mir herauf, die entstehen, weil Tyson den Tisch ab- und die Küche aufräumt, und ich habe ein schlechtes Gewissen, dass ich ihn das alles ohne Hilfe machen lasse, zumal er eindeutig schlecht laufen kann und wahrscheinlich Schmerzen aufgrund seiner Knieverletzung hat.

Eigentlich benehme ich mich nicht wie ein Arschloch; meistens bin ich hilfsbereit und durchaus fürsorglich, doch irgendwie sind alle meine Energien für heute einfach aufgebraucht, und ich kann nicht anders, als mich wie eine Egoistin aufzuführen.

Ich nehme mir fest vor, dass ich ab morgen netter zu Tyson sein werde.

Vielleicht entschuldige ich mich dann auch für mein Verhalten heute, da bin ich mir noch nicht ganz sicher. Ich habe ja die heimliche Theorie, dass es Männern wie Tyson ganz guttut, wenn sie merken, dass nicht jeder Mensch auf dieser Welt sie absolut hinreißend findet.

Ich kenne Männer wie ihn zur Genüge. Durch den Beruf meines Dads sind bei uns zu Hause die Großen und Schönen in diesem Sport ein und aus spaziert. Meine Tante Cindy war sogar mit einem Starspieler verheiratet – und es hat ihr nichts als Tränen und Kummer eingebracht, weil ihr Mann sein bestes Stück bei anderen Frauen einfach nicht in der Hose behalten konnte.

Letztendlich ist sie mit einem gebrochenen Herzen zurückgeblieben und hat nie wieder geheiratet.

Zugegeben, ich befinde mich gerade auch ohne einen notgeilen Eishockeyspieler auf dem besten Wege, eines Tages einsam und verbittert zu sterben.

Was meine Theorie, dass Männer Arschlöcher sind, nur auf ein Neues bestätigt. Dennoch bin ich fest davon überzeugt, dass unter Profisportlern die Arschlochmentalität noch größer ausgeprägt ist als bei ganz normalen männlichen Exemplaren meiner Spezies.

Ach, ich klinge wie eine frustrierte, alte Frau.

Seufzend ziehe ich mich aus und gehe in das kleine Badezimmer, das dem Gästezimmer angrenzt.

Nach einer heißen Dusche kuschle ich mich ins Bett, stelle den Wecker auf 06:00 Uhr morgens.

Morgen beginnt ein aufregender Tag, der erste Tag in meinem neuen Job; der erste Tag in meinem neuen Leben.

Unten läuft der Fernseher, den Geräuschen nach, die zu mir nach oben dringen, ist es irgendeine alte Sitcom. Zwischendurch höre ich Tyson laut lachen, ein tiefes, fröhliches Geräusch. Ich lasse mich davon einlullen, und obwohl ich in den Wochen seit meiner Trennung erhebliche Schwierigkeiten damit hatte, einzuschlafen, gelingt es mir heute erstaunlich schnell.

4

Madison

* * *

Mia und ich kennen uns aus dem Studium, und ich finde, dass sie im Gegensatz zu mir seit diesem Tag kein bisschen älter geworden ist.

„Da bist du ja!“, begrüßt sie mich freudestrahlend und kommt auf mich zu, um meine Hände zu nehmen und mich dann für eine kurze Umarmung an sich zu drücken.

Sie trägt eine cremefarbene Bluse und eine dunkelblaue Stoffhose und sieht auf legere Art so seriös aus, wie ich es vermutlich niemals tun werde.

Seufzend schiebe ich mir eine Strähne meines Haars hinters Ohr, das ich heute Morgen zwar geglättet habe, aber dennoch wie immer sein Eigenleben hat und sich schon wieder zu locken beginnt. „Es ist so schön, dich zu sehen!“

Mia umarmt mich ein zweites Mal. „Schau mal, dein Büro ist mittlerweile auch eingerichtet. Ach, ich freue mich noch immer so sehr, dass du hier einsteigst, ich bin ganz aufgeregt!“ Fröhlich greift sie nach meiner Hand und zieht mich hinter sich in das Gebäude, in dem sich neben einer Anwaltskanzlei, einer Zahnarztpraxis und einem Yogastudio auch Mias Datingagentur befindet.

Falsch.

Unsere Datingagentur.

Wir haben diese Agentur nicht nur während des Studiums zusammen gegründet und uns ein Konzept dafür überlegt.

Wir haben gemeinsam Management und Marketing studiert, und in einem der Seminare mussten wir statt einer Klausur oder Abschlussarbeit ein Unternehmen gründen – mit fünfzig Dollar Startkapital.

Eine unserer gemeinsamen Bekannten hatte ihr Singledasein satt. An der Uni gab es weit und breit keinen geeigneten Kandidaten für sie, und beim Onlinedating hat sie sich nicht wohlgefühlt. Es war ihr nicht geheuer, sich mit fremden Männern zu treffen. Also kam uns die Idee, solche Treffen in einem geschützten Rahmen zu organisieren. Über ein von uns entworfenes Computerprogramm haben wir zunächst eine Datenbank angelegt und versucht, geeignete Paare zu finden. Mit diesen haben wir dann zusammen Datingpartys veranstaltet – etwa Kochkurse oder Tanzkurse organisiert, auf denen sich die einander noch unbekannten Partner treffen und beschnuppern konnten, ohne dass sie dabei ein Risiko eingehen. Bei Gefallen haben wir die Telefonnummern weitergegeben, bei Nichtgefallen sind die beiden Datepartner getrennte Wege gegangen.

Im Laufe der Zeit haben wir das alles immer weiter professionalisiert, und die Agentur war während des gesamten Studiums unser Nebenjob. Nachdem Mia sie jahrelang allein geführt hat, bin ich endlich wieder mit eingestiegen.

Die Agentur ist in den letzten Jahren stetig gewachsen und von einem lukrativen Hobby zu einem Vollzeitjob geworden, bei dem so viel zu tun ist, dass Mia es allein nicht mehr schaffen kann. Obendrein will sie schon lange ein bisschen kürzertreten, damit sie mehr Zeit für ihren sechsjährigen Sohn hat, den sie leider allein großziehen muss.

Ich brauchte dringend einen neuen Job, weit, weit weg von White Crossing, und was soll ich sagen: Jetzt habe ich einen, auch wenn ich das immer noch nicht richtig glauben kann.

Bevor ich hergekommen bin, hat Mia mir Einsicht in alle Finanzen gewährt, die die Firma betreffen. Das Geld, das wir verdienen, wird nicht reichen, um sich eine Yacht und eine Villa auf Hawaii zuzulegen. Doch wenn wir uns weiterhin beide reinhängen, ist es genug, um davon unseren Lebensunterhalt zu finanzieren, und mehr will ich ohnehin nicht. Man braucht Geld, um zu leben, aber darüber hinaus war es noch nie der treibende Motor für mich.

Ein bisschen überwältigt stolpere ich hinter Mia her, während sie mir eine Schlüsselkarte in die Hand drückt und auf dem Weg nach oben bereits erklärt, welche Tür man wann und wie abschließen muss.

Eine Viertelstunde später, die ich hinter Mia hergelaufen bin und in der sie mich mit allen möglichen Informationen versorgt hat, muss ich gestehen, dass ich mich ein kleines bisschen hilflos fühle.

Letztendlich hat sie mir noch gar nicht viel gezeigt, aber mein armes Hirn ist anscheinend trotzdem bereits völlig überlastet, was Mia offenkundig nicht sonderlich beeindruckt.

Gut gelaunt und wie ein kleiner Wirbelwind läuft sie vor mir her und zeigt mir das gesamte Büro, auch wenn ich es vor ein paar Monaten schon gesehen habe.

Ich habe Mia besucht, als sie aus der kleinen Besenkammer, die wir damals noch gemeinsam für unsere Agentur angemietet haben, in das erste richtige Büro umgezogen ist, und ich habe sie auch besucht, als sie sich danach erneut vergrößert hat und schließlich hier gelandet ist.

Jedes Mal habe ich mich für sie gefreut, aber war auch stets ein bisschen neidisch, weil sie so erfolgreich mit unserem Konzept geworden ist und ich keinen Anteil mehr daran hatte, kein Teil dessen mehr sein konnte.

Natürlich ist Erfolg immer eine Definitionssache. Die großen Agenturen, die es beispielsweise in New York gibt, würden vermutlich über uns lachen. Nur sind wir hier nicht in New York, sondern in Midway, und ich finde, dafür können wir wirklich stolz auf uns sein, vor allem Mia.

Ich habe mich heimlich nach all dem gesehnt, und nun stehe ich hier, inmitten eines von Licht durchfluteten Büroraums, betrachte die weißen, geschmackvollen Möbel, die schöne Blumendekoration sowie die schwarz-weißen Bilder an den Wänden, die lauter glückliche Paare zeigen, und warte darauf, dass mich etwas von der Euphorie erfasst, die ich sonst immer empfunden habe, wenn ich Mia besuche.

Leider ist gerade alles von dem erträumten Hochgefühl verschwunden.

Stattdessen sehne ich mich nun nach meinem alten Leben zurück.

Ich wünsche mir auf einmal, wieder in mein Auto steigen zu können und zurück nach White Crossing zu fahren. Zurück in das Haus, das ich mit Janos bewohnt habe und das die letzten Jahre mein Zuhause gewesen ist. Ich will Janos darüber berichten können, wie sehr ich mich für Mia freue, dass sich hier alles so toll entwickelt hat, nur um dann am nächsten Tag in meinem geliebten Coffeeshop zu arbeiten, genauso wie früher.

Doch all das funktioniert jetzt nicht mehr.

Janos, der so viele Jahre mein Partner, mein Liebhaber und mein Vertrauter war, hat nun eine andere Frau an seiner Seite, und für mich gibt es an seiner Seite keinen Platz mehr.

Stattdessen stehe ich hier, inmitten meines eigenen Lebens, erfahre etwas, wonach ich mich so lange heimlich gesehnt habe, und komme mir unendlich betrogen vor, weil ich ein paar Tränen wegblinzeln muss, statt mich darüber freuen zu können. Ich fühle mich betrogen, weil sich in meinem Bauch ein dicker, eisiger Klumpen gebildet hat, während ich doch so fest mit einem warmen, zufriedenen Kribbeln gerechnet habe.

Mittlerweile ist Mias Führung beinahe beendet, und wir sind in dem Raum angekommen, der zukünftig mein Büro sein soll.

Das Zimmer ist genauso schön, lichtdurchflutet und geschmackvoll wie der Rest der Agentur, und ich entdecke hinter meinem zukünftigen Schreibtisch einen Kalender mit Landschaftsaufnahmen, den Mia wohl speziell für mich ausgesucht haben muss, denn es handelt sich dabei um Fotos aus White Crossing. Ich kenne diese Aufnahmen sehr gut, denn meine Freundin Autumn hat sie gemacht. Autumn ist Fotografin, und ich finde, dass sie ein ganz einzigartiges Talent dafür hat, bestimmte Stimmungen in ihren Bildern einzufangen.

Das aktuelle Kalenderblatt zeigt einen kleinen Waldsee, der ein bisschen abgelegen am Rand von White Crossing liegt.

In diesem See habe ich schwimmen gelernt, und wenn er im Winter zugefroren war, haben Autumn und ich uns dort zum Schlittschuhlaufen getroffen.

Später haben Janos und ich uns im Sommer manchmal eine Picknickdecke geschnappt und sind nach Feierabend dorthin gefahren, um die Ruhe an diesem Ort zu genießen. Oft sind wir noch bis lange nach Sonnenuntergang geblieben.

Während ich die Fotografie auf dem Kalender betrachte, greifen Sehnsucht und Heimweh nach mir, und auf einmal kann ich mich nicht mehr gegen die Tränen wehren, die in meinen Augen brennen.

„Hast du den Kalender schon gesehen?" Mia ist immer noch völlig euphorisch und zu Recht stolz darauf, was sie hier geschaffen hat. „Ich dachte, er gefällt dir und hilft vielleicht gegen gelegentlich auftretendes Heimweh – ich weiß ja, wie sehr du an White Crossing hängst …" Dann fällt ihr Blick auf mein Gesicht, und ihr Lächeln erlischt schlagartig. „Oh, Scheiße, Süße! Das mit dem Kalender war wohl doch keine so glorreiche Idee von mir, hm?" Mit wenigen großen Schritten ist sie bei mir und zieht mich in ihre Arme. „Wir hängen das blöde Ding einfach wieder ab, okay? Wenn du möchtest, können wir es auch verbrennen. Das sollten wir allerdings draußen machen. Die Rauchmelder hier drin sind hochsensibel, und ich würde einen Feuerwehreinsatz gerne vermeiden." Sie zwinkert mir zu und drückt mich anschließend noch einmal fest an sich. „Obwohl ich gegen ein paar sexy Feuerwehrmänner nichts einzuwenden hätte", fügt sie nach ein paar Sekunden des Schweigens schließlich hinzu. „Soll ich mal schauen, ob ich in meiner Schreibtischschublade noch ein Feuerzeug finde? Was meinst du?" Jetzt klingt sie auf einmal so enthusiastisch, dass ich lachen muss.

„Wenn ich ganz ehrlich sein soll, dann habe ich von Männern erst einmal die Schnauze gestrichen voll. Ob sie nun sexy sind oder auch nicht." Ich schniefe ziemlich undamenhaft, bevor ich mir ein Taschentuch von meinem neuen Schreibtisch nehme. Praktischerweise steht dort eine ganze Box davon bereit, anscheinend wird so etwas hier des Öfteren mal gebraucht.

„Du interessierst dich nicht mal dafür, attraktive Männer bei der Arbeit zu beobachten? Ich möchte wetten, dass die Jungs von der Feuerwehr in ihren Monturen ziemlich schnell ins Schwitzen geraten. Vielleicht könnten wir sie ja dazu überreden, sich ein bisschen für uns auszuziehen? Gegen die Hitze?" Mit einer gespielt übertriebenen Geste fächert Mia sich mit der Hand Luft zu, als wäre ihr bei dem Gedanken an mehr oder weniger bekleidete Feuerwehrmänner ebenfalls ziemlich heiß geworden, und ich schüttle lachend den Kopf.

„Nein, Männer können mir momentan wirklich gestohlen bleiben – völlig egal, in welchem Bekleidungszustand sie sich auch befinden mögen." Seltsamerweise tauchen bei dieser Aussage Bilder eines lediglich in ein Handtuch gewickelten Tyson Walkers in meinem Kopf auf, und ich muss mich zurückhalten, um mir nicht ebenfalls Luft zuzufächeln. Zum Glück kann ich die Röte, die mir gerade in die Wangen steigt, einfach auf meinen desolaten psychischen Allgemeinzustand schieben, denn leider hatte Mia schon immer ein sehr ausgeprägtes Gespür dafür, wenn ihr jemand etwas verheimlicht.

Auch jetzt legt sie für einen Moment den Kopf leicht schief und mustert mich aus zusammengekniffenen Augen, als könne sie so Dinge erkennen, die sonst nicht wahrnehmbar sind.

„Also gut, Madison Jennings!", sagt sie irgendwann dennoch und findet zu ihrem normalen Lächeln zurück, das wie immer unglaublich ansteckend wirkt. „Wenn ich das Feuerzeug also in meiner Schreibtischschublade lassen muss, was hältst du davon, wenn ich stattdessen die Tafel Schokolade und die Packung Kekse hervorkrame, die ich dort für den Notfall immer gebunkert habe? Und dann machen wir uns einen Tee und besprechen in Ruhe alles Weitere." Ohne meine Antwort abzuwarten, macht sie sich auf den Weg zu ihrem Büro, und ich laufe einfach hinter ihr her, froh über die Gelegenheit, mich ein bisschen sammeln zu können. „Ich habe extra Vanilletee gekauft!", verkündet Mia, als sie mit einer riesigen Tafel Schokolade wieder hinter ihrem Schreibtisch hervorkommt. „In Erinnerung an die alten Zeiten, als wir das Zeug literweise in uns hineingeschüttet haben."

Ich muss lächeln.

„Manchmal habe ich so viel davon getrunken, dass ich nachts nicht richtig schlafen konnte, weil ich ständig zur Toilette musste, und im Studentenwohnheim musste ich dafür bis ganz ans Ende des Flurs laufen. Mein Zimmer lag wirklich sehr ungünstig, was das angeht."

Mia lacht.

„Du Glückliche! Ich konnte nachts im Studentenwohnheim vor allem deshalb nicht schlafen, weil Cassy von nebenan immer so laut Sex hatte. Wahrscheinlich wäre ich entsetzlich eifersüchtig wegen ihres ausgeprägten Liebeslebens gewesen, wenn ihr Freund und sie dabei nicht wie ein quietschender Yorkshireterrier und eine knurrende Bulldogge geklungen hätten."

Mia stellt den Wasserkocher in der kleinen Teeküche an und schüttelt sich angewidert von dieser Erinnerung. „Der Typ, mit dem sie damals ausgegangen ist, sah zu allem Überfluss auch noch genau wie eine Bulldogge aus. Ich habe mich immer gefragt, ob er sie wohl nur im Doggy-Style beglückt ..."

Ich muss lachen, und in Mias Augen ist ein übermütiges Funkeln getreten.

Sie setzt sich mir gegenüber an den kleinen, runden Tisch, teilt die gigantische Tafel Schokolade in zwei gleichgroße Hälften und schiebt eine davon in meine Richtung.

„Wenn du lachst, gefällst du mir viel besser." Ohne mich dabei aus den Augen zu lassen, steckt sie sich ein Stückchen der Schokolade in den Mund. „Das soll natürlich nicht heißen, dass du auch dann lachen sollst, wenn dir gar nicht danach zumute ist. Glaub mir, ich kann mit Tränen wirklich gut umgehen, und ich war schon immer dafür, dass man seine Gefühle lieber zeigen sollte, als sie in sich hineinzufressen. Aber du bist in den letzten Jahren jedes Mal, wenn wir uns getroffen haben, ein bisschen ernster geworden – und ich kann nicht sagen, dass mir das sonderlich gut gefallen hat."

Nachdenklich breche ich mir ebenfalls ein Stückchen Schokolade ab und lasse es langsam in meinem Mund schmelzen, bevor ich es hinunterschlucke. Es schmeckt himmlisch, Mia hat einen ausgezeichneten Geschmack bei solchen Dingen.

„Ist Ruhiger- und Ernsterwerden nicht ein Teil des Erwachsenwerdens?", frage ich schließlich. „Man kann doch mit Anfang dreißig nicht mehr so übermütig und leichtsinnig sein wie mit Anfang zwanzig."

„Kann man schon, aber natürlich hast du recht. Eine gewisse Reife sollte man sich nach und nach durchaus zulegen." Der Wasserkocher schaltet sich aus, und Mia steht auf, um den Tee aufzugießen. „Doch Reife hat nichts damit zu tun, dass man an Lebensfreude verliert. Wenn das passiert, dann ist es einfach nur tragisch, ganz egal, wie alt man auch sein mag."

Ich greife nach der Teetasse, die sie mir auf den Tisch gestellt hat, und denke darüber nach, was Mia gerade gesagt hat.

„Vielleicht hast du recht." Der Tee ist noch so heiß, dass ich mir beinahe die Zunge verbrenne, als ich vorsichtig daran nippe, aber er ist auch süß und gut. „Vielleicht habe ich in den letzten Jahren tatsächlich an Lebensfreude verloren." Denn wenn ich so darüber nachdenke, muss ich leider zugeben, dass ich mein Leben während meines Studiums in der Tat mehr genossen habe als danach. Die letzten Jahre mit Janos in White Crossing dagegen waren eher gemütlich und ruhig. Nicht, dass das etwas Schlechtes wäre, ganz im Gegenteil. Ich habe noch nie zu denjenigen gehört, die ständig Action und Abwechslung brauchen, um glücklich zu sein, das wäre mir auf die Dauer auch viel zu anstrengend. Ich mochte mein beschauliches, ruhiges Leben in White Crossing. Dennoch muss ich mir selbst eingestehen, dass ich mich manchmal gefragt habe, ob das wirklich schon alles war, was das Leben für mich parat hält. Ob ich es wirklich bis ans Ende meiner Tage mit einem schweigsamen Mann verbringen will, mit dem sich, von den Ausflügen an unseren See mal abgesehen, ein Tag wie der andere anfühlt. Janos ist ein echtes Gewohnheitstier. Umso mehr hat es mich wahrscheinlich aus der Bahn geworfen, als er sich plötzlich einfach so eine andere gesucht und diese von einem Tag auf den nächsten geheiratet hat.

Erst jetzt fällt mir auf, dass Mia mich nach wie vor ansieht, als würde sie darauf warten, dass ich etwas sage.

„Vielleicht war es tatsächlich an der Zeit für etwas Neues. Aber ich glaube, ich brauche noch eine Weile, bis ich so weit bin, auch die positiven Seiten daran sehen zu können."

Lächelnd zuckt Mia mit den Schultern.

„Dann helfe ich dir ein bisschen auf die Sprünge, wenn ich welche entdecke. Ich für meinen Teil freue mich nämlich zum Beispiel unheimlich darüber, dass du zurück bist und wir wieder zusammenarbeiten können. Denn auch wenn ich die Agentur länger ohne dich als mit dir geführt habe, war es allein einfach nicht mehr dasselbe."

Über den Tisch hinweg greife ich nach ihrer Hand, um sie kurz zu drücken. Ich bin unendlich dankbar darüber, dass Mia so ist, wie sie ist: ehrlich, fröhlich, geradeheraus, pragmatisch – und keine von denen, die jedes Wort, das man sagt, auf die Goldwaage legen. Ansonsten hätte ich sie gerade vermutlich sehr verletzt, weil ich so depressiv bin, statt auf und ab zu hüpfen vor lauter Freude darüber, dass wir wieder zusammenarbeiten können.

„Ich freue mich auch. Ich habe die Zeit mit dir vermisst!"

Vielleicht bin ich momentan nicht so glücklich mit

meinem Leben, wie ich es gerne sein würde. Doch auf alle Fälle freue ich mich darüber, dass ich hier bin, um an einem Traum arbeiten zu können, den ich schon längst begraben habe.

Tyson

* * *

AUF DER RESERVEBANK ZU sitzen ist schon beschissen genug. Nicht, dass Tyson in den letzten Jahren seiner Karriere sonderlich viel Zeit dort verbracht hätte, aber dennoch hat er jede einzelne Minute davon gehasst.

Noch viel beschissener ist es allerdings, das Spiel von den Plätzen vor der Pressetribüne aus verfolgen zu müssen, die eigens für die verletzten Spieler reserviert sind, weil der Coach der Meinung ist, dass man von diesem Platz aus den besten Überblick über das Spiel hat.

Was sicherlich der Wahrheit entspricht.

Natürlich stimmt es, der Blick von hier ist super, und auch wenn man weiter weg sitzt als von der Reservebank aus, bekommt man von den einzelnen Spielzügen deutlich mehr mit.

Coach McLeod lässt alle verletzten Spieler auf diesem Platz sitzen, genau wie er neue Spieler an diese Stelle setzt, damit sie sich einen Überblick über das Spiel verschaffen können, bevor er sie das erste Mal einsetzt. An und für sich ist das eine sinnvolle Sache, denn die Chance, ein Spiel auf diese Art und Weise zu beobachten, hat man sonst als aktiver

Spieler eher selten, und von hier oben kann man oft schon vorrausehen, was unten als Nächstes passieren wird, weil man die gesamte Eisfläche auf einmal im Blick hat, jeden einzelnen Spieler und jede einzelne Bewegung ganz genau studieren kann.

Der Lerneffekt mag super sein.

Alles andere als super ist es allerdings, wenn man ganz genau vorhersagen kann, dass das eigene Team dieses Spiel verlieren wird, und auch weiß, warum das so ist, aber nicht den Hauch einer Chance hat, dabei einzugreifen.

Normalerweise liebt Tyson die Spielabende, er liebt den Geruch des Eises, die spannungsgeladene Stimmung in der Umkleidekabine, das Grölen der Fans, wenn das Spiel losgeht, das Adrenalin im Blut und die Konzentration, die ein Spiel einem abverlangt.

Doch all das gibt es nur, wenn man aktiv daran teilnehmen darf. Wenn man seine Montur anlegt und seinen Schläger mit frischem Tape versehen kann, immer schön abwechselnd in Weiß und Schwarz, ein paar Rituale gehören einfach dazu; und sich dann die Motivationsrede des Coachs anhören darf, bevor man raus auf das Eis geht, um sein Bestes zu geben.

Aber hier vor der Pressetribüne zu sitzen, statt der Spielermontur einen Anzug tragen zu müssen – das ist einfach beschissen.

Mit zusammengebissenen Zähnen beobachtet er angestrengt das Spiel.

Das Problem ist, dass der Trainer völlig recht hat: Den Überblick, den man sich von hier oben über das Spiel verschaffen kann, hat man nirgendwo sonst. Er führt dazu, dass Tyson jeden verdammten Fehler, den sein Ersatzmann macht, sofort erkennen kann. Der Typ ist noch jung und unerfahren, Coach McLeod hat ihn aus der Prior-Ligue herbeordert, weil es nicht mehr möglich war, jetzt zum Ende der Saison einen anständigen Transfer vorzunehmen. Wahrscheinlich wird er mit zunehmender Erfahrung ein hervorragender Spieler werden, eine wahrhafte Größe, denn er ist schnell, wendig und geschickt. Aber er steht falsch. Schon bevor Luke Steward zu einem spitzenmäßigen Pass ansetzt, kann Tyson erkennen, dass sein Ersatzmann den Puck nicht bekommen wird und er stattdessen einem Spieler der gegnerischen Mannschaft direkt vor die Kelle fällt.

Keine Sekunde später leuchtet die Lampe hinter dem Tor auf, und dann wird das letzte Drittel abgepfiffen.

Die Midway Icefoxes verlieren 1:3. Es sieht schlecht aus für die Play-offs – und Tyson hat keine Chance, etwas dagegen zu machen.

Sein Kiefer fühlt sich verkrampft an, sein Knie schmerzt vom vielen Sitzen – er braucht unbedingt einen Eisbeutel und muss es hochlegen –, und sein ganzer Körper vibriert vor lauter Frustration und nicht abgebautem Adrenalin.

Normalerweise würde er jetzt mit den Jungs in der Umkleidekabine stehen und sich die Strafpredigt vom Trainer anhören. Anschließend würden sie irgendwo zusammen hingehen, etwas trinken, vielleicht den Frust über das verlorene Spiel bei ein paar Gläsern Bier und einer hübschen Frau vergessen und sich morgen umso härter ins Training stürzen.

Doch Tyson fühlt sich im Moment, als würde er gar nicht mehr richtig dazugehören, in der Umkleidekabine hat er gerade nichts zu suchen, und darauf, mit seinen Krücken in irgendeine Bar zu humpeln, hat er schlicht keine Lust.

Also bleibt er einfach hier sitzen, bis sich das Stadion so weit geleert hat, dass die Gefahr, irgendwelchen Sportreportern mit ihren dämlichen Fragen in die Arme zu fallen, halbwegs gebannt ist, und sieht dann zu, dass er so schnell und unauffällig wie möglich von hier wegkommt.

5

Madison

* * *

Als ich abends nach Hause komme, habe ich Kopfschmerzen.

Tyson scheint nicht zu Hause zu sein, was mir sehr recht ist. Obwohl ich heute streng genommen gar nicht viel gemacht habe, war der Tag dennoch anstrengend, und ich fühle mich seltsam unruhig und reizüberflutet. Obwohl ich dachte, im Großen und Ganzen bereits alles zu kennen, gab es doch so viele neue Eindrücke, die ich erst einmal verarbeiten muss.

Ab morgen werde ich versuchen, so viele Aufgaben wie möglich selbstständig zu übernehmen. Ich werde Kundengespräche führen, ihre Fragebogen auswerten und in unsere Datenbank einspeisen sowie Fotos von den Kunden machen.

Dann werde ich Events planen und versuchen, dafür sowohl bereits vorhandene Kontakte zu nutzen als auch neue zu knüpfen – das volle Programm eben. Zum Glück ist Mia da, und ich kann sie fragen, wenn ich etwas nicht mehr weiß beziehungsweise sich etwas gravierend geändert hat. In das neue Computerprogramm habe ich mich heute schon ein bisschen eingearbeitet, ich denke, damit werde ich gut zurechtkommen.

Das Ganze ist deutlich komplexer, als es auf den ersten Blick den Anschein haben mag, aber ich freue mich auf den neuen Job, der eine weitaus größere Herausforderung darstellen und abwechslungsreicher sein wird als mein Coffeeshop in White Crossing.

Da ich keinen sonderlichen Hunger habe, schnappe ich mir nur einen Joghurt aus dem Kühlschrank und beschließe dann, ein Bad zu nehmen. Vielleicht wird es mir so gelingen, dass meine strapazierten Nerven ein wenig zur Ruhe kommen und die Anspannung und Unzufriedenheit, die ich den ganzen Tag empfunden habe, ein bisschen nachlässt.

Ich liebe Masons Badewanne, sie ist riesig und komfortabel, und irgendwer hat sogar mehrere Sorten Badezusatz in ein kleines Körbchen im Regal gestellt – ich würde auf eine seiner diversen Exfreundinnen tippen, denn er selbst ist eher der Typ für ein praktisches Drei-in-eins-Waschgel, mit dem er Körper, Gesicht und Haare waschen kann, ohne sich über irgendetwas Gedanken zu machen. Wie ich ihn kenne, würde er das Zeug auch ohne mit der Wimper zu zucken in die Wanne kippen, wenn ihm überhaupt mal nach so etwas wie einem Schaumbad der Sinn stünde.

Zum Glück sind seine diversen Frauenbekanntschaften auf diese Weise auch mal für etwas gut, und ich entscheide mich für einen Badezusatz mit Lavendel, Vanille und rotem Mohn, der angeblich ausgleichend wirken soll.

Kurze Zeit später lasse ich mich in das warme, duftende Wasser sinken.

Das hier ist genau das, was ich heute gebraucht habe: eine kleine Auszeit und ein bisschen Zeit nur für mich allein.

Wohlig seufzend greife ich nach dem Krimi, den ich schon seit Wochen lesen will und vorhin mit ins Badezimmer genommen habe, lasse ihn dann jedoch wieder sinken und schließe die Augen.

Ich versuche meinen Körper ganz bewusst locker zu lassen, und tatsächlich kann ich spüren, wie die Anspannung nach und nach aus meinem Körper weicht und mein aufgewühlter Geist ein wenig zur Ruhe kommt.

Allerdings nur so lange, bis in der unteren Etage die Hölle losbricht, denn von jetzt auf gleich schallt mit ohrenbetäubender Lautstärke Musik durchs Haus, und ich erschrecke mich beinahe zu Tode. Ich zucke so heftig zusammen, dass ich mir das Knie an der Badewannenwand anschlage, und an Entspannung ist nun beim besten Willen nicht mehr zu denken.

Fluchend klettere ich aus der Wanne und schnappe mir Masons Bademantel, den ich ihm letztes Jahr zu Weihnachten geschenkt habe und der so aussieht, als würde mein Bruder ihn ohnehin nie tragen.

Wütend stapfe ich nach unten.

Ich weiß, dass meine Schuhe und meine Haustürschlüssel unten liegen, außerdem steht mein Wagen direkt vor der Tür. Tyson muss also wissen, dass ich zu Hause bin, und ich frage mich, ob so ein kleines bisschen Rücksichtnahme wirklich zu viel verlangt sein kann.

Bei allen Starallüren sind Eishockeyspieler in der Regel auch hervorragende Teamplayer, allerdings ist es mir nichts Neues, dass sie privat zu kleinen, selbstverliebten Egoisten werden.

Aber heute Abend bin ich zu aufgewühlt, um einfach fünf gerade sein und die Sache auf sich beruhen zu lassen. Schließlich lebt Tyson Walker nicht allein auf dieser Welt – ebenso wenig wie in diesem Haus –, und vielleicht ist es einfach mal an der Zeit, dass ihm das jemand erzählt.

Ärgerlich stapfe ich die Treppe hinunter und wickle im Gehen den Gürtel des Bademantels enger um meine Taille. Ich überlege kurz, ob ich mir nicht etwas mehr anziehen sollte, immerhin bin ich darunter völlig nackt; andererseits bedeckt mich momentan graues Frottee vom Hals bis zu den Knöcheln.

Tyson Walker hat sich auf dem Sofa meines Bruders ausgestreckt, sein linker Unterarm liegt quer über sein Gesicht. Er trägt eine anthrazitfarbene Anzughose, dazu ein hellblaues Hemd und eine blau-grau gemusterte Krawatte, die ihm locker herunterhängt, als hätte er sie sich vom Hals reißen wollen, aber auf halber Strecke die Energie dafür verloren.

Die Musik ist so laut, dass er mich nicht bemerkt, und ich fackle nicht lange und ziehe einfach den Stecker der Lautsprecherbox heraus, die er offensichtlich mit seinem Handy gekoppelt hat.

Zunächst passiert gar nichts. Tyson bleibt völlig regungslos auf dem Sofa liegen, und ich fange langsam an, mir Gedanken darüber zu machen, ob er überhaupt noch lebt.

Ein toter Eishockeyspieler auf dem Sofa hätte mir gerade

noch so gefehlt zu meinem Glück. Das würde jede Menge Ärger bedeuten, Polizei, Krankenwagen, wahrscheinlich sogar Presse, und er ist eindeutig zu schwer, um ihn auf die Straße zu zerren und zu behaupten, ich hätte von allem nichts gewusst.

Mein Blick wandert ein bisschen panisch zu Tysons Brustkorb, um nachzusehen, ob er noch atmet, doch beinahe im selben Augenblick zieht er den Arm von seinem Gesicht weg und richtet sich träge auf.

Er sieht zehn Jahre älter aus als noch gestern Abend und obendrein unglaublich erschöpft. Leider macht ihn das nicht weniger attraktiv, stattdessen führt es dazu, dass ich ihm durchs Haar streichen und einen heißen Kakao kochen möchte.

Allerdings hält dieser Zustand nicht sehr lange vor.

„Die Musik ist aus!“, stellt Tyson schließlich fest, und ich kann hören, dass er mit den Zähnen knirscht. Unter seinem rechten Auge zuckt ein kleiner Muskel. Abgesehen davon ist er völlig ruhig, allerdings bin ich mir beinahe sicher, dass er genauso auf hundertachtzig ist, wie ich es bin.

„Sie war auf die volle Lautstärke aufgedreht!“, beschwere ich mich und verschränke die Arme vor der Brust.

„In der Tat, das war sie.“ Er sitzt nach wie vor völlig regungslos herum, als ginge ihn das alles gar nicht wirklich etwas an. Der Mann macht mich irre.

Ich kann spüren, wie mir die Röte ins Gesicht schießt, und ich schnappe hörbar nach Luft, was Tyson mit einem angedeuteten Grinsen quittiert. Zumindest zieht sich einer seiner Mundwinkel leicht nach oben, ansonsten zeigt er noch immer keine sonderliche Reaktion.

„Ich habe oben in der Wanne gelegen und versucht, mich

zu entspannen."

Er zuckt gleichgültig mit den Schultern.

„Ich habe hier unten auf dem Sofa gelegen, und es ist mir sogar *gelungen,* mich zu entspannen. Bis du gekommen bist und die Musik ausgestellt hast." Langsam steht er auf, greift nach seinen Krücken, humpelt in Richtung der Box, deren Stecker ich gerade gezogen habe, und versorgt sie erneut mit Strom. Noch hat er die Musik allerdings nicht wieder angeschaltet, was ich mir schon als kleinen Sieg anrechne. Ohne mich eines Blickes zu würdigen, humpelt Tyson zurück zum Sofa und setzt sich hin. Erst dann schaut er wieder in meine Richtung und mustert mich lange und ausgiebig, als würde er seine Antwort gründlich abschätzen. „Da es bei mir nicht nur beim bloßen Versuch geblieben ist, würde ich sage, dass ich eindeutig gewonnen habe und es mir zusteht, weiterhin Musik zu hören – und zwar so laut, wie ich will."

Ich schnappe erneut nach Luft, diesmal noch lauter, und ich höre mich dabei ein bisschen an wie ein Truthahn unter akuter Atemnot.

„Die Freiheit des einen beginnt da, wo die Freiheit des anderen anfängt, wusstest du das nicht?" Meine Güte, habe ich das wirklich gesagt? Natürlich stimmt es, aber sagen solche Dinge sonst nicht nur Lehrerinnen?

Mit verschränkten Armen lehnt sich Tyson auf dem Sofa zurück, und während sich mein Gesicht von Sekunde zu Sekunde heißer anfühlt, wird sein Grinsen mit jedem Moment breiter.

„Werfen wir jetzt schon mit philosophischen Gedankengut um uns? Kant wäre stolz auf dich." Um ehrlich zu sein, bin ich ein bisschen erstaunt, dass er überhaupt weiß, dass es sich um ein Zitat von Kant gehandelt hat.

„Immerhin *kann* ich denken ...“ Das war nicht sehr nett, ich gebe es zu, aber es ist doch wahr! Tyson führt sich gerade auf, als wäre er ein lebendig gewordener Neandertaler.

„Mein Denkvermögen ist leider zusammen mit einem Großteil meines Blutes in andere Körperteile abgewandert, seitdem du in diesem Bademantel den Raum betreten hast. Du weißt ja, alle Männer sind Schweine und so ...“ Er deutet auf mein Dekolleté. „Weißt du was? Ich will heute mal nicht so sein den beiden Süßen zuliebe, die du mir so bereitwillig präsentierst. Die gefallen mir. Meinst du, sie würden mal mit mir ausgehen?“

Einen Moment lang bin ich völlig sprachlos, dann schaue ich an mir hinunter. Im Eifer des Gefechtes ist mir Masons viel zu großer Bademantel verrutscht und gewährt nun ziemlich tiefe Einblicke. Genau genommen lässt er bis zur Gürtellinie kaum noch Platz für Spekulationen.

Ich atme ein paarmal tief durch, um mich ein bisschen zu sammeln, dann strecke ich den Rücken durch, nehme die Schultern zurück und raffe den Stoff des Bademantels über meiner Brust wieder zusammen.

„Die beiden gehen nicht mit Neandertalern aus, es sind überaus fortschrittliche Titten. Sie danken dennoch für die Rücksichtnahme!“

So stolz ich kann schreite ich aus dem Raum, auch wenn ich mich zusammenreißen muss, um nicht zu rennen.

Erst als ich die Treppe nach oben geschafft habe, traue ich mich, schneller zu gehen. Zurück im Badezimmer schließe ich die Tür hinter mir ab und muss mir auf die Lippen beißen, um keinen Lachanfall zu bekommen.

Ich überlege kurz, ob ich einfach zurück in die Wanne

klettern soll, aber an Entspannung ist jetzt vermutlich nicht mehr zu denken.

Tyson

* * *

Kopfschüttelnd blickt Tyson hinter Madison her, die wie eine Königin den Raum verlässt.

Er hat nicht gelogen: Sie hat überaus ansehnliche Titten, und zwar deutlich mehr als eine Hand voll. Die beiden sind wirklich hübsch. Auch wenn er sich darüber im Klaren ist, dass es höflicher gewesen wäre, wegzusehen, ist er auch nur ein Mann – und er hat den Anblick tatsächlich genossen.

Da er versprochen hat, auf laute Musik zu verzichten, muss er sich nun etwas anderes einfallen lassen, was ihn von dem desaströsen Spiel heute ablenkt. Da Frauen heute Abend aus diversen Gründen ausfallen, beschließt er, etwas zu kochen. Er hat ohnehin noch nicht genug gegessen heute, und kochen lenkt ihn normalerweise zuverlässig ab.

Nach einem kurzen Check der Vorräte entscheidet er sich schließlich für selbst gemachte Tortilla-Chips mit Sesam, Avocadosalat sowie Zitronenhähnchen mit Bratpaprika – mexikanisches Essen geht schließlich immer, und selbst gemacht ist es auch nicht so eine fettige Angelegenheit, als würde man es fertig kaufen.

Er kann hören, wie Madison über ihm das Wasser aus der Wanne laufen lässt, was eigentlich sehr bedauerlich ist, denn wenn er genauer darüber nachdenkt, hätte ihm die Vorstellung von Madison nackt in der Wanne direkt über ihm durchaus gefallen. Natürlich hätte er nicht wirklich etwas davon, aber letztendlich spielt das bei sexuellen Fantasien ja auch überhaupt keine Rolle.

Schluss!

Er kann sich solche Fantasien über Madison nicht leisten.

Andererseits sind die Gedanken natürlich frei, und alles ist besser, als permanent an sein verletztes Knie zu denken, auch wenn das ohnehin schwierig ist, weil er sich beim Kochen hinsetzen oder diesen seltsamen Stehstuhl benutzen muss, den Mason ihm netterweise besorgt hat. Als wäre Tyson schon ein alter Mann.

Nachdem er sich alle benötigten Zutaten griffbereit auf den Tisch gelegt hat, damit er nicht ständig aufstehen muss, stellt er per Fernbedienung das Radio in der Küche an. Auch wenn Mason hier sonst völlig auf Retro gesetzt hat und die Küche aussieht wie aus einem Landhaus der Fünfzigerjahre entsprungen – alles in Mint und Hellgelb –, hat er zumindest bei der Technik auf den neuesten Stand gesetzt, wofür Tyson ihm durchaus dankbar ist.

Weil er ein so braver Junge ist, stellt er das Radio nur auf Zimmerlautstärke, immerhin hat er das Madisons Brüsten versprochen, und beginnt damit, das Gemüse zu schneiden und den Teig für die Nachos anzurühren.

Eine Stunde später erfüllt der köstliche Duft von Abendessen das Haus, und auch wenn es draußen schon dunkel ist und er keine Ahnung hat, ob Madison bereits schläft, humpelt er zur Treppe, um sie zu rufen.

Natürlich in voller Lautstärke, diesbezüglich gab es schließlich keinerlei Vereinbarungen, und Tyson hasst es, allein essen zu müssen.

6

Madison

* * *

Mein Handy klingelt, und als ich Autumns Telefonnummer erkenne, muss ich lächeln.

„Hi!", sage ich, und ich weiß, dass sie am anderen Ende der Leitung gerade ebenfalls lächelt, weil sie das viel, oft und gerne macht, seit sie ihren Mann kennengelernt hat.

„Hallo, Süße!", erwidert sie, und ihre vertraute Stimme hüllt mich ein, als wäre es ein warmer Mantel. Wir kennen uns ewig. So lange, dass ich keine Erinnerungen mehr daran habe, dass es Zeiten gab, in denen sie keine Rolle gespielt hat; sie ist mir näher, als es viele Mitglieder meiner Familie sind.

„Wie geht es dir? Was macht die kleine Miss in deinem Bauch?" Ich lasse mich auf mein Bett sinken und denke an die Ultraschallbilder, die sie mir heute geschickt hat und auf denen man tatsächlich bereits das Gesicht ihrer ungeborenen Tochter erkennen konnte.

„Der geht es gut, sie wächst und gedeiht prächtig, sagt der Arzt. Dafür sehe ich von Tag zu Tag mehr aus, als würde ich bald platzen ... Ich habe keine Ahnung, was andere Frauen an Schwangerschaften so bezaubernd finden, ich bin jedenfalls froh, wenn es vorbei ist. Aber wie geht es dir? Wie ist der neue Job? Was macht Mason so?"

„Mason ist in New York, dafür hat er mir einen sehr äh ... interessanten Mitbewohner überlassen ...", sage ich seufzend.

„Einen menschlichen? Oder hält er sich jetzt doch Kakerlaken?" Sie gibt ein Würgegeräusch von sich. „Bitte sag mir, dass es keine Kakerlake ist!" Als wir in der sechsten Klasse waren, wollte Mason unbedingt ein Haustier haben, und weil meine Mutter gegen alles Mögliche allergisch ist, hat er sich eine Kakerlake von einem Bio-Experiment in der Schule mit nach Hause genommen. Er konnte überhaupt nicht verstehen, warum er sie nicht behalten durfte, und hat eine ganze Woche lang deswegen nicht mehr mit meiner Mutter geredet. Bei der Erinnerung muss ich lachen.

„Nein, es ist keine Kakerlake. Zumindest glaube ich das." Man kann schließlich nicht abstreiten, dass Tyson Walker irgendwie eine animalisch anmutende Seite hat. „Einer von Masons Hockeyspielen ist hier – und der Typ ist ein Arschloch."

Ich höre Autumn am anderen Ende der Leitung leise lachen.

„Es gab Zeiten, da hattest du eine Schwäche für Arschlöcher." Da hat sie leider recht, auf der Highschool habe ich mal für den Quarterback geschwärmt. Heimlich natürlich, denn eigentlich gab es bereits damals nur Janos in meinem

Leben, aber wenn man jung ist, kommt man ja manchmal auf seltsame Gedanken.

„Damals war ich wie alt, Autumn? Dreizehn?"

„Ja, ich glaube schon, aber der Typ war echt ein Riesenarsch ..."

„Wusstest du eigentlich, dass er letztes Jahr Samantha Billings geheiratet hat? Die hat auch einen riesigen Arsch. Das passt doch bestens."

Wir lachen beide und reden noch ein bisschen über alle möglichen Belanglosigkeiten, bevor wir schließlich auflegen.

Seltsamerweise hat Autumn recht: Seit ich denken kann, habe ich eine heimliche Schwäche für Typen wie Tyson Walker oder den Quarterback aus unserer Schulmannschaft. Vielleicht, weil sie so ganz anders sind, als es mein ruhiger, verlässlicher Janos war. Ich habe heimlich für diese Typen geschwärmt, weil es Janos in meinem Leben gab, und nicht, obwohl es ihn gab, auch wenn das vielleicht seltsam klingen mag.

Ich habe Janos niemals betrogen, und meine Schwärmereien waren immer völlig harmlos. So wie manche Frauen vielleicht für einen Schauspieler schwärmen, obwohl sie glücklich verheiratet sind. Man kann sich das leisten, weil man es in sicherer Entfernung tun kann. Es ist, als ob man im Wohnzimmer am warmen Ofen sitzen und einen Schneesturm beobachten würde, der draußen vor dem Fenster tobt. Schön und faszinierend, doch nur mit dem gebührenden Abstand, und Tyson ist mir eindeutig ein bisschen zu nah.

Kopfschüttelnd greife ich nach dem Krimi, der auf meinem Nachttisch liegt – vielleicht gelingt es mir ja, mit ein bisschen Mord- und Totschlag auf andere Gedanken zu kommen.

Doch als eine Viertelstunde später Tysons Stimme durch das Haus dringt, die meinen Namen ruft, stelle ich fest, dass ich nur auf die Buchstaben gestarrt habe, statt wirklich etwas zu lesen, und keine zwei Seiten geschafft habe.

Im Haus duftet es köstlich und mir knurrt auf einmal der Magen. Einen Mitbewohner zu haben, den man nicht leiden kann, der allerdings offenkundig ein hervorragender Koch ist, kann einen in echte Zwickmühlen bringen.

Wenn Tyson bloß ein klitzekleines bisschen netter zu mir wäre, wäre ich längst nach unten gegangen und hätte ihn gefragt, was so hervorragend riecht. Auch wenn das zugegebenermaßen nicht sonderlich subtil ist.

Aber so? Wahrscheinlich wäre ich lieber verhungert, als Tyson darum zu bitten, mir etwas von seinem Abendessen abzugeben.

Wenn er mich ruft, ist das allerdings etwas ganz anderes.

„Madison!", brüllt er jetzt wie auf Kommando erneut, und ich stehe vom Bett auf und greife nach einer Strickjacke, um sie über mein Nachthemd zu ziehen. Ich habe es mir schon bequem gemacht und trage keinen BH unterm Nachthemd – sobald ich mich vorbeuge, dürfte der V-Ausschnitt ziemlich tiefe Einblicke gewähren, und ich bin der Meinung, dass Tyson für heute wirklich genug gesehen hat.

Während ich den Gürtel der Strickjacke ein bisschen enger zubinde – sicher ist sicher –, gehe ich die Treppe hinunter und dann in die Küche.

Tyson hat den Tisch gedeckt, es brennt sogar eine Kerze, und er selbst sitzt bereits auf seinem Platz und beobachtet mich, als ich langsam näher komme.

Sein Blick wandert zu meinem Ausschnitt, und er wirkt

tatsächlich ein wenig enttäuscht, dass dieser so züchtig ausfällt.

„Guten Abend, ihr zwei", sagt er schließlich dennoch, während sein Blick an meinen Brüsten hängen bleibt. „Es ist schön, euch zu sehen." Anschließend wandert sein Blick höher, bis er mir ins Gesicht schaut. „Guten Abend, Madison. Ich dachte, du würdest vielleicht auch noch eine Kleinigkeit essen wollen. Ich habe zu viel gemacht, und ich hasse es, Essen wegwerfen zu müssen."

Kurzzeitig überlege ich, ob ich ihn darauf hinweise, dass er einfach weniger hätte kochen können, um das zu vermeiden. Doch nach einem erneuten Blick auf den gedeckten Tisch verkneife ich mir jeden weiteren Kommentar.

Offenkundig gibt es Mexikanisch, und ich liebe mexikanisches Essen. Ich will auf gar keinen Fall riskieren, dass Tyson es sich anders überlegt und mich wieder auslädt, bloß weil ich meine Klappe nicht halten kann.

„Das Essen sieht absolut köstlich aus!" Ich nehme auf dem Stuhl Tyson gegenüber Platz. „Ich danke dir für die Einladung."

Er brummt irgendetwas Unverständliches, was ich als ein „Gern geschehen" auffasse, dann greift er nach meinem Teller.

Zwei Minuten später bin ich nur noch damit beschäftigt, mir selbst zu verbieten, vor Wonne zu stöhnen und die Augen zu verdrehen, denn das alles schmeckt noch sehr viel besser, als es riecht.

Der Mann muss ein echter Zauberer sein.

„Wo hast du nur so kochen gelernt?" Eine weitere Gabel voll des Zitronenhähnchens landet in meinem Mund, und nun stöhne ich doch, was Tyson mit einem kleinen Lächeln quittiert. Dann zuckt er mit den Schultern.

„Wenn man allein wohnt und auf seine Ernährung achten muss, lernt man das schnell. Ansonsten wird man fett und weniger leistungsfähig. Wir müssen uns während der Saison an einen Diätplan halten.“ Das wusste ich schon, aber ich halte trotzdem die Klappe und lasse ihn weitererzählen, weil er das erste Mal, seit wir uns begegnet sind, wirklich entspannt wirkt, und ich muss zugeben, dass mir der entspannte Tyson sehr gut gefällt.

Tyson

* * *

TATSÄCHLICH HAT er bereits als Kind kochen gelernt, aber er hat keine Lust, das Madison auf die Nase zu binden.

Kochen war sein Anker, immer dann, wenn ihm alles zu viel wurde und ihn böse Erinnerungen und Trauer drohten mitzureißen, hat Tante Thelma mit ihm gekocht.

Stundenlang standen sie zusammen in der Küche und haben, wann immer sie es sich leisten konnten, neue Kochbücher gekauft oder welche aus der Bibliothek ausgeliehen.

Während Thelma und er gekocht haben, hat Justine mit untergeschlagenen Beinen auf einem der Küchenstühle gesessen und neue Menüs aus den Büchern zusammengestellt.

Das war ihr Ritual, ihr gemeinsamer Anker, eine Art

Therapiesitzung. Andere malen Bilder oder töpfern irgendetwas Unansehnliches, was hinterher herumsteht und Staub fängt; Tyson hat gekocht, Justine hat bestimmt, was es geben soll, und Tante Thelma hat sie beide unterstützt, wo sie konnte.

Theoretisch hätte es Tyson heute nicht mehr nötig, einen Kochlöffel in die Hand zu nehmen, aber er macht es einfach gerne.

Das Kochen erdet ihn und lenkt ihn ab, es ist ein kreativer Ausgleich zu seinem Job auf dem Eis, bei dem es ja meistens ziemlich rau zugeht.

Obendrein ist Essen ebenfalls ein wichtiger Aspekt in seinem Leben, nicht bloß, weil er ausgesprochen gerne gutes Essen genießt, sondern auch, weil es als Leistungssportler absolut unerlässlich ist, auf seine Ernährung zu achten. Im Prinzip ist die Formel hier ziemlich einfach: Bist du gut zu deinem Körper, ist dein Körper auch gut zu dir. Ohne das richtige Essen bringt er nicht die richtige Leistung, und wenn man selbst kocht und frische Zutaten einkauft, weiß man zumindest so genau, wie es nur möglich ist, was man da eigentlich zu sich nimmt.

„Das Hähnchen ist einfach göttlich!", reißt Madison ihn aus seinen Gedanken, und er beobachtet fasziniert, wie sie für einen Moment die Augen schließt und genüsslich seufzt.

Eigentlich ist es gar kein Seufzen, sondern vielmehr ein Summen, beinahe ein Schnurren, das irgendwo ganz tief aus ihrem Bauch zu kommen scheint.

Sofort fragt Tyson sich, ob man ihr solche Geräusche wohl auch beim Sex entlocken kann, wie sie sich wohl anhört, wenn sie kurz vor einem Orgasmus steht oder wenn sie gerade einen hat.

„Es freut mich, dass es dir schmeckt", antwortet er schließlich, schon allein, weil Essen ein sicheres Gesprächsthema ist. „Kochst du selbst gern? Mason ist ja eher niemand, den man allein in die Nähe einer Küche lassen sollte."

Madison lächelt.

„Ich kann zumindest besser kochen als Mason."

„Was nicht viel heißt – selbst meine alte Katze konnte besser kochen als Mason."

„Deine Katze konnte kochen?"

„Sie hat es zumindest geschafft, niemals den Herd anzustellen und alles anbrennen zu lassen."

Madison muss lachen, was Tyson zu einem Lächeln bewegt.

„Spaghetti mit Tomatensoße bekomme ich gerade noch hin – ganz ohne dabei die Küche in Flammen zu setzen."

„Dabei ist eine gute Tomatensoße eine hohe Kunst! Oder nimmst du dieses furchtbare Tütenzeug?" Mit einem eindringlichen Blick mustert er Madison, während er seinen Teller ein zweites Mal befüllt.

„Natürlich nicht." Sie wirkt beinahe beleidigt. „Allerdings muss ich zugeben, dass ich keine sonderlich gute Köchin bin. Es reicht für den Alltag – aber nicht für so etwas hier." Sie macht eine Geste, die den gesamten Inhalt des Tischs mit einfasst.

Tyson legt den Kopf leicht schief und lächelt.

„War das etwa ein Kompliment?"

Eine Sekunde lang sieht Madison beinahe erschrocken aus, dann lächelt sie ebenfalls.

„Ja", antwortet sie schließlich. „Ich denke, das war wohl ein Kompliment."

7

Madison

* * *

In den nächsten Tagen arbeite ich mich weiter in das neue Softwareprogramm ein.

Mia hat es optimieren lassen; es ist nun deutlich einfacher zu bedienen als früher, und es erfasst viel mehr Punkte.

„Sie suchen also eine Frau, die gerne in die Oper geht und keine Kalorien zählt?“ Lächelnd sehe ich den älteren Herrn an, der mir gegenüber auf der anderen Seite des Schreibtischs sitzt, während ich ein Häkchen bei „Figur egal“ mache und bei „erwünschte Interessen“ „Oper“ und „Essen“ ankreuze.

Der Mann lächelt zurück und zuckt, beinahe verlegen, mit den Schultern.

„Wissen Sie ... in meinem Alter ist es zwar wichtig,

gesund zu bleiben, und natürlich sollte man auch darauf achten, was man isst. Aber ich brauche keine Frau, die zwanghaft in Size Zero passen will. Das Leben ist grundsätzlich zu kurz, um bei gutem Essen ein schlechtes Gewissen zu haben, und in meinem Alter gilt das ganz besonders." Grinsend streicht er mit beiden Händen über die kleine Wölbung seines Bauches, die sich unter seinem karierten Hemd abmalt. „Irgendwann sind Äußerlichkeiten einfach nicht mehr so wichtig, im Übrigen mochte ich Frauen mit ein paar Kurven schon immer lieber. Und eine, die nur Salat isst, passt wirklich nicht zu mir." Er seufzt und wirkt plötzlich ein bisschen traurig. „Ich war dreißig Jahre lang verheiratet, und nun bin ich seit über fünf Jahren Witwer. Ich vermisse meine verstorbene Frau nach wie vor, aber ich fühle mich zu jung, um den Rest meines Lebens allein zu bleiben. Es ist nur leider gar nicht so einfach, jemand kennenzulernen, vor allem in meinem Alter nicht. Wo sollte ich dafür auch hingehen? Wenn man jung ist, geht man in eine Bar oder Tanzen … aber in meinem Alter? Vielleicht zum Bingo, aber das war noch nie mein Ding."

Über den Schreibtisch hinweg greife ich nach seiner Hand und drücke sie kurz.

„Das kann ich gut verstehen. Die Sache mit dem Essen und den Rest auch. Ich verspreche Ihnen, dass wir unser Bestes geben werden, um jemanden für Sie zu finden. Eine Frau, die gutes Essen mag und gerne in die Oper geht. Und vielleicht sogar kochen kann?"

Jetzt strahlt er wieder.

„Das wäre hervorragend!"

„Also dann!" Ich gebe noch ein paar weitere Daten in den Computer ein und mache Fotos, bevor ich mich verabschiede und kurz bei Mia hineinschaue, weil ich noch Fragen wegen der Locations habe, in denen unsere Dates stattfinden.

Die Kontakte, die sie mit lokalen Restaurants, Kochschulen und Freizeitanbietern geknüpft hat, sind wirklich beeindruckend, und die Datenbank ist so groß, dass ich eine Weile brauchen werde, um mir einen Überblick zu verschaffen.

„Tatsächlich konnte ich den einen oder anderen davon überzeugen, dass es hervorragende Werbung für sie ist, wenn wir unsere Dates bei ihnen stattfinden lassen. Zum einen erscheinen viele von ihnen mit auf unserem Flyer, wie beispielsweise die Kochschule oder der Kletterpark. Das sehen natürlich auch Leute, die einen unserer Flyer eher aus Neugierde als aus wirklichem Interesse mitnehmen. Zum anderen wiederholen Paare, die wir erfolgreich verkuppelt haben, ihr erstes Date gerne und kehren dann zum Ort des Geschehens zurück. Zu ihrem Jahrestag etwa." Mia klingt enthusiastisch, aber ich merke, dass ich es immer noch nicht bin.

„Wie sehen denn die Statistiken aus? Wie viele Paare treffen sich tatsächlich auch auf ein zweites Date, und wie viele bleiben dauerhaft zusammen?" Ich schiebe meinen Stuhl ein bisschen näher an Mias heran, um besser auf den Bildschirm ihres PCs sehen zu können.

„Zu den langfristigen Erfolgen ist es schwer, genug Daten zu sammeln, um das verlässlich auswerten zu können. Wir betreuen die Paare ja in der Regel nur bis zum ersten Date, aber da zumindest geben sie anschließend an, ob sie sich ein weiteres Mal treffen wollen – oder eben nicht. Unsere Statistiken sind immer noch sehr gut, viel besser als bei den ganzen Online-Datingportalen. Die meisten unserer Kunden schätzen die Ungezwungenheit des ersten Dates in einer Gruppe. Vielen ist das wesentlich lieber, als sich allein zu treffen, zumal es eben auch für eine gewisse Sicherheit sorgt."

Das war früher auch schon so, denn wir geben, außer dem Vornamen, keine Daten unserer Kunden weiter – niemals. Das müssen sie schon selbst tun, wenn sie Interesse an einem Wiedersehen haben. Wenn es sich aber bei dem Datepartner, mit dem sich unsere Kundinnen oder Kunden treffen, um den totalen Reinfall handelt, müssen sie anschließend zumindest nicht ihre Handynummern wechseln oder sich einen neuen Mailaccount zulegen, weil der andere einfach nicht lockerlassen will.

Obendrein haben gerade Frauen einfach weniger Sorge, Opfer von Übergriffen zu werden, wenn sie einen unbekannten Mann nicht allein treffen müssen. Natürlich mag ein Date in einer Gruppe auf den ersten Blick weniger romantisch erscheinen als ein Treffen nur zu zweit, aber wir versuchen es immer so zu gestalten, dass die Paare genug Zeit finden, um sich ganz aufeinander konzentrieren und kennenlernen zu können. Letztendlich geht es ja auch genau darum, wenn man sich zum ersten Mal begegnet. Man will sich besser kennenlernen und schauen, ob die Chemie stimmt. Für Romantik bleibt auch später noch Zeit – schließlich ist nichts dagegen einzuwenden, dass man bei gegenseitiger Sympathie im Anschluss an das von uns organisierte Gruppendate noch irgendwo nur zu zweit hingeht.

Mia nimmt sich den ganzen Tag für mich Zeit, um mir in Ruhe alles zu zeigen und zu erklären. Ich weiß das sehr zu schätzen.

Vieles ist mir noch vertraut, und auch wenn es schon eine

Weile her ist, dass ich diesen Job gemacht habe, bin ich guter Dinge, dass ich mich recht schnell wieder darin zurechtfinden werde.

Die erste Woche in Midway vergeht beinahe wie von selbst, ich weiß kaum, wo die Zeit bleibt, weil sich mein Leben plötzlich so sehr verändert hat. Tagsüber arbeite ich so viel und so gut ich kann, abends sehe ich zu, dass ich früh schlafen gehe, weil das alles noch nicht genug Routine ist, um nicht anstrengend zu sein.

Mein Mitbewohner macht sich rar, und wenn ich ihm doch mal begegne, beschränkt sich seine Kommunikation auf Grunz- und Knurrlaute. Vielleicht müsste ihm mal jemand verraten, dass die Dinosaurier schon lange ausgestorben sind, genauso wie die Mammuts, dass Menschen nicht mehr in Höhlen leben und dass es da diese unglaubliche Entwicklung namens Sprache gibt, die ein Faktor dafür ist, dass wir Menschen uns so grundlegend von den Tieren unterscheiden.

Eigentlich kann es mir ja auch egal sein, was Tyson Walker tut und was er lässt.

Er ist hübsch anzusehen, das ist er wirklich, und ich finde es momentan irgendwie tröstlich, nicht ganz allein im Haus wohnen zu müssen. Darüber hinaus bin ich gerade dankbar, mich um niemanden kümmern zu müssen als um mich selbst und um meine eigenen Angelegenheiten, denn selbst das ist mir momentan schon beinahe zu viel.

Ein Gutes hat der neue, anstrengende Job dennoch:

Ich komme kaum dazu, mir Gedanken darüber zu machen, ob ich glücklich oder unglücklich bin, aber ich fühle mich weniger verbittert und frustriert, als ich es getan habe, bevor ich nach Midway gekommen bin – und das ist doch immerhin ein Fortschritt.

Tyson

* * *

„DEINE FREUNDIN MACHT DIR VORWÜRFE, weil du vor ihr bereits mit einer anderen Frau Sex hattest? Verstehe ich das richtig?“ Ein wenig ungläubig trinkt Tyson einen großen Schluck von seiner Cola light und hält Luke dabei im Blick, der nur mit den Schultern zuckt. Diese Geste würde durchaus lässig wirken, wenn da nicht dieses unruhige Zucken seines rechten Auges wäre, das davon zeugt, dass Luke momentan alles andere als entspannt ist.

„Sie macht mir keine Vorwürfe, weil ich überhaupt schon mal Sex hatte, sondern weil es so viele Frauen gab, mit denen ich was hatte.“ Nervös zieht Luke eine Serviette zu sich heran, auf der bis gerade noch sein Wasser stand, und beginnt damit, sie in viele kleine Stückchen zu zerreißen.

„Woher weiß sie denn überhaupt davon?“ Tyson runzelt die Stirn und beobachtet den ständig größer werdenden Berg von Serviettenkonfetti vor Lukes Platz.

„Na ja ... sie hat mich danach gefragt, und ich habe ihr geantwortet.“

Beinahe hätte sich Tyson an seiner Cola verschluckt.

„Warum, um alles in der Welt, bist du so bescheuert, ihr auf so eine Frage eine ehrliche Antwort zu geben? Auf solche

Fragen antwortet man irgendwelches ausweichende Zeug. So etwas wie ‚Keine Frau kann dir je das Wasser reichen, Baby!' oder ‚Wenn ich gewusst hätte, dass es dich irgendwo da draußen gibt, hätte ich keine von ihnen auch nur angesehen'. Irgendetwas, was sie beruhigt und davon abhält, weitere Fragen zu stellen."

Luke ist immer noch mit seiner Serviette beschäftigt, und Tyson beugt sich vor, um sie ihm abzunehmen, weil ihm die Kellnerin leidtut, die das alles nachher einsammeln muss.

So ruhig wie möglich stopft er die Papierschnipsel in sein mittlerweile leeres Glas und bereut langsam den Entschluss, nach der Physiotherapie mit Luke Kennings zum Lunch gegangen zu sein.

Luke spielt erst seit der vorletzten Saison für die Ice Foxes, aber er ist trotz seines jungen Alters und seiner vergleichsweise wenigen Erfahrung ein unglaublich talentierter Spieler. Seine Stärke liegt vor allem in der Defensive, doch er gehört zu den Spielern, die man trotzdem auch als Angreifer hervorragend verwenden kann. Außerdem hat er das, was von Sportreportern manchmal als Hockey-Instinkt bezeichnet wird: die Fähigkeit, bestimmte Spielzüge seiner Teamkameraden und Gegner irgendwie vorherzusehen und zu reagieren, bevor alles zu spät ist. Immer wieder ist er in heiklen Momenten zur richtigen Zeit am richtigen Ort und macht genau die richtigen Dinge auf dem Eis, sodass der Trainer Luke gleich in der ersten Saison viel mehr eingesetzt hat, als es für einen neuen, jungen Spieler sonst üblich wäre. Dabei ist Luke so bescheiden geblieben, wie man es eben sein kann, wenn man mit gerade mal Mitte zwanzig als eines der größten Hockeytalente des Landes gefeiert wird.

Normalerweise kann Tyson Luke wirklich gut leiden. Der

Junge ist ein fairer Spieler, der sich gut ins Team einfügt und dem ein Sieg der Mannschaft stets wichtiger ist, als sich als Einzelspieler zu profilieren, was keine Selbstverständlichkeit ist.

Leider hat Tyson heute wirklich ernsthafte Zweifel an Lukes Verstand.

Von einer bösen Vorahnung beschlichen beugt Tyson sich zu seinem Teamkameraden vor.

„Luke?“, sagt er leise, doch mit genug Nachdruck, dass Luke nun mit weit aufgerissenen Augen zu ihm aufsieht. „Du warst doch hoffentlich nicht so dumm und hast deiner Freundin Zahlen genannt, oder?“

Lukes plötzliches Erröten ist eigentlich bereits Antwort genug, und Tyson lehnt sich schnaubend auf seinem Stuhl zurück. „Ich dachte immer, Ehrlichkeit wäre die Basis für eine ernsthafte, stabile Beziehung ...“, gibt Luke zu und klingt dabei wie ein verschrecktes Eichhörnchen.

Kopfschüttelnd rauft Tyson sich die Haare.

„Natürlich sollst du deine Freundin nicht anlügen. Aber meine Güte, Zahlen? Bist du denn von allen guten Geistern verlassen? Und warum weißt du so etwas überhaupt? Führst du eine Art Strichliste, was deine weiblichen Eroberungen angeht?“ Luke spielt zwar noch nicht sehr lange in Tysons Mannschaft, dennoch ist es lange genug, dass dieser mitbekommen hat, dass es Frauen allen Alters schwerfällt, Lukes Dackelblick und den Grübchen zu widerstehen, die sich beim Lächeln in seinen Wangen bilden.

Seine Eroberungen waren dementsprechend zahlreich, zumindest, bis er seine aktuelle Freundin kennengelernt hat.

Luke errötet nun noch heftiger, und Tyson verdreht die Augen.

„Das kann ja wohl unmöglich dein Ernst sein, Kumpel. Du willst einen Rat von mir? Werde erwachsen und hör auf mit so einem Scheiß!“

Sie werden von der Kellnerin unterbrochen, die ihnen ihr Essen bringt und dabei die Gelegenheit nutzt, mit ihnen zu flirten. Mit ihnen beiden. Was Luke erneut dazu bringt, zu erröten, als wäre er eine verdammte Klosterschülerin, und Tyson dazu bringt, erneut die Augen zu verdrehen. Er ist bestimmt kein Kostverächter, was Frauen angeht, aber auch er hat seinen Stolz, und wenn jemand so dermaßen wahllos flirtet wie die Kellnerin, dann hat er wirklich kein Interesse.

Nachdem sie wieder allein sind, essen sie eine Weile schweigend.

„Deine Freundin hat doch gewusst, dass du bekannt genug bist, damit die Mädchen auf dich fliegen. Ist sie nicht selbst eine von denen gewesen, die dir in irgendeiner Sportbar aufgelauert hat, weil sie dich unbedingt kennenlernen wollte?“ Tyson hat das Mädchen nur ein- oder zweimal nach einem Spiel gesehen, fand sie jedoch nicht sonderlich sympathisch. Ihr Kichern war zu aufgesetzt und die Art und Weise, wie sie sich an Luke geschmiegt hat, eine Spur zu demonstrativ und besitzergreifend. Natürlich darf man sein Revier abstecken, aber alles im Rahmen.

Allerdings hält Tyson sich normalerweise aus solchen Angelegenheiten strikt heraus; jeder muss für sich selbst wissen, was gut für ihn ist – oder eben auch nicht. Leider ist das nicht so einfach, wenn man um Rat gefragt wird, und es war noch nie Tysons Art, hilflose Welpen im Regen stehen zu lassen. Immerhin ist er der Teamcaptain, und als solcher hat er immer das Gefühl, er muss sich um seine Jungs kümmern.

„Was genau wirft sie dir denn nun eigentlich vor?“, hakt

er darum nach.

„Sie meint, dass sie einen Mann will, dem Sex etwas bedeutet, und dass es nicht normal wäre, dass man sich auf so viele unverbindliche Nummern einlässt, wie ich es getan habe“, gibt Luke ziemlich kleinlaut zu, und Tyson verschluckt sich beinahe an seiner Cola, die ihm die Kellnerin vorhin mit dem Essen gebracht hat.

„Sie ist also der Meinung, dass ein junger, gesunder, ungebundener Mann abstinent leben sollte, obwohl sich ihm ständig andere Möglichkeiten bieten? Hat deine Freundin irgendetwas am Kopf? Den Kerl, der das freiwillig macht, möchte ich gerne mal kennenlernen.“ Luke schweigt nun, und Tyson seufzt. Als Therapeut und Seelentröster war er noch nie sonderlich gut. „Warum fragst du solche Dinge eigentlich ausgerechnet mich?“

Nach einem Zögern, das letztendlich zu lange dauert, um nicht unbehaglich zu wirken, schaut Luke ihn irgendwann an.

„Du bist der Einzige von den Jungs aus unserem Team, der schon mal verheiratet war und sich nicht hat scheiden lassen oder so sehr mit seiner Familie beschäftigt ist, dass er keine Zeit hat.“

Langsam lässt Tyson sein Besteck sinken und widmet Luke einen Blick, der diesen zusammenzucken lässt.

„Tut mir leid, Mann …“, beginnt Luke zu stammeln. „Ich weiß, dass deine Frau bei einem Unfall gestorben ist. Es war total unsensibel von mir, sie zu erwähnen …“

Tyson seufzt, bevor er sein Besteck wieder aufnimmt, um weiterzuessen.

„Ist schon okay, Luke. Schon okay. Allerdings kannst du mir glauben, dass ich so ziemlich der Letzte bin, den du fragen solltest, wenn es um Beziehungen geht. Der einzige Rat, den ich dir geben kann, ist es, dich auf das Spiel morgen zu konzentrieren. Es gab dieses Jahr so viele verletzungsbedingte Ausfälle, dass es so aussieht, als würden wir es nicht in die Play-offs schaffen, was eine verdammte Schande ist. Also sieh zu, dass du etwas dagegen tust!"

„Jawohl, Sir!" Luke zeigt sein typisches unbekümmertes Lächeln, und Tyson nickt ihm kurz zu.

Dann essen sie schweigend, bevor Tyson ein paar Geldscheine auf den Tisch wirft und Luke allein zurücklässt.

8

Tyson

* * *

„*Du bist der Einzige von den Jungs aus unserem Team, der schon mal verheiratet war und sich nicht hat scheiden lassen.*“ Lukes Worte fühlen sich an, als hätte jemand Tyson Säure zu trinken gegeben, die langsam irgendetwas in seinem Inneren verätzt. Tyson würde auf sein Herz tippen, wenn er davon ausgehen würde, überhaupt noch eins zu haben. Zumindest eines, das mehr als ein Muskel ist, der Blut durch seinen Körper pumpt. Alle anderen Funktionen hat es verloren, irgendwann damals, als es Justine noch in seinem Leben gab, und der letzte Rest ist vermutlich mit ihr gestorben. Es würde zumindest zu ihr passen, dass sie etwas von ihm mitnimmt, was sie nicht mehr gebrauchen kann, ihm aber wichtig war.

Dennoch gab es Zeiten in seinem Leben, in dem sich alles um sie gedreht hat. Alles, wirklich alles.

Justine, die ihn zum Lachen gebracht hat, denn sie hatte Zeiten, in denen ihre Lebensfreude absolut ansteckend war. Justine, die ihn dazu gebracht hat, sie mehr zu wollen als alles andere auf der Welt, für die er viele Jahre lang alles aufgegeben hätte, was ihm sonst noch etwas bedeutet hat, wenn sie ihn darum gebeten hätte.

Sie haben sich kennengelernt, als sie noch Kinder waren.

Zu einem Zeitpunkt im Leben, als Tyson dachte, er hätte alles verloren, nachdem seine Mutter in irgendeinem schäbigen Krankenhaus elendig an einer Überdosis verreckt war.

Damals war Tyson acht Jahre alt. Justine war nur ein Jahr jünger als er und hatte schon ein paar Monate bei Tante Thelma gewohnt, obwohl sie im Gegensatz zu Tyson gar nicht mit ihr verwandt war.

Justine und er waren sich so ähnlich. Sie beide waren bei ihren Müttern aufgewachsen und kannten ihren Vater nicht. Sie beide hatten ihre Mütter an Alkohol und Drogen verloren und kamen dann zu Tante Thelma, wo sie zum ersten Mal in ihrem Leben tatsächlich so etwas wie Beständigkeit erfahren haben. Es gab immer saubere Kleidung im Schrank, immer genug Essen auf dem Tisch, und vor allem gab es eine erwachsene Person, die immer für sie da war.

Thelma hat sie beide gerettet, und lange Zeit hatte Tyson auch das Gefühl, dass es Justine war, die ihn gerettet hat. Damals hat sie das auch getan, denn sie hat wie kein anderer Mensch auf der Welt erkennen können, was Tyson brauchte, wahrscheinlich, weil sie eine solch ähnliche Lebensgeschichte hatten.

Als Kinder waren sie die besten Freunde, doch im Nachhinein betrachtet hat Tyson das kleine Mädchen mit den riesigen braunen Augen von der ersten Sekunde an geliebt, auch wenn ihm das damals natürlich noch nicht bewusst war.

Obwohl Justine genauso viel in ihrem kurzen Leben durchgemacht hat wie Tyson selbst, erschien es ihm doch immer, als hätte das gar nichts mit ihr gemacht, als wäre sie der reinste Sonnenschein, und das Leben könne ihr nichts anhaben.

Als Tyson zwölf Jahre alt war, kam er auf ein Internat. Bereits bevor er zu Thelma kam, hatte der Coach in der Schule Tysons Talent für das Eishockeyspielen entdeckt, aber in dem kleinen Ort, in dem sie gewohnt haben, war eine weitere Förderung unmöglich, und dem Coach war es schließlich irgendwie gelungen, ein Stipendium für Tyson zu organisieren.

In der Nacht vor seiner Abreise hat Tyson heimlich in sein Kopfkissen geweint.

Er wollte nicht weg von Tante Thelma, nicht weg von dem einzigen stabilen Zuhause, das er jemals hatte, und schon gar nicht wollte er weg von Justine.

Als hätte sie seinen Kummer gespürt, ist sie in dieser Nacht in sein Bett gekrabbelt, hat von hinten die Arme um ihn geschlungen und ihre kalten Füße gegen seine Waden gedrückt. Dann hat sie angefangen zu erzählen.

„Wenn du eines Tages ein Profispieler bist, können wir uns alles leisten, was wir wollen. Wir können uns ein riesiges Haus kaufen, so eins wie das, in dem Jessica lebt.“ Jessica war ein Mädchen aus Justines Klasse, und Jessys Dad hatte eine gut gehende Anwaltskanzlei in der Stadt. Er selbst war zwar nie zu Hause, aber das Haus, in dem Jessy und ihre Eltern wohnten, war das größte und schönste im ganzen Ort, und im Garten gab es einen riesigen Pool. Nicht, dass Justine oder Tyson je von ihr eingeladen worden wären; in Jessys Augen waren sie beide weit unter ihrem Niveau. Doch Jessys Haus war für Justine und Tyson ein Traum, ein Sinnbild einer heilen Welt. So musste es sein, wenn man es im Leben wirklich geschafft hatte, wenn man ein Leben im Überfluss führen konnte, was sie beide niemals kennengelernt hatten.

In dieser Nacht hörte Justine nicht damit auf, Tyson ihre gemeinsame Zukunft in den schillerndsten Farben auszumalen, und es war für sie beide völlig selbstverständlich, dass es genauso kommen würde, wenn Tyson sich nur genug anstrengen würde, um es in die NHL zu schaffen.

Justine hatte ein Talent dafür, Dinge so zu beschreiben, dass Tyson sie vor seinem inneren Auge sehen konnte.

Er konnte das leise Knarzen der Holzdielen in Justines Traumhaus unter seinen Füßen hören, den Duft von warmem Apfelkuchen in ihrer gemeinsamen Traumküche riechen, spüren, wie seidig sich die teuren Bettlaken im Schlafzimmer auf seiner Haut anfühlen und wie weich man in die Matratze einsinkt.

Doch noch viel wichtiger war: Er wusste nun genau, wie glücklich sie beide sein würden, wenn er es nur schaffen würde.

Als es ihm in dieser Nacht endlich gelang, einzuschlafen, war er nicht mehr traurig darüber, dass er von Thelma und Justine wegmusste, denn er hatte nun ein festes Ziel vor Augen, und die Trennung würde ja nicht dauerhaft sein. Obendrein war es ein notwendiges Übel, um an das zu kommen, was Justine sich von ganzem Herzen wünschte, und was er ebenfalls mehr als alles andere auf der Welt wollte: eine gemeinsame, strahlende Zukunft.

Madison

* * *

HEIMWEH IST EINE TÜCKISCHE ANGELEGENHEIT.

Es tut so weh, an Heimweh zu leiden; es lässt uns nach etwas sehnen, was wir gerade nicht erreichen können, weil es so weit weg ist.

Wenn wir das Ziel unserer Träume dann endlich erreicht haben, müssen wir auf einmal feststellen, dass Vorstellung und Wirklichkeit mitunter zwei grundverschiedene Dinge sind.

Als ich noch in White Crossing gelebt habe, habe ich mich immer wieder nach einem Leben in Midway gesehnt.

Anschließend bin ich nach Midway gezogen und hatte Heimweh nach White Crossing.

Kaum bin ich zu Besuch in meinem Heimatort, stelle ich fest, dass es doch nicht so großartig ist, wie ich es mir ausgemalt habe, als ich nicht hier sein konnte.

Das Gras erscheint mir weniger grün als in meiner Vorstellung, die Blumen im Garten meiner Eltern duften nicht halb so intensiv wie in meiner Erinnerung, und die dämliche Sonne scheint auch weniger warm, als ich es mir erhofft habe.

Dann ist da noch meine Mutter. Meine Mutter, die … na ja. Sie ist eben meine Mutter.

„Erzähl, mein Engelchen, wie geht es dir in Midway?" Ohne mich zu fragen, ob ich überhaupt noch durstig bin, füllt sie mein Glas mit selbst gemachtem Eistee erneut bis zum Rand auf – der übrigens auch längst nicht so gut schmeckt wie in meinen sehnsuchtsvollen Träumen von zu Hause.

„Du weißt doch, wie es mir geht!" Schließlich haben wir jeden zweiten Tag telefoniert, und ich habe ihr alles Relevante berichtet. Bis auf genauere Details über Tyson Walker vielleicht. Vielleicht habe ich ihn auch gar nicht erwähnt. Aber hey, sie ist meine Mutter und muss schließlich nicht alles wissen, auch wenn sie in diesem Punkt sicherlich nicht mit mir übereinstimmen dürfte.

„Ich weiß, dass du jeden Tag in die Agentur gehst, dass Mia nach wie vor nett ist und dass du nach wie vor bei deinem Bruder wohnst. Ansonsten hast du nichts erzählt, wenn du angerufen hast. Du bist am Telefon immer so schrecklich kurz angebunden!" Auf der einen Hand balanciert sie einen Teller mit Hafer-Schokoladen-Cookies, mit der anderen zieht sie einen der Küchenstühle zurück, um sich zu mir an den Tisch zu setzen. Dann schiebt sie die Kekse zu mir herüber.

„Viel mehr gibt es ja auch nicht zu berichten. Mason ist aktuell nicht zu Hause, und bis auf den neuen Job verläuft mein Leben momentan ziemlich unspektakulär." Obwohl ich eigentlich gar keinen Hunger habe, greife ich nach einem der Kekse, stecke ihn mir in den Mund und kaue bedächtig, um etwas Zeit zu schinden. Mit vollem Mund redet man schließlich nicht – das hat meine Mom mir so beigebracht, und es ist doch immer wieder schön, solche Dinge auch mal gegen sie einsetzen zu können. Eine Art späte Rache für die unzähligen Ermahnungen, die diesbezüglich in Masons und meiner Kindheit erfolgt sind.

„Und womit verbringst du deine Abende so? Deine freie Zeit?“, hakt meine Mutter nach, und sie setzt dabei dieses Gesicht auf, das Mütter machen, wenn sie ahnen, dass man ihnen etwas verschweigt. Diese ganz bestimmte Miene aus Neugierde und Besorgnis, gepaart mit einer Spur von Verletztheit und Ehrgeiz.

Schnell nehme ich mir noch einen weiteren Keks. Zu meinem großen Glück war Mason noch nie eine sonderliche Plaudertasche, und die Informationen, die er meinen Eltern über sein Leben liefert, sind noch spärlicher als meine. Mom weiß also gar nichts davon, dass ich Masons Haus nicht für mich allein habe, und das ist auch gut so. Denn wenn sie herausbekommen sollte, dass ich momentan ausgerechnet mit einem Eishockeyspieler unter einem Dach lebe, würden umgehend jede Menge Ermahnungen und gut gemeinte Ratschläge erfolgen, die alle nur auf eines hinauslaufen: nämlich darauf, dass ich mich von dem Typen um Himmels willen bloß fernhalten soll.

Ich habe keine Lust, mir das alles anzuhören, denn erstens weiß ich das selbst, zweitens ist es ja kaum möglich, mich von ihm fernzuhalten, solange wir unter einem Dach wohnen, und drittens nimmt so etwas bei meiner Mutter gleich Dimensionen an, die der ganzen Sache gar nicht zustehen.

Natürlich kann ich es ihr nicht verübeln, denn sie hat das Scheitern der Ehe ihrer Schwester mit einem Profispieler noch näher mitbekommen als ich, und meine Tante wäre damals beinahe daran zerbrochen.

Nachdem ich einen dritten Keks mit einem Schluck

Eistee hinuntergespült habe, wische ich mir Mund und Hände brav an der Serviette ab, die meine Mutter für mich bereitgelegt hat, so, als bestünde sonst noch immer die Gefahr, dass ich stattdessen dafür meine Hose nehmen könnte.

„Ich habe nicht viel unternommen. Die meiste Zeit genieße ich meine Ruhe. Die Trennung von Janos, der Umzug, der neue Job ... Ich habe in letzter Zeit wirklich mehr als genug Action in meinem Leben gehabt! Da kann ich in meiner Freizeit momentan mehr als gut darauf verzichten."

Meine Mutter seufzt schwer und setzt anschließend dieses milde Lächeln auf, das ich nicht mag, weil ich mich dann immer so fühle, als gäbe es einen Grund, mich zu bemitleiden.

„Wahrscheinlich hast du recht, mein Engelchen. Du hast wirklich genug Action gehabt in den letzten Monaten." Sie isst nun ebenfalls einen Keks und sieht dabei irgendwie enttäuscht aus. Nicht über den Geschmack ihrer Kekse, da bin ich mir ziemlich sicher, denn diese schmecken wie immer, aber über die Informationen, die ich ihr geliefert habe – oder eben auch nicht geliefert habe. Ich kann förmlich sehen, dass sie noch irgendetwas dazu sagen möchte und mit sich ringt, ob sie nicht doch besser still sein sollte.

Allerdings kenne ich meine Mutter. Sie wird es nicht aushalten, mir zu verschweigen, was momentan in ihrem Kopf vor sich geht, und ich habe die Vermutung, dass sie ansonsten ernsthaft Gefahr laufen würde, zu platzen.

Ich kann sehen, wie sie tief einatmet, so, als wolle sie zum Sprechen ansetzen, dann wieder ausatmet, nur um erneut Luft zu holen.

Jetzt kann es nicht mehr lange dauern. Sie wird mir ihre

Überlegungen mitteilen, und zwar spätestens in drei … zwei … eins …

„Gibt es in deiner Dating-Agentur denn keinen netten, alleinstehenden Mann für dich selbst?"

Langsam lasse ich den Keks, nach dem ich gerade gegriffen habe, wieder sinken.

„Mal abgesehen davon, dass ich momentan wirklich kein Interesse an Männern habe, wäre das reichlich unprofessionell, findest du nicht?"

Mom zuckt mit den Schultern.

„Keine Ahnung, wäre es?" Sie lächelt und schüttelt gleichzeitig den Kopf. „Ich kenne mich mit solchen Dingen leider überhaupt nicht aus."

Nein, woher denn auch? Sie hat ja nur eine Tochter, die während des Studiums eine eigene Dating-Agentur entwickelt und gegründet hat, und zwar eine Tochter, die damals deutlich gesprächiger war als heute!

Als am späten Nachmittag mein Dad nach Hause kommt, bei meinem Auto stehen bleibt und mich, noch bevor er mich überhaupt begrüßt hat, ermahnt, dass es allerhöchste Zeit wird, die Winterreifen gegen Sommerreifen austauschen zu lassen, bin ich froh, dass es bald schon Zeit ist, zurück nach Midway zu fahren.

Natürlich weiß ich, dass mein Dad völlig recht hat, und ich bin mir auch darüber im Klaren, dass meine Eltern mich lieben und bloß mein Bestes wollen.

Dieses Wissen reicht aus, um mir ein schlechtes Gewissen zu bescheren, als ich mich eine Stunde früher als ursprünglich geplant und noch vor dem Abendessen wieder in meinen Wagen setze, um von hier zu verschwinden.

Auf dem Heimweg mache ich aus nostalgischen Gründen

einen kleinen Abstecher am See vorbei – und fahre fast gegen einen Baum.

Scheiß-Nostalgie! Dieser verdammte See wird nie mehr das sein, was er mal für mich war, denn schon von Weitem kann ich Janos' Pick-up erkennen und die vertraute Silhouette seines Körpers, der sich im Licht der untergehenden Sonne an eine Frau schmiegt, leidenschaftlich und innig.

Ich könnte kotzen.

So schnell wie möglich wende ich meinen Wagen, bevor die beiden mich noch bemerken, auch wenn sie dafür wahrscheinlich gerade viel zu beschäftigt sind.

Heimweh dürfte ich so schnell keines mehr bekommen ...

9

Tyson

* * *

Jahrelang hat er allein gewohnt, und er hat es genossen.

Niemand, der da ist und ihn stört, bei was auch immer.

Wenn ihm in seiner eigenen Wohnung danach ist, kann er seine getragenen Socken mitten im Wohnzimmer liegen lassen. Nicht, dass Tyson das schon je gemacht hätte. Er hat gerne alles ordentlich, vielleicht weil sein Leben in den ersten Lebensjahren so chaotisch gewesen ist. Doch die Gewissheit, Chaos verbreiten zu können, wenn er nur wollte, reicht schon aus, um ihm irgendwie ein gutes Gefühl zu geben, den Eindruck in seinem Kopf entstehen zu lassen, dass er frei und unabhängig ist.

Er kann den Fernseher einschalten, wann immer und wie laut er will, und er kann obendrein bestimmen, welches Programm geschaut wird und wie lange.

Es ist niemand da, der ihn stört, der ihm nervige Fragen stellt, wenn ihm gerade so gar nicht danach ist, überhaupt zu reden.

Allein zu wohnen kam Tyson immer großartig vor.

Umso merkwürdiger ist es, dass er nun ständig auf seine Uhr schaut und darauf wartet, dass Madison endlich wieder zurückkommt.

Nicht, dass sie eine Uhrzeit für ihre Rückkehr vereinbart hätten, schließlich reden sie eigentlich nur das Nötigste miteinander, und Tyson hat auch eher durch einen Zufall herausgefunden, dass Madison heute ihre Eltern in White Crossing besucht – aber morgen muss sie arbeiten, und wenn sie arbeiten muss, kommt sie selten spät nach Hause. Sie scheint ein ziemlich ausgeprägtes Schlafbedürfnis zu haben, auf alle Fälle geht sie vor Arbeitstagen immer recht zeitig ins Bett.

Tyson hasst Sonntage. Sonntage sind normalerweise Spieltage, nur für ihn gilt das momentan nicht. Obendrein gab es heute ein Auswärtsspiel in Dallas, und da er nicht mitspielen darf, durfte er auch nicht mitfliegen. Er hat sich das Spiel im Fernsehen angesehen, und die Icefoxes haben immerhin knapp gewonnen, aber er kam sich so ausgeschlossen vor wie schon lange nicht mehr.

Es fühlt sich nicht gut an, nicht Teil von etwas sein zu dürfen, was man so sehr liebt wie er das Eishockeyspielen, plötzlich nur noch zum passiven Zuschauer degradiert zu werden, statt Teil des Ganzen zu sein.

Den kompletten Tag ist er deswegen schon schlecht

gelaunt, und wenn er es nicht besser wüsste, würde er glatt behaupten, einsam zu sein. Was natürlich gar nicht sein kann, denn er fühlt sich nie einsam, er ist schließlich gerne allein.

Mit zusammengebissenen Zähnen humpelt Tyson zum Backofen und wirft einen Blick auf den Schinken, den er dort hineingeschoben hat.

Vielleicht sollte er die Temperatur ein wenig reduzieren, damit er nicht zu trocken ist, wenn Madison irgendwann nach Hause kommt.

Kopfschüttelnd und fluchend nimmt er stattdessen schließlich den Deckel der Auflaufform ab und schaltet den Grill des Backofens ein.

Scheiß doch drauf, wann Madison nach Hause kommt. Tyson wird ohne sie zu Abend essen, sobald alles fertig ist, und wenn sie Glück hat, dann bleiben für sie vielleicht noch ein paar Reste übrig, die sie sich aufwärmen kann, wenn sie lieb darum bittet. So einfach ist das.

So einfach wäre es zumindest, wenn er sich nicht kurz darauf selbst dabei erwischen würde, wie er am Fenster steht und nach Madisons Wagen Ausschau hält.

So langsam fragt er sich, ob ihm nicht vielleicht jemand am Gehirn herumgepfuscht hat, statt ihm während der letzten OP nur das Knie und das Kreuzband wieder zu richten.

Entschlossen lässt er den Vorhang zurück vor das Fenster gleiten, humpelt zum Sofa und stellt den Fernseher an, natürlich erst, nachdem er die Temperatur am Ofen doch wieder heruntergedreht hat.

Nachdem er eine Weile durch die Programme gezappt

hat, findet er eine uralte Folge von *Das A-Team.* Perfekt! Das sollte ihn wirklich auf andere Gedanken bringen.

Madison

* * *

SEUFZEND SCHLIEẞE ich die Tür zu Masons Haus auf.

Um ehrlich zu sein, habe ich mir vorgestellt, dass ich nach dem Ausflug nach White Crossing innerlich gestärkt zurückkommen würde. Vielleicht ein kleines bisschen wehmütig, weil ich zurück nach Midway muss, aber dennoch erholt und guter Dinge. So, wie man sich eben fühlt, wenn man zum Energieauftanken zu Hause gewesen ist.

Stattdessen bin ich einfach nur froh, endlich nicht mehr in White Crossing zu sein. Auf dem Heimweg bin ich an meinem alten Coffeeshop vorbeigefahren, der nun einen anderen Namen trägt und mir seltsam fremd vorkommt. Autumn ist momentan in New York. Alles, was mir an White Crossing wichtig war, erscheint mir auf einmal leer und fremd.

Außerdem bin ich hungrig und habe einen Anflug von Kopfschmerzen.

Ich öffne die Haustür und der köstliche Duft nach Essen kommt mir entgegen. Ich würde auf gebackenen Schinken tippen, mit irgendwelchen Kräutern gewürzt, Thymian vielleicht.

Es riecht wirklich köstlich, und mein Magen beginnt umgehend zu knurren, was auch kein Wunder ist, denn außer einem spärlichen Frühstück sowie ein paar Keksen habe ich heute noch nichts gegessen.

Ich hege ein paar Zweifel daran, ob es sich tatsächlich so gut anfühlen sollte, in ein Haus zu kommen, in dem man eigentlich gar nicht wohnt, und sich dort zu einem Mann zu gesellen, den man eigentlich gar nicht richtig mag. Dennoch kann ich nicht leugnen, dass ich mich über all das freue. Es fühlt sich besser an als alles andere, was ich heute erlebt habe, und da mein Tag unendlich frustrierend gewesen ist, beschließe ich, mir dieses Gefühl zu gönnen, statt es weiter zu hinterfragen.

Also lasse ich meine Handtasche auf die kleine Kommode neben der Haustür fallen und mache ein paar Schritte weiter in den Raum hinein.

Der Fernseher ist so laut gestellt, dass Tyson mich erst bemerkt, als ich die Tür hinter mir mit einem lauten Knallen ins Schloss fallen lasse. Vielleicht hat er mich vorher aber auch einfach ignoriert, wer weiß das bei ihm schon genau.

„Türen haben übrigens Klinken, die kann man benutzen, um sie leise zu schließen. Solche Dinge sollte man eigentlich wissen, wenn man sich ansonsten immer aufführt wie eine verdammte Gouvernante!“, brummt er mürrisch, während er sich langsam auf dem Sofa aufrichtet, und ich ziehe die Augenbrauen hoch.

„Wie eine Gouvernante?“, frage ich leicht irritiert nach.

„Ja, eine Gouvernante. Ein Kindermädchen, das sich auch der Erziehung und Bildung widmet ...“

„Ich weiß, was eine Gouvernante ist.“ Ich bin ja nicht völlig blöd im Kopf. „Ich weiß nur nicht, was ich mit einem Kindermädchen zu tun habe.“ Ich lege den Kopf schief, verschränke die Arme und schaue ihn erwartungsvoll an. Auf die Erklärung bin ich gespannt!

„Du benimmst dich doch immer wie eins. Ständig muss ich die Musik leiser drehen, und anschließend diese pseudointellektuellen Lebensweisheiten zum menschlichen Zusammenleben, mit denen du immer um dich wirfst." Dann grinst er, und sein Blick wandert zum Ausschnitt meiner Bluse. „Zumindest sind deine beiden Freundinnen hier verdammt sexy – und ich möchte wetten, dass sie auch keine Lebensweisheiten auf Lager haben."

Einen Moment lang schaue ich ihn nur schweigend an. Sein Haar steht in alle Richtungen von seinem Kopf ab, und wenn ich tatsächlich sein Kindermädchen wäre, würde ich jetzt mit den Fingern hindurchfahren, um es zu glätten. Ich frage mich, wie es sich wohl anfühlen würde, diese dicken, dunkelbraunen Strähnen durch meine Finger gleiten zu lassen, und stelle fest, dass ich nur von Glück reden kann, nicht sein Kindermädchen zu sein, denn ansonsten wäre die Richtung, in die meine Gedanken gerade abwandern, bedenklich pervers.

Tysons Blick klebt noch immer an meinem Ausschnitt, aber angeblich träumen ja alle Jungen irgendwann davon, Sex mit ihrer Lehrerin – oder eben ihrem Kindermädchen – zu haben.

„Ich kann dich beruhigen, Titten können nicht sprechen", sage ich nach einer gefühlten Ewigkeit, und Tysons Blick wandert wieder zu meinem Gesicht hoch.

„Wie bitte?"

„Meine Brüste – sie können nicht sprechen. Brüste können so etwas nicht, daher haben sie in der Tat keine Lebensweisheiten auf Lager. Ich bin mir nicht ganz sicher, ob du das schon wusstest, will jedoch nicht, dass du dir deswegen dein kleines, hübsches Köpfchen zerbrichst." Ich beuge mich ein bisschen vor, um ihm selbiges zu tätscheln, als wäre ich tatsächlich sein Kindermädchen, dann wird mir die ganze Nummer hier zu abstrus. „Aber um mal zum Wesentlichen zu kommen: Ich freue mich auch unglaublich, dich zu sehen, Liebling, hattest du einen schönen Tag zusammen mit ..." Ich werfe einen kurzen Blick auf den Fernseher. „Zusammen mit dem A-Team? Hast du fleißig dabei geholfen, die Welt zu retten?"

Tyson sieht mich jetzt an, als hätte ich einen Dachschaden, und murmelt irgendetwas, was ich nicht verstehe. „Wie bitte?", frage ich übertrieben freundlich nach, und er verdreht die Augen.

„Ich habe gesagt, dass das Abendessen gleich fertig ist."

„Oh, wie schön! Das freut mich sehr." Diese Antwort ist aus Überzeugung freundlich und kostet mich weder Mühe noch schauspielerisches Talent, denn Tysons Kochkünste sind wirklich überdurchschnittlich gut, und ich habe nach wie vor furchtbaren Hunger. Ein köstliches Abendessen ohne neugierige Fragen und Hinweise darauf, dass ich meine Reifen wechseln oder mir wieder einen Mann suchen soll, das klingt wirklich mehr als verlockend.

„Gibt's auch Wein zum Essen?" Vielleicht ist meine Frage dreist, aber ich fühle mich, als könne mir ein Gläschen davon wirklich nicht schaden.

Tyson bleibt auf seinem Weg zur Küche abrupt stehen und dreht sich zu mir um, was wegen der Krücken einen Moment länger dauert, als es das wohl normalerweise tun würde.

Ich gönne mir den Augenblick, um die kräftigen Muskeln

seiner Unterarme zu bewundern, die sich unter seinem Shirt abzeichnen.

„Natürlich gibt es auch Wein zum Essen. Für mich ist die Saison schließlich vorbei, obendrein ist heute Sonntag." Er humpelt in die Küche, wo der Tisch schon fertig gedeckt ist, und deutet mit dem Kopf in Richtung Kühlschrank. „Der Wein steht dort drinnen. Wenn du so freundlich wärst, könntest du ihn schon herausnehmen und öffnen."

Während Tyson in Richtung Herd humpelt, gehe ich zum Kühlschrank und entdecke dort eine Flasche des köstlichen Grauburgunders, den wir neulich schon einmal getrunken haben.

Nachdem ich die Flasche entkorkt habe, schenke ich uns beiden ein Glas des Weißweines ein, und als sich Tyson zu mir an den Tisch setzt, schiebe ich ihm eines davon hin.

Er sieht erst das Glas und anschließend mich an, dann lächelt er. Um seine Augen bildet sich ein feines Netz aus kleinen Fältchen, und in seiner Wange zeigt sich ein Grübchen. Er hat etwas von einem kleinen Jungen, dem gerade jemand eine Tafel Schokolade geschenkt hat, wenn er so lächelt, und auf einmal wirkt er so gar nicht mehr wie das Arschloch, für das ich ihn eigentlich halte.

Vielleicht wird wenigstens der Abend dieses ansonsten so verkorksten Tages entspannt und schön. Ich bin jedenfalls sehr optimistisch!

10

Tyson

* * *

Es gibt Tage, da verliert man, und es gibt Tage, da gewinnen die anderen.

Das ist nicht immer so gewesen, denn es gab auch Zeiten, in denen Tyson alles darangesetzt hat, um selbst zu denjenigen zu gehören, die gewinnen.

Das war vor seiner Verletzung. Bevor zwei über hundert Kilo schwere Spieler der gegnerischen Mannschaft mit voller Geschwindigkeit in ihn hineingerast sind. Einer ist gestürzt und hat dabei Tysons Schienbein erwischt, so stark, dass sich dieses nach hinten verschoben hat. „Hinterer Kreuzbandausriss mit Knochenverletzung sowie eine leichte Gehirnerschütterung", das war die offizielle Meldung über Tysons Verletzung, die an die Presse herausgegangen ist.

Was folgte, war eine Ohnmacht mitten auf dem Eis während eines Spiels, er ist ins Krankenhaus gebracht worden, dort hat man ihm seine Kniekehle aufgeschnitten und das Stück Knochen mit dem herausgerissenen Kreuzband wieder mit seinem Knie verbunden. Minimalinvasiv. Klingt klasse, macht nur winzige Narben ... Sieht von außen nahezu nach nichts aus. Leider legt ihn sein Knie trotzdem lahm.

Geduld.

Er muss Geduld haben ...

Scheiß auf Geduld, er hat keine!

Was leider nichts ändert.

Er ist es so leid!

Er ist es leid, jeden Tag Schmerzen zu haben, jeden Tag zu trainieren, aber nicht aufs Eis zu dürfen, stets und ständig aufzupassen, dass er sein verdammtes Knie bloß nicht zu sehr belastet. Diese verdammte Schiene, dieses verdammte Humpeln, diese dämliche Teilbelastung. Verdammt noch mal, zehn Kilo sind so gut wie nichts! Das entspricht noch nicht mal dem Eigengewicht seines Beines. So wenig dürfte kein Bein eines erwachsenen Mannes wiegen, und das eines durchtrainierten Sportlers – natürlich sollte er eigentlich dankbar dafür sein, dass er in der nächsten Saison vermutlich wieder spielen darf. Eigentlich.

Aber an Tagen wie diesem fällt ihm die Dankbarkeit schwer, die er deswegen empfinden sollte.

Heute hat für die Icefoxes das letzte Spiel in dieser Saison stattgefunden, die neue geht erst im Oktober wieder los.

Jedenfalls hofft Tyson, dass sie dann für ihn wieder losgeht, sicher wissen kann man das nach Verletzungen nie genau. Er hat das Alter erreicht, in dem die Verträge nur noch maximal über zwei Jahre abgeschlossen werden, gleichgültig wie gut man auch ist, denn mit steigendem Alter nimmt auch das Verletzungsrisiko zu, und niemand weiß genau, wie gut so eine Verletzung heilt. Es gibt Spieler, die nach einer Knieverletzung nie wieder zu ihrer alten Form zurückfinden, ganz egal, wie sehr sie sich auch anstrengen, und für die alle anderen nichts mehr als mitleidige Blicke übrig haben. Obendrein tut man gut daran, über Verletzungen Stillschweigen zu bewahren, normalerweise wird es sogar vermieden, die Presse über die genaue Art des Traumas zu informieren. Eishockey ist eine Sportart mit Vollkontakt, und jede Schwachstelle ist ein umso beliebterer Angriffspunkt für die Gegner. Ein bereits kaputtes Knie so zu zerstören, dass der Gegner mit ein bisschen Glück den Rest der Saison ausfällt, ist oft ein leichtes – und viele Spieler schrecken nicht davor zurück.

Sie haben verloren, und Tyson hat das Gefühl, dass alles besser gelaufen wäre, wenn er nur hätte mitspielen können.

Nicht, weil die anderen so schlecht wären, aber er ist einer der bestbezahlten Spieler der amerikanischen Eishockeyprofiliga, und das hat auch seinen Grund.

Eishockey liegt ihm im Blut, wenn er da draußen auf dem Eis steht, dann verändert sich etwas in ihm, dann ist er eins mit dem Eis, eins mit seinem Schläger, eins mit dem Puck, den er ins gegnerische Tor befördern will. Es hat nichts mit Arroganz zu tun, wenn er von sich selbst behauptet, einer der besten Spieler seiner Zeit zu sein – Tyson weiß lediglich, was er kann. Es gibt andere, die genauso gut sind wie er, einige sind vielleicht auch besser, aber die meisten sind einfach schlechter. Es gibt genug Statistiken, die genau das belegen.

Vielleicht hätten die Icefoxes heute auch verloren, wenn

er mit auf dem Eis gewesen wäre. Aber Fakt ist, dass die Chancen auf einen Sieg wesentlich besser gewesen wären, wenn er nicht wie ein verdammter Krüppel nur hätte zusehen können.

Verlieren ist eine frustrierende Sache, vor allem bei einem Heimspiel.

Zähneknirschend schließt Tyson die Haustür auf und humpelt ohne Umwege in die Küche.

Zum Glück ist niemand zu Hause, denn gerade hat er wirklich kein Interesse an irgendwelcher Gesellschaft. Vielleicht hätte er doch in ein Hotel ziehen sollen, aber er verbringt berufsbedingt so viel Zeit in Hotels, dass er es vermeidet, dort zu übernachten, wann immer es nur geht.

Sein Knie schmerzt heute Abend besonders, fast, als wollte es ihn verhöhnen, ihm noch zusätzlich zeigen, dass er im Moment nicht mehr Herr über seinen eigenen Körper ist. Als würde er weitere Beweise dafür brauchen!

In der Küche angekommen nimmt er zwei Schmerztabletten aus dem Regal über dem Herd und spült sie mit einem großen Schluck Wodka direkt aus der Flasche hinunter.

Schmerztabletten und Alkohol sind keine gute Mischung?

Mag sein, dass sein Arzt das behauptet, aber ihm kommt es heute Abend vor, als wäre es die einzig wahre Kombination. Das Einzige, was dazu führen wird, dass er schlafen und diesen beschissenen Tag vergessen kann.

Er lässt einen zweiten und einen dritten Schluck Wodka folgen und dann noch einen vierten und fünften.

Normalerweise trinkt er wenig Alkohol, vor allem während der Saison.

Aber diese ist seit heute schließlich vorbei, und für ihn ist sie bereits seit drei Wochen beendet.

Was für eine verdammte Scheiße.

Was für ein beschissener Tag!

Frustriert lässt er sich auf das Sofa fallen und schaltet den Fernseher an.

Immerhin hat Mason Pay-TV, sodass Tyson aus Hunderten von Sendern wählen kann und sich schließlich für eine uralte Folge Alf entscheidet.

Als Kind hat er diese Serie geliebt. Während er Alf dabei zusieht, wie dieser versucht, den Kater der Tanners in den Toaster zu bekommen, trinkt er noch einen weiteren Schluck Wodka.

Alkohol mag vielleicht keine Lösung sein, aber nüchtern zu bleiben kommt ihm heute noch viel schlechter vor.

Madison

* * *

„Auf Wiedersehen, Peggy-Sue!", flöte ich der drallen Blondine hinterher, die gerade mein Büro verlässt. Sie hat die Tür schon erreicht, als sie sich noch mal umdreht und mich aus ihren großen, himmelblauen Augen ansieht. Augen voller Hoffnung, Zuversicht und Vertrauen. Vertrauen in mich und meine Fähigkeiten, und ich muss mich wirklich zusammenreißen, um sie nicht anzuschreien, dass sie einen großen Fehler begeht, dass die Liebe nichts weiter ist als ein hundsgemeiner Verräter und man allein viel besser dran ist.

Es ist mir ein Rätsel, wie sie es schafft noch immer an die große Liebe zu glauben und danach zu suchen. Ihre Kundenkartei sagt aus, dass sie mittlerweile schon an acht Dates teilgenommen hat – und immer vergebens.

Ich schaffe es irgendwie, die Contenance zu bewahren, bis sie aus meinem Büro verschwunden ist und die Tür hinter ihr mit einem lauten Klappern ins Schloss fällt. Dann lasse ich meinen Kopf langsam auf die Tischplatte sinken und lege meine Arme darüber.

Gestern habe ich meinen privaten E-Mail-Account ein bisschen aufgeräumt, alte Mails und Spam gelöscht, wichtige Mails gespeichert, ein paar längst überfällige beantwortet … Leider bin ich dabei auch auf den Ordner mit alten Mails von Janos gestoßen. Ich weiß ja selbst, dass es dumm ist, so etwas zu öffnen, und eine gehörige Portion Masochismus dazugehört.

Anscheinend bin ich manchmal dumm und masochistisch. Ich habe sie gelesen – und zwar alle.

Nicht, dass er mir wirklich viele davon geschrieben hätte, mein Ex war wahrlich nie ein Mann vieler Worte, aber die wenigen, die ich bekommen habe, waren ehrlich und kamen von Herzen. Zumindest dachte ich das immer, so wie ich auch dachte, dass wir eine perfekte Beziehung führen, irgendwie füreinander bestimmt sind.

Es hat wehgetan, seine alten Liebeserklärungen zu lesen und zu wissen, dass sie heute nichts mehr wert sind, dass ich ihm heute nichts mehr wert bin. Zumindest nicht als Partnerin.

Weil ich gerade also selbst so gar nicht an die Liebe glauben kann, fühle ich mich wie eine Verräterin, anderen Menschen genau das verkaufen zu wollen.

Liebe basiert auf Vertrauen, sagt man, aber ich habe am eigenen Leibe erfahren müssen, dass man eigentlich lieber niemandem vertrauen sollte, schon gar nicht einem Mann, und wahrscheinlich sind Frauen auch nicht viel besser.

Lässt man sich wirklich auf jemanden ein, vertraut man ihm seine Zukunft an, denn genau das macht man ja, wenn man eine Beziehung eingeht und zusammen sein Leben plant, dann ist die Gefahr ziemlich groß, dass man hinterher mit nichts als einem gebrochenen Herzen zurückbleibt.

Würde ich die Algorithmen, die wir in der Dating-Agentur auf die Paare anwenden, für Janos und mich benutzen, wären wir das perfekte Paar. Wir besitzen genug gemeinsame Interessen, um eine Basis zu haben, gleichzeitig aber genug Unterschiede, um den anderen noch interessant zu finden. Wir haben gemeinsame Ziele und Visionen, wollen beide Kinder, Familie ist uns wichtig.

Es erschien immer alles perfekt.

Nur, dass ich jetzt ohne ihn dastehe und es mir deswegen noch immer hundeelend geht, das ist alles andere als perfekt.

Seufzend fahre ich den Rechner schließlich herunter, ohne auch nur einen einzigen Anruf getätigt zu haben, dabei habe ich der Kundin, die heute hereinkam, noch versprochen, den perfekten Partner für sie zu finden. Ich habe mein schönstes, überzeugendstes Verkäuferinnenlächeln aufgesetzt und so enthusiastisch getan wie nur möglich.

„Ich bin mir ganz sicher, dass irgendwo die große Liebe auf Sie wartet, Peggy-Sue!“, habe ich geflötet und mich dabei gefühlt, als wäre ich die größte Lügnerin aller Zeiten. Denn wenn ich an eines nicht mehr glaube, dann daran, dass es so etwas wie die große Liebe überhaupt gibt.

Was ein Problem ist, wenn man jemandem genau das eigentlich gerade verkaufen will.

Seufzend schüttele ich den Kopf.

Ich muss mich wirklich dringend zusammenreißen, denn eigentlich liebe ich diesen Job. Ich habe einen Großteil des Geldes aus dem Verkauf meines Coffeeshops hier hineingesteckt, weil ich es mir nicht vorstellen konnte, wieder als normale Angestellte zu arbeiten, und Mia und ich zum Glück eine solche Option vertraglich vereinbart haben, als wir die Agentur damals gegründet haben.

Ich finde es großartig, was ich hier mache!

Leider ist das heute nur meinem Kopf klar, während mein Herz sich auf irgendwelchen merkwürdigen Abwegen befindet.

11

Madison

* * *

Seufzend schließe ich die Haustür auf. Es ist schon spät, eigentlich hätte ich bereits vor Stunden Feierabend machen sollen, aber ich habe nach meinem regulären Feierabend noch eine Kletterhalle besichtigt, in der wir demnächst Dates planen.

Die Location ist super, und auch wenn ich heute vielleicht nicht mit dem Feuereifer dabei war, mit dem ich es hätte sein sollen, ist es mir trotzdem gelungen, mit dem Betreiber der Kletterhalle ein paar Termine auszuhandeln.

Ich fühle mich ausgelaugt und abgekämpft.

Morgen geht es mir bestimmt wieder besser, aber heute ist mir einfach alles zu viel.

Hoffentlich ist Tyson unterwegs, und wenn er zu Hause

ist, hoffe ich zumindest, dass er friedlich sein wird und mir am besten aus dem Weg geht.

Seine arroganten, anzüglichen Blicke sind heute Abend glaube ich mehr, als ich ertragen kann. Ich habe heute keine Lust auf irgendwelche Spielchen, und erst recht habe ich keine Lust auf irgendwelche Männer. Schon gar nicht auf solche, die ich – ich muss es leider zugeben – anziehend finde, obwohl ich weiß, dass solche Dinge bei mir letztendlich in einer Katastrophe enden. Liebe ist Scheiße. Sie ist ein widerlicher Verräter, und ich möchte persönlich nichts mehr mit ihr zu tun haben – nicht einmal ansatzweise.

Ich möchte noch etwas zu Abend essen und dann ins Bett.

Vielleicht ist Tyson ja nicht da und ist stattdessen mit seinen Teamkameraden ausgegangen; wenn ich mich recht entsinne, hat er gestern nebenher irgendetwas von einem Spiel erzählt, das heute stattfinden soll. Ich habe zwar so viel Zeit im Büro verbracht, dass es längst vorbei sein dürfte, aber ich weiß, dass die Jungs anschließend gerne ihren Sieg feiern oder den Kummer über ihre Niederlage in jeder Menge Alkohol ertränken. Mir ist heute Abend wirklich nicht mehr nach Gesellschaft.

Ich muss mich dringend verstärkt nach einer eigenen Wohnung umschauen, in der ich tun und lassen kann, was ich will.

Meine Hoffnung, dass er vielleicht nicht zu Hause sein könnte, erledigt sich, als ich die Tür öffne, denn sofort höre ich, dass der Fernseher läuft, natürlich wie immer viel zu laut. Dazu kommt ein Geräusch, das ich zunächst nicht zuordnen kann, sich aber erklärt, als ich ein paar Schritte ins

Haus gemacht habe: Auf dem Sofa liegt Tyson und schnarcht so lautstark, als gälte es, einen Rekord zu brechen. Sein Mund ist dabei leicht geöffnet, sein linker Arm liegt quer über seinem Gesicht. Schade, dass er nicht sabbert, sonst könnte ich ein Foto davon machen und es gegen ihn verwenden. Wenn er mir dumm kommt, könnte ich ihm damit drohen, es online zu stellen, vielleicht in eines der Foren, in denen sich die Weiber herumtreiben, die auf Eishockeyspieler stehen.

Leider sabbert er nicht, und als der Arm von seinem Gesicht wegrutscht, sehe ich die dunklen Ringe unter seinen Augen.

Selbst im Schlaf wirkt er abgespannt und frustriert.

Anscheinend hat da jemand einen ähnlich grandiosen Tag gehabt wie ich, was auch die nur noch halb volle Flasche Wodka auf dem Couchtisch erklären würde.

Ich betrachte ihn einen weiteren Augenblick, dann schalte ich den Fernseher aus.

Ich brauche dringend etwas Warmes zu essen, und vielleicht erwacht Tyson für eine warme Mahlzeit ja ebenfalls von den Toten.

So leise wie möglich schleiche ich mich in die Küche und packe die Einkäufe aus, die ich heute auf dem Heimweg getätigt habe. Ich habe zwar keine Lust mehr, noch groß zu kochen, aber wenigstens die Zutaten für Spaghetti mit Tomatensoße habe ich schnell besorgt. Welches Essen könnte einen nach einem Tag wie diesem besser trösten als köstliche Pasta?

Tyson hört auf zu schnarchen und dreht sich auf dem Sofa auf den Bauch; einer seiner Arme landet auf dem Fußboden, doch er wacht nicht auf. Kopfschüttelnd beginne ich damit, für uns beide zu kochen.

Tyson

* * *

Drei Dinge nimmt er wahr, als er irgendwann davon aufwacht, dass ihm jemand auf die Schulter tippt.

Erstens: Sein Knie tut nicht mehr weh, aber dafür dröhnt sein Kopf, was zumindest mal eine Abwechslung darstellt.

Zweitens: Irgendetwas duftet hier köstlich, und sein Magen beginnt zu knurren. Obwohl ihm eigentlich ein bisschen schlecht ist.

Drittens: Mary Poppins ist gekommen, um ihm in den Arsch zu treten. Oder jemand hat ihre Schuhe geklaut. Dunkelrote, geschnürte Stiefeletten mit einem kleinen Absatz, die aussehen, als würden sie aus einer anderen Ära stammen.

Verwirrt richtet er sich auf, um in das Gesicht von Masons Schwester zu blicken. War ja klar, diese Frau macht vermutlich vor gar nichts halt, auch nicht davor, unschuldigen Kindermädchen die Schuhe zu stehlen.

„Es gibt Essen, Dornröschen. Zeit, aufzustehen!“

Ihr Ton lässt keinerlei Widerspruch zu.

Wahrscheinlich hat sie die Schuhe gar nicht gestohlen, sondern ist selbst das verdammte Kindermädchen; ihre Körperhaltung mit in die Hüften gestützten Händen sowie ihre missbilligend gerunzelte Stirn machen jedenfalls ganz den Eindruck.

Mit beiden Händen fährt er sich durch das Gesicht und schüttelt dann leicht den Kopf in der Hoffnung, dass selbiger wieder etwas klarer wird.

Draußen ist es mittlerweile dunkel geworden, und Tyson hat jegliches Zeitgefühl verloren.

„Guten Abend, Mary!“ Er gähnt herzhaft, entsinnt sich in letzter Sekunde doch noch seiner guten Manieren und hält sich die Hand vor den Mund.

„Mary?“ Madison runzelt verwirrt die Stirn. „Hast du so viel gesoffen, dass du schon nicht mehr weißt, wie ich heiße? Oder verwechselst du mich mit irgendeiner Verflossenen von dir?“

„Weder noch.“ Tyson grinst. „Allerdings fällt mir keine Erklärung ein, warum eine Frau so hässliche Schuhe tragen sollte wie du – es sei denn, sie ist Mary Poppins.“

„Immer noch besser, als wenn man seine behaarten Zehen völlig ungeniert herumzeigen würde.“ Sie deutet auf seine nackten Füße.

„Du scheinst einen Hang dazu zu haben, meine nackten Körperteile ganz genau zu betrachten, Babe.“ Grinsend steht er vom Sofa auf und zuckt dabei schmerzvoll zusammen, weil er sein dämliches Knie zu sehr belastet hat. „Aber ich kann es dir nicht übel nehmen. Ich bin wirklich ein Prachtexemplar, was?“ Er dreht sich einmal um sich selbst, so elegant wie es mit einer Beinverletzung eben möglich ist, und Madison verdreht die Augen.

„Dein Ego möchte ich auch gerne haben.“ Sie deutet in Richtung der Küche. „Ich habe etwas zu essen gemacht. Vielleicht habt ihr zwei ja ebenfalls Hunger, dein Ego und du. Und deine behaarten Zehen.“

Tyson wartet, bis Madison in der Küche verschwunden

ist. Irgendwie will er heute Abend nicht, dass sie ihn humpeln sieht, als hätte er ihr gegenüber schon genug Schwäche gezeigt.

Sie essen schweigend, und als er sie genauer betrachtet, stellt er fest, dass sie genauso abgekämpft aussieht, wie er sich heute fühlt.

Unter ihren Augen haben sich tiefe Ringe gebildet, und sie wirkt, als hätte sie den ganzen Tag gekämpft, nur um letztendlich zu verlieren.

Als würde sie seinen Blick auf sich spüren, schaut sie von ihrem Teller auf, und für einen Moment kreuzen sich ihre Blicke, verhaken sich ineinander und stellen etwas in Tysons Brust an, was er nicht näher definieren kann.

Dann ist es auch schon wieder vorbei.

Mit einem resignierenden Seufzen schaut Madison zurück auf ihren Teller, als würde sie die Waffen strecken, für heute zu müde sein, um noch zu kämpfen, und ihm kommt das sehr entgegen.

Waffenstillstand kann eine angenehme Sache sein, und als sie mit dem Essen fertig sind, ist das Dröhnen in seinem Kopf verschwunden, und das unwohle Gefühl in seinem Bauch hat einer riesigen Portion Spaghetti mit Tomatensoße und jeder Menge frisch geriebenem Parmesan Platz gemacht.

Nach dem Essen steht sie auf und räumt den Tisch ab, und er will sich ebenfalls erheben, um ihr zu helfen – so gut er das mit den Krücken eben kann –, aber sie bedeutet ihm mit einer Handbewegung, sitzen zu bleiben.

„Warte, das Essen ist noch nicht vorbei. Es gibt noch Nachtisch."

„Besprühst du deine beiden Freundinnen für mich mit Schlagsahne?" Er deutet auf den Ausschnitt von Madisons

Bluse sowie auf den Becher Sahne, den sie in der Hand hält, und als sie nur stumm die Augen verdreht, muss er sich selbst eingestehen, dass sein Kommentar mehr als lahm war.

Also lehnt Tyson sich auf seinem Stuhl zurück und beobachtet Madison dabei, wie sie am Herd herumwerkelt, bis sie sich schließlich wieder zu ihm setzt und je einen Becher dampfende, heiße Schokolade vor ihnen abstellt.

Kritisch betrachtet er den Becher, während sie bereits dabei ist, ihren lächelnd zu ihrem Mund zu führen.

„Kakao kochen lernt jedes Kindermädchen in ihrer Grundausbildung, und meiner ist absolute Weltklasse. Probier!"

Tyson hebt seine Tasse nun ebenfalls an seine Lippen und nippt an der heißen, süßen Flüssigkeit – und muss sich zusammenreißen, um nicht genussvoll aufzustöhnen und die Augen zu verdrehen. Normalerweise steht er nicht so auf zuckerhaltige Lebensmittel, aber der Kakao schmeckt *tatsächlich* weltklasse, süß und stark, kräftige Schokolade und darunter ein Hauch von Gewürzen, die er nicht wirklich zuordnen kann.

Die Wärme breitet sich langsam in seinem Bauch aus, und es ist, als würde sie den unangenehmen Knoten lösen, der sich dort irgendwann im Lauf des Tages gebildet hat, als würde der Kakao seine überreizten Nerven besänftigen und beruhigen.

Manchmal sind es die einfachen Dinge, die dafür sorgen, dass sich das Leben nicht mehr ganz so schrecklich anfühlt.

12

Madison

* * *

Mit jedem neuen Tag macht mir der Job mehr Spaß.

Anscheinend gewöhnt man sich an alles, auch daran, Dinge zu tun, die man eigentlich nicht für richtig hält. Letztendlich verlieben sich Menschen ja auch ohne mein Zutun, und vielleicht kann ich sie wenigstens davon abhalten, dass es die ganz große Katastrophe wird.

Ich habe Verantwortung, und zwar für die Kunden, die ich betreue, und auch für die Agentur selbst, und das gefällt mir sehr gut, auch wenn mich manche Kunden dazu bringen, den Kopf zu schütteln.

Genau wie Peggy Sue, die heute wieder vor mir sitzt, die ohnehin schon großen blauen Augen weit aufgerissen, die rosa Lippen zu einem Schmollmund geformt. Sie hat etwas von einem naiven Kind. Einem naiven Kind, das bereits sechsundzwanzig Jahre alt ist und zwei gescheiterte Beziehungen hinter sich gebracht hat, aber dennoch an die große Liebe glaubt.

„Haben Sie schon jemanden für mich gefunden, Madison?“ Ihre Frage ist in ein rührendes Seufzen gepackt, und ihre Augen sind dabei so voller Hoffnung, als würde sie auf eine neue Niere warten. „Ich war jetzt schon so lange allein ... aber allein sein bekommt mir einfach nicht!“ Sie seufzt wieder, dieses Mal klingt es ein bisschen zu theatralisch für meinen Geschmack.

Ich blicke auf ihre Kartei vor mir auf dem Bildschirm. *So lange allein* sind bei ihr sagenhafte vier Monate. So lange ist es her, seit sich ihr Exfreund von ihr getrennt hat. Er hatte eine andere, wie könnte es auch anders sein. Doch Peggy-Sue hat dieses sehnsuchtsvolle Glitzern in den Augen, man kann ihr förmlich ansehen, dass sie bereit ist, sich in das nächste Abenteuer zu stürzen, ganz egal, ob ein katastrophales Ende vorprogrammiert ist. Sie gehört vermutlich zu den Personen, die den Glauben an die große Liebe niemals aufgeben werden, und sie wird es immer wieder versuchen, ob nun mit meiner Hilfe oder ohne. Ich weiß nicht, ob ich sie dafür bemitleiden oder beneiden sollte. Neben ihr komme ich mir verbittert und frustriert vor, aber ist das nicht immer noch besser, als so erbarmungslos naiv zu sein?

Mit einem Lächeln, das hoffentlich nicht so gezwungen wirkt, wie es sich anfühlt, betrachte ich Peggy-Sue. Sie trägt ein knielanges Faltenkleid mit Gänseblümchen darauf und wirkt, als käme sie direkt aus einem dieser alten Schwarz-Weiß-Filme, in denen die einzigen Sorgen von Frauen waren, was sie kochen, anziehen und wie sie ihren Mann zufriedenstellen können.

Peggy-Sue streicht ihren tadellos sitzenden Rock glatt und sieht mich erwartungsschwanger an.

„Ich denke, ich habe hier einen potenziellen Partner für Sie, Peggy-Sue!" Ich schalte den zweiten Bildschirm an und drehe ihn so, dass sie ihn sehen kann, dann drücke ich auf ein paar Tasten, sodass das Bild eines Mannes darauf erscheint.

Während Peggy-Sue sich vorbeugt, formt ihr Mund sich zu einem perfekten O, und ihre Augen werden noch ein bisschen größer.

„Das hier ist Jeffrey. Jeffrey ist der Besitzer einer kleinen Tankstelle in Midway und betreibt dort auch eine Kfz-Werkstatt." Jeffrey ist Mitte dreißig, hat eine beginnende Glatze und ein kleines Bäuchlein. Er sieht nett und unkompliziert aus, und ich kann mir vorstellen, dass er einer von den Typen ist, die sich gerne von einer Frau wie Peggy-Sue umsorgen lassen würden.

„Wann kann ich ihn kennenlernen?" Ihre Stimme klingt aufgeregt, beinahe ein bisschen schrill.

Obwohl ich die ganze Situation so abstrus finde, muss ich lächeln. Ihre fast kindliche Freude ist ansteckend, das muss ich zugeben.

„Nun, wenn Sie Interesse an Jeffrey hätten, versuche ich herauszufinden, wann er Zeit hat, und würde mich dann bei Ihnen melden. Wäre das in Ihrem Sinne?"

„Aber unbedingt!" Peggy-Sue lächelt und klatscht in die Hände. Ich weiß, dass sie ein bisschen Geld geerbt hat, von dem sie anscheinend lebt, und dass sie dadurch mit Terminen sehr flexibel ist.

„Wunderbar. Dann werde ich Jeffrey nachher anrufen, und wenn er in ein Treffen einwilligt, melde ich mich umgehend bei Ihnen. Was halten Sie davon?“ Das ist unser normales Prozedere, wir lassen die Paare vorher wenigstens ein Bild voneinander ansehen, und zwar eines, das wir angefertigt haben. So lassen sich die ganz bösen Überraschungen zumindest vermeiden, niemand kann sein Foto mithilfe von Bildbearbeitungsprogrammen bis zur Unkenntlichkeit nachbearbeiten und somit aus Quasimodo Don Juan machen, ein Foto verwenden, das bereits zwanzig Jahre alt ist, oder eines, auf dem derjenige gar nicht selbst zu sehen ist.

Peggy-Sue lächelt, als hätte ich ihr gerade eröffnet, dass ich ein universales Mittel für den Weltfrieden entdeckt habe, und ich schaue ihr kopfschüttelnd hinterher, während sie die Agentur verlässt.

Trotzdem verspüre ich auch ein bisschen Neid, weil es schön sein muss, sich so wie sie immer wieder und voller Enthusiasmus auf jemanden einlassen zu können.

Tyson

* * *

PHYSIOTHERAPIE, anschließend zum Teamarzt, zweimal in der Woche noch zusätzlich zum Trainer, um mit ihm über Tysons Fortschritte zu sprechen, dann ist das regelmäßige Pflichtprogramm auch schon wieder erfüllt.

Normalerweise würde er jetzt Urlaub machen und versuchen, die verlorene Saison ganz schnell wieder zu vergessen, aber die möglichst rasche Wiederherstellung seines verletzten Knies ist ihm momentan deutlich wichtiger.

Ohnehin hat er noch nie zu den Spielern gehört, die in der spielfreien Zeit alles schleifen lassen und bis zum Trainingsbeginn zwanzig Kilo Muskelmasse durch Fett ersetzt haben.

Dennoch sind Auszeiten wichtig, zumal während der Saison meist nur sehr wenig freie Zeit bleibt, selbst am spiel- und trainingsfreien Erholungstag sind die Spieler oft noch damit beschäftigt, Auswertungen der letzten Spiele auf Video anzuschauen.

Normalerweise macht Tyson das alles nichts aus, weil er als Ausgleich dafür regelmäßig aufs Eis kann, aber momentan zermürbt ihn die Routine aus Physiotherapie und Nichtstun.

Immerhin darf er seit ein paar Tagen wieder zum Krafttraining gehen, was, auch wenn er das verletzte Knie nach wie vor schonen muss, zumindest eine willkommene Abwechslung darstellt.

„Wen bringst du eigentlich heute Abend zur Teamparty mit, wieder deine Tante Thelma?" Luke wackelt grinsend mit den Augenbrauen, während er die Gewichte für die Beinpresse neu einstellt, und Tyson erstarrt.

Die verdammte Teamparty hat er völlig vergessen – oder wohl eher völlig verdrängt.

Er hasst Veranstaltungen wie diese, bei denen es vor allem darum geht, beim Teambesitzer sowie ein paar ausgewählten Presseheinis und Sponsoren schön Wetter zu machen. So etwas war noch nie sein Ding, und als Teamparty kann man es auch nur deshalb bezeichnen, weil das gesamte Team anwesend sein muss und es für alle anderen geladenen Gäste vermutlich eine großartige Feier sein wird.

Tyson selbst könnte mehr als gut darauf verzichten – dann doch lieber Langeweile.

„Fuck! Ich habe überhaupt nicht mehr daran gedacht …" Tyson greift nach seinen Krücken, um von der Hantelbank aufzustehen, auf der er gerade noch gelegen hat.

Lukes Dauergrinsen wird noch ein bisschen breiter, als es sowieso schon den lieben langen Tag ist.

„Dann solltest du vielleicht wirklich noch mal deine Tante Thelma fragen. Du weißt ja, was es bedeutet, wenn du heute Abend ohne weibliche Begleitung kommst." Luke erschauert gespielt. „Ich habe den Fehler einmal gemacht – das wird mir nie wieder passieren."

Leider weiß auch Tyson ganz genau, was es bedeutet, zu solchen Veranstaltungen allein zu erscheinen. Man wird quasi als Freiwild betrachtet.

Nicht, dass es sexuelle Übergriffe auf ihn geben würde, aber jeder Pressefuzzi ist der Meinung, dass man sich stundenlang mit ihm unterhalten müsse, und diese Typen können wirklich nervig werden. Viele der Reporter scheuen sich schon unter normalen Umständen nicht, Fragen zu stellen, die weder die Presse noch die Öffentlichkeit etwas angehen. Drückt man ihnen ein Glas Champagner in die Hand und setzt sie an einen hübsch gedeckten Tisch in netter Atmosphäre, scheint der eine oder andere von ihnen jegliches Gefühl für Scham oder Takt zu verlieren, und sie fragen einfach alles, was ihnen gerade in den Sinn kommt. Angefangen bei harmlosen Dingen wie dem

Lieblingsessen bis hin zu bevorzugten sexuellen Praktiken; es ist unglaublich, wie dreist manche Menschen sind. Selbstverständlich muss man ihnen nicht auf alles antworten, aber es ist oft gar nicht so einfach, dennoch nett und höflich zu bleiben.

Ein weiteres Problem sind die gelangweilten Ehefrauen irgendwelcher Sponsoren, die permanent tanzen wollen.

Natürlich hat Tyson dieses Mal die perfekte Ausrede, um zumindest diesen Punkt zu vermeiden, denn mit seinen Krücken kann er sich wohl kaum auf die Tanzfläche begeben; andererseits hindern die blöden Dinger ihn auch daran, schnell genug abhauen zu können, sollte es darauf ankommen.

In dem Jahr nach Justines Tod hat er einmal den Fehler gemacht, allein auf einer dieser dämlichen Teampartys aufzutauchen.

Am Ende des Abends hatte Tyson hässlichen violetten Lippenstift einer Mittsechzigerin am weißen Kragen seines Hemdes kleben, weil sie sich jedes Mal viel zu nah zu ihm gebeugt hat, um mit ihm zu sprechen. Er hat einem Reporter aus lauter Verzweiflung, von den lila Lippen verschont zu bleiben, Dinge aus seinem Leben preisgegeben, von denen er niemals wollte, dass sie öffentlich werden, einem anderen hat er Spieltaktiken verraten, die ebenfalls niemals bekannt werden sollten.

Aber meine Güte! Die Typen können wirklich penetrant und aufdringlich werden. Obendrein hat Tyson zu viel getrunken, und die Journalisten waren immer noch besser als die Frau des Unterhosenherstellers mit den violetten Lippen – die haben ihm nämlich irgendwie Angst gemacht.

Zum krönenden Abschluss hat ihn die achtzehnjährige

Tochter des russischen Ersatztorhüters, der in dieser Saison neu zum Team gekommen war, vor den Toiletten abgefangen und ist wild knutschend über Tyson hergefallen.

An sich wäre das kein Problem gewesen, sie war ja immerhin volljährig, war wirklich hübsch, und küssen konnte sie auch, obendrein hat Tyson sie auf mindestens fünfundzwanzig geschätzt und sich nicht weiter gegen ihren Übergriff gewehrt.

Allerdings muss der Vater des Mädchens wohl Lunte gerochen haben und hat nach seiner Tochter gesucht …

Letztendlich führte der Abend zu einem ruinierten Hemd – selbst die Reinigung hat die violetten Flecken aus dem Kragen nicht mehr herausbekommen –, zu pikanten Details aus Tysons Privatleben, die plötzlich durch die Presse geisterten, und zu einem Abstecher in der Notaufnahme wegen einer gebrochenen Nase. Der neue russische Torhüter hatte eine wirklich verdammt harte Rechte.

Außerdem wäre Tyson am nächsten Tag wegen der verratenen Spieltaktiken, die ebenfalls in der Presse auftauchten, beinahe aus der Mannschaft geflogen, aber zum Glück hat der Coach sich dann doch dazu entschieden, ihn stattdessen anderthalb Stunden lang anzubrüllen.

All das wäre höchstwahrscheinlich nicht passiert, wenn Tyson an diesem Abend in weiblicher Begleitung gewesen wäre.

Dann hätte er nämlich jemanden gehabt, der auf ihn aufgepasst hätte, und außerdem eine gute Ausrede, warum er sich nicht für jeden Idioten beliebig viel Zeit nehmen kann.

Leider hat Tante Thelma heute Abend keine Zeit, denn da ist der monatlich stattfindende Bingo-Abend in der Gemeinde, und dieser ist immer absolut heilig. Obendrein würde er es ohnehin nicht mehr schaffen, sie rechtzeitig einfliegen zu lassen.

„Fuck!“ Tyson rauft sich die Haare und Luke grinst amüsiert.

„Du wiederholst dich, Mann!“ Er gibt ein Geräusch von sich, bei dem es sich vermutlich um ein unterdrücktes Lachen handelt, und Tyson rechnet es ihm hoch an, dass er wenigstens versucht, sich zurückzuhalten. „Aber Fluchen wird dir auch nicht weiterhelfen. Du solltest dir besser etwas einfallen lassen. Wenn du möchtest, kann ich meine Mutter fragen, ob sie Zeit hat, dich zu begleiten …“

„Lass mal gut sein!“, antwortet Tyson schnell und verlässt dann den Kraftraum.

Lukes Mutter hat die furchtbarste Stimme, die er jemals gehört hat, und sie redet auch noch ohne Unterlass. Allein bei dem Gedanken daran bekommt er schon Kopfschmerzen. Außerdem wiegt sie geschätzte hundertdreißig Kilo, die sie in Klamotten zwängt, die mindestens zwei Nummern zu klein sind, sodass man immer Angst haben muss, dass jeden Moment irgendwo eine Naht reißt. Das Ganze garniert sie mit einem Parfüm, das nach einer Mischung aus Talkum und süßen Blumen riecht. Tyson würde sich vermutlich nach der Hälfte der Party heute Abend aus dem Fenster stürzen, sollte Lukes Mutter seine Begleitung sein.

Sollte es ihm dennoch gelingen, den Abend zu überstehen, würden die Jungs aus seinem Team nie mehr damit aufhören, über ihn zu lästern.

Er muss sich ganz dringend etwas anderes einfallen lassen!

Madison

* * *

HEUTE IST es in der Agentur ruhig, und Mia hat sich den Tag freigenommen. Sie muss mit ihrem Sohn zum Zahnarzt und diverse andere Dinge erledigen, für die sie abends keine Zeit mehr findet.

Die Dates für die nächste Woche sind alle geplant und vorbereitet – es wird einen Kochkurs mit anschließendem Dinner geben, bei denen die vorher selbst zubereiteten Gerichte gegessen werden. Nicht sehr spektakulär, aber dennoch sehr beliebt, vielleicht weil das anschließende Dinner so eine klassische Komponente ist.

Ich rufe zur Sicherheit noch einmal bei der Kochschule an, in der das Ganze stattfinden wird, dann fahre ich den Rechner herunter und beschließe, eine Stunde früher Feierabend zu machen.

Draußen herrscht heute strahlender Sonnenschein, eigentlich das optimale Wetter, um sich in ein Café zu setzen und das Wochenende mit einem Glas Wein einzuleiten. Freie Wochenenden sind in unserem Job Luxus, denn normalerweise finden die Dates natürlich vor allem an Freitag- und Samstagabenden statt. Mia hat es allerdings in der Vergangenheit so eingerichtet, dass sie wenigstens ab und an ein freies Wochenende für sich selbst zur Verfügung hat. Sie ist der Meinung, dass das wichtig sei, damit man soziale Kontakte halten und am normalen Leben normaler Menschen teilnehmen kann, und sie hat recht damit. Auch wenn ich heute noch nicht so wirklich weiß, was ich mit meiner freien Zeit eigentlich anfangen soll.

Einen kurzen Moment bleibe ich vor der Terrasse eines kleinen Restaurants stehen, aber schließlich überlege ich es mir doch anders.

Ich bewundere die Menschen, denen es nichts ausmacht, sich allein in ein Restaurant zu setzen und den Abend zu genießen oder allein ins Kino zu gehen, allein in den Urlaub zu fahren. Eigentlich ist es doch wunderbar, wenn man dafür niemanden sonst braucht, wenn man sich selbst genug sein kann.

Ich gehöre leider nicht zu diesen Menschen. Irgendwie komme ich mir immer albern dabei vor, allein mit meinem Getränk an einem Tisch zu sitzen und Löcher in die Luft zu starren, während um mich herum alle die interessantesten Gespräche zu führen scheinen.

Also mache ich nur einen ausgiebigen Schaufensterbummel und telefoniere währenddessen mit Autumn, die im Moment mit ihrem Mann Tate in New York ist, bevor ich mich auf den Heimweg mache.

Morgen kommt mein Bruder übers Wochenende nach Hause, dann werde ich ihn bestimmt dazu überreden können, etwas mit mir zu unternehmen.

Dennoch habe ich das Gefühl, dass ich mir heute auch schon dringend etwas Gutes tun muss, also gehe ich in den kleinen Schokoladenladen, den ich neulich entdeckt habe, aber für den ich mir bisher noch keine Zeit genommen habe.

Ich liebe Läden wie diesen, und ich habe eine ausgeprägte Schwäche für Schokolade und Kakao. Es ist unglaublich, wie viele verschiedene Sorten und Geschmacksrichtungen es gibt, und ich meine damit nicht nur die Unterschiede zwischen heller und dunkler Schokolade. Je nach Sorte der Kakaobohnen, nach Anbaugebiet und Zubereitung kann der Geschmack sehr variieren.

Bereits als Kind hat mich die Zubereitung von Schokolade und Kakao völlig fasziniert, und zwar deutlich über das Maß hinaus, in dem sich Kinder sonst für Süßigkeiten interessieren.

Obendrein war es das Einzige, was ich in der Küche meiner Mutter je kochen durfte. Sie selbst mag keinen Kakao, sodass sie es immer ganz mir überlassen hat, Mason und mich damit zu versorgen, was eine wahre Seltenheit war.

Ich würde lügen, wenn ich behaupten würde, dass meine Kindheit nicht sehr schön und sehr beschützt gewesen wäre, denn das war sie. Mein Vater war zwar aus beruflichen Gründen oft nicht zu Hause, aber unsere Mom war immer für Mason und mich da, und sie hat einfach alles für uns getan.

Leider ist *alles* eben auch manchmal ein bisschen viel des Guten. Ich koche zum Beispiel bis heute weder gut noch gerne, weil ich, außer bei Kakao, niemals wirklich in der Küche mithelfen durfte, auch dann nicht, wenn ich es wollte. Jeglicher Versuch diesbezüglich endete immer damit, dass Mom mich spielen geschickt hat, weil ihr die Tomatenwürfel oder Zwiebelringe nicht gleichmäßig genug geschnitten waren und sie es doch lieber selbst gemacht hat.

Meine Mom hatte immer sehr genaue Pläne vom Leben, von ihrem eigenen – und von unseren ebenso.

Es war immer klar, dass Mason in die Fußstapfen meines Vaters treten würde, um ebenfalls Sportagent zu werden, und es war ebenfalls klar, dass ich irgendetwas studieren gehen werde, weil man das eben so macht, um dann wieder zurück nach White Crossing zu kommen, dort Janos zu heiraten und Kinder mit ihm zu bekommen.

Mein Coffee-Shop war ihr schon ein Dorn im Auge, in ihrer Vorstellung sollen Frauen besser nicht zu selbstständig sein, aber da Janos sich mit dem Heiraten und Kinderbekommen lieber noch ein bisschen Zeit lassen wollte, brauchte ich schließlich einen Job – und da diese in White Crossing nicht unbedingt üppig gesät sind, hat sie sich letztendlich doch damit abgefunden, dass ich mich selbstständig mache. Es war ja bloß für den Übergang, nur bis Kinder kommen … Meine Mom war von Janos und meiner Trennung genauso wenig begeistert wie ich selbst, und dass ich nach Midway gezogen bin, hat sie einzig deshalb akzeptiert, weil ich erst mal bei Mason wohnen werde – wahrscheinlich denkt sie, dass es nur eine Frage der Zeit ist, bis ich wieder zurück nach White Crossing komme und ein Leben lebe, wie sie es sich immer vorgestellt hat.

Doch nachdem ich jahrelang geglaubt habe, dass das genau das ist, was ich auch gerne möchte, bin ich mir nun gar nicht mehr so sicher.

Janos hat eine Entscheidung für sich getroffen, die mich selbst ebenfalls miteinbezogen hat, ob ich das nun wollte oder auch nicht. Ich habe ihn geliebt, und Liebe kann mächtig und auch grausam sein. Seine Entscheidung, mich nicht mehr zu lieben, hat mich schrecklich aus der Bahn geworfen. Eine Zeit lang hat es sich angefühlt, als stünde ich irgendwo am Rand und würde dem Leben zusehen, wie es ohne mich weiterläuft.

Das hat sich furchtbar angefühlt, doch mittlerweile erkenne ich auch die Vorteile darin:

Wenn man Dinge von außen betrachtet, statt auf einer

festgelegten Bahn mitzulaufen, wenn man gezwungen ist, sich zu überlegen, wo man sich in Zukunft wieder einordnen will, entdeckt man manchmal Möglichkeiten, von denen man früher nur geträumt hätte.

Lächelnd rieche ich an den Schokoladenstückchen, die dafür gemacht sind, sie in heißer Milch aufzulösen, und entschließe mich dazu, gleich zwei Sorten mitzunehmen – allerdings bloß welche von denen, die noch nicht mit Gewürzen versehen sind. Das werde ich, je nach Stimmung, selbst machen, ein bisschen Zimt oder Vanille hinzufügen, vielleicht auch Kardamom oder Anis oder ein paar Tropfen von dem Bittermandelöl, das ich neulich erst gekauft habe.

Ich liebe heißen Kakao, es ist mein persönliches Symbol für Freiheit, gespickt mit jeder Menge Kindheitserinnerungen, und darüber hinaus ist er einfach unglaublich lecker.

Tyson

* * *

Es ist doch typisch für Frauen, dass sie nie pünktlich da sind, wenn man sie mal braucht.

Fluchend sieht Tyson auf seine Armbanduhr. Normalerweise müsste Madison bereits seit einer halben Stunde zurück sein, und selbst dann wäre die Zeit vermutlich denkbar knapp gewesen.

Justine zumindest hat immer Stunden gebraucht, um sich für eine Veranstaltung wie die bevorstehende Teamparty zurechtzumachen, und seiner Erfahrung nach war sie damit kein Einzelfall.

Wenn Madison also überhaupt einwilligen sollte, Tyson heute Abend zu begleiten, dann wird das alles eine ganz, ganz knappe Angelegenheit werden.

Hoffentlich hat sie etwas Geeignetes zum Anziehen, Frauen sind bei solchen Dingen ja immer entsetzlich heikel.

Als er endlich ihren Wagen in der Einfahrt hört, zieht sich in seinem Magen irgendetwas nervös zusammen, ein Gefühl, das er schon so lange nicht mehr gespürt hat, dass er für einen Moment glaubt, er könne vielleicht krank werden.

13

Madison

* * *

„Ich soll dich begleiten?“ Ich starre ihn an, als hätte ich eine Erscheinung, aber ich kann mir einfach nicht vorstellen, dass ich das gerade richtig verstanden habe.

Tyson zuckt lässig mit den Schultern.

„Ich habe keine Lust, Lukes Mutter mitzunehmen, und ohne weibliche Begleitung muss man ständig mit irgendwelchen Frauen tanzen, mit denen man eigentlich nichts zu tun haben will.“

„Du solltest doch über jede Frau glücklich sein, die etwas mit *dir* zu tun haben will. Egal, ob es sich dabei um irgendwelche Mütter von irgendwelchen Lukes handelt oder um Frauen, die einfach nur mit dir tanzen wollen!“ Ich verschränke die Arme vor der Brust, und erst als Tysons Blick zu meinem Dekolleté wandert, stelle ich fest, dass ich ihm meine Oberweite damit wie auf einem Silbertablett präsentiere.

„Ich habe gewisse Ansprüche, was Frauen angeht, weißt du ...“, antwortet Tyson, ohne dabei den Blick von meinem Ausschnitt zu nehmen, und ich weiß nicht so richtig, ob ich mich geschmeichelt fühlen oder ihm eine runterhauen soll.

„Ansprüche an Frauen oder an ihren Vorbau?“ Langsam lasse ich meine Arme sinken und ziehe den Ausschnitt meiner Bluse wieder ein Stück nach oben.

Tysons Blick wandert nun zu meinem Gesicht, ohne dabei auch nur den geringsten Anflug von Verlegenheit erkennen zu lassen.

„Ist der Vorbau einer Frau nicht ein Teil von ihr? Ich finde, das ist eine beinahe philosophisch anmutende Frage ...“

„Im Gegensatz zu euch Männern überlassen wir das Denken jedenfalls nicht kopffernen Teilen unserer Anatomie – insofern ist mein Vorbau zumindest kein Teil meiner Persönlichkeit ... aber wir schweifen vom Thema ab. Warum soll ausgerechnet ich dich begleiten? Du hast bestimmt ein ganzes Telefonbuch voller Frauen, die völlig aus dem Häuschen wären bei der Vorstellung, den legendären Tyson Walker zu einer offiziellen Party begleiten zu dürfen.“

„Und genau da liegt das Problem.“ Er zuckt mit den Schultern. „Wenn ich eine von ihnen anrufe, macht sie sich Hoffnungen, dass eine solche Einladung zu irgendetwas an *mehr* führen könnte. Also mehr als nur eine heiße Nacht.“

„Nicht auszudenken, sich auf so etwas wie eine Beziehung einzulassen. Ist ja ekelhaft!“

Mit schräg gelegtem Kopf betrachtet er mich, und sein Blick wird auf einmal weich.

„Du weißt doch selbst am besten, wozu so etwas führt, Madison. Nichts als gebrochene Herzen und jede Menge Ärger."

Irgendetwas in seinem Gesicht wirkt auf einmal offener als vorher, verletzlicher, und mein Herz macht einen kleinen Sprung, bevor es sich zusammenzieht, weil es Mitleid hat, das dumme Ding. Ich seufze tief und reibe mir dann über die Augen.

„Beziehungen sind Arschlöcher", gebe ich leise zu und Tyson lächelt.

„So sieht's aus. Und da du, außer meiner Tante Thelma, wahrscheinlich die einzige Frau auf diesem Planeten bist, die nicht auf etwas in Richtung Beziehung hofft, wenn sie mit mir zu dieser dämlichen Party geht, hatte ich die Hoffnung, du würdest mich begleiten."

„Oh, du kannst dir ganz sicher sein, dass eine Beziehung das Allerletzte ist, was mir in den Sinn kommt, wenn ich dir begegne. Genau genommen schreien alle meine Sinne jedes Mal laut auf, damit ich meine Beine in die Hand nehme und so weit weglaufe, wie ich nur kann. Allerdings hat Mason gesagt, ich soll nett zu dir sein, und ich mag meinen Bruder. Außerdem machst du in letzter Zeit den Eindruck, als ob du ein Kindermädchen wirklich nötig hättest, und ich habe eine sehr soziale Ader."

Tyson unterbricht meine kleine Ansprache mit einer ungeduldigen Handbewegung.

„Ich bin böse, verdorben und ein sehr, sehr schlechter Mensch. Auch wenn die Frauen gerne mal ‚O mein Gott, ja!' schreien, wenn sie mit mir im Bett sind, hat die eine oder andere später schon behauptet, ich sei eigentlich der Teufel. Doch die ausgedehnten Analysen meiner schillernden Persönlichkeit helfen uns gerade nicht weiter. Die einzig wichtige Frage, die es momentan zu beantworten gilt, lautet: Kommst du nun mit oder nicht?“ Mit erwartungsvoll hochgezogenen Augenbrauen sieht er mich an und wirkt dabei wie ein kleiner Junge, der nach Keksen bettelt.

Das Kindermädchen in mir wird ein kleines bisschen schwach.

„Wann soll diese Party denn stattfinden?“ Vielleicht tut es mir ja gut, mal ein wenig rauszukommen, mal etwas anderes zu sehen als nur meine Arbeit. Obendrein weiß ich, dass Scarlett und Janos garantiert Sportnachrichten sehen werden, und wenn es tatsächlich eine Fernsehübertragung geben sollte ... Na ja, wahrscheinlich ist es albern, aber der Gedanke, dass sie mich an der Seite eines der größten Eishockeystars des Landes sehen, gefällt mir ausgesprochen gut. Janos steht auf Eishockey, und irgendwie habe ich das Gefühl, ihm damit etwas heimzahlen zu können.

„In einer halben Stunde geht es los.“

„Wie bitte?“ Ich dachte an irgendwann nächste Woche.

„Dreißig Minuten – man nennt so etwas auch eine halbe Stunde ...“

„Das weiß ich, du Klugscheißer. Aber behauptest du nicht immer, du hättest so unglaublich viel Ahnung von Frauen? Wie bitte soll ich es schaffen, mich in dreißig Minuten für eine Party fertig zu machen? Ich muss noch duschen und mich schminken und umziehen und meine Haare ...“

„Lass dir halt was einfallen, Mary Poppins. Du kannst doch ein bisschen zaubern, oder nicht? Und jetzt sieh lieber zu, dass du nicht noch mehr Zeit verlierst. Mittlerweile sind es nämlich nur noch neunundzwanzig Minuten."

Tyson macht eine Bewegung mit seinen Händen, als wolle er ein paar aufgeschreckte Hühner die Treppe nach oben scheuchen, und in seinen Augen glitzert es so übermütig, dass ich mich ausnahmsweise mal nicht über ihn ärgere, sondern zusehe, dass ich ins Bad komme – mittlerweile sind es vermutlich nur noch achtundzwanzig Minuten, und das ist wirklich mehr als sportlich.

Ich warte nicht ab, bis das Wasser unter der Dusche warm geworden ist, sondern stelle mich sofort darunter und muss mich zusammenreißen, um nicht laut aufzuquietschen, weil es noch so kalt ist, aber zumindest macht es mich wieder munter. Ich wasche mich in Rekordtempo, rasiere mir die Beine und die Achseln, und als ich gerade fertig bin, wird auch das blöde Wasser endlich warm – aber zu spät, ich habe keine Zeit mehr, es noch zu genießen, und drehe es einfach ab. Irgendetwas stimmt mit der Warmwasserpumpe nicht, Mason muss das dringend reparieren lassen!

Ich zittere ein wenig, als ich mich ins Badehandtuch wickle, und schaue skeptisch in den Spiegel.

Zumindest hat das eiskalte Wasser dafür gesorgt, dass mein Teint rosig geworden ist, dennoch lege ich ein bisschen Foundation und Puder auf, betone meine Wangenknochen mit einem Hauch von pfirsichfarbenem Rouge und meine Augen mit schwarzer Mascara und einem Lidstrich – für mehr bleibt keine Zeit, und den Lippenstift benutze ich lieber erst, wenn ich mein Kleid angezogen habe, erfahrungsgemäß verschmiere ich ihn sonst und habe ihn anschließend überall im Gesicht, bloß nicht dort, wo er hingehört.

Bei meiner Kleidung habe ich keine große Wahl, denn der Großteil meiner Klamotten ist nach wie vor eingelagert. Das einzige Kleid, das auch nur annähernd infrage kommt, ist ein dunkelgrünes, knielanges Etuikleid, das im Stil der Dreißigerjahre über und über mit Fransen besetzt ist.

Zwischen den Sachen, die ich sonst im Café getragen habe, finde ich einen taillenkurzen schwarzen Blazer, denn um mit nackten Armen zu gehen ist mir heute definitiv zu kalt, zumal mir nach der Dusche ohnehin immer noch nicht wieder richtig warm geworden ist.

Danach sprinte ich zurück ins Bad. Ich habe noch neun Minuten Zeit, das reicht im Leben nicht mehr für eine vernünftige Hochsteckfrisur, jedenfalls keine, mit der ich mich wohlfühle.

Also beschließe ich, mein Haar offen zu lassen, es nur mit dem Glätteisen ein bisschen zu weichen Wellen zu bändigen und es mir an einer Seite aus dem Gesicht zu stecken.

Ich bin gerade damit fertig, als Tyson mich von unten ruft.

„Komme sofort!", brülle ich zurück und schminke mir noch schnell die Lippen, bevor ich in meine Schuhe schlüpfe und die Treppe nach unten eile – und erstarre.

Denn unten steht Tyson. In einem dunkelgrauen, dreiteiligen Anzug und dazu passender Krawatte, sein Haar ist so zerzaust wie immer, seine Augen funkeln, und mir bleibt die Luft weg.

Er sieht wirklich atemberaubend gut aus, und ich bin mir sicher, dass es Millionen von Frauen gibt, die mich heute Abend beneiden werden.

Tyson

* * *

HAARE, nichts als Haare. Madison scheint aus nichts anderem als einer Flut dunkelroter Locken zu bestehen, die ihr fast bis zur Taille reichen.

Halt, nein, das stimmt nicht ganz, neben diesem unglaublichen Haar, das er heute Abend zum ersten Mal offen sieht und bei dem er sich unwillkürlich fragt, wie es wohl aussehen würde, wenn es sich auf seinem Kopfkissen ausbreitet, besteht Madison auch noch aus jeder Menge Kurven. Killerkurven. Solche Kurven, wie sie Frauen in den Sechzigerjahren hatten, als der Schlankheitswahn noch kein Thema war. Bei jeder Bewegung schwingen die Fransen an Madisons Kleid, verbergen und betonen ihren Körper gleichzeitig.

Tyson muss schlucken. Er macht einen Schritt auf sie zu, nur um dann unschlüssig stehen zu bleiben.

Er wollte Madison tatsächlich mitnehmen, um sich Ärger vom Hals zu halten, stattdessen wird er vermutlich den gesamten Abend damit beschäftigt sein, *ihr* Ärger vom Hals zu halten beziehungsweise sie vor einer Horde sabbernder Kerle zu beschützen, die sie vermutlich im Nu umringen wird. Sie sieht umwerfend aus.

Absolut unglaublich.

Der Kragen seines Hemdes erscheint ihm plötzlich zu eng, genau wie seine Hose, aber gegen Letzteres kann er nicht viel machen. Mit einer beiläufigen Bewegung versucht er zumindest, die Krawatte ein kleines bisschen zu lockern, während er die goldenen Funken beobachtet, die in Madisons Augen tanzen.

Tyson räuspert sich.

„Du siehst toll aus“, gibt er ein wenig widerwillig zu. „Ich hätte niemals gedacht, dass Mary Poppins auch sexy sein kann. Wo bitte versteckst du sonst die Kurven? Und diese Haare?“

Madison mustert ihn einen kurzen Augenblick lang, dann legt sie den Kopf in den Nacken und lacht.

Ein lautes, volltönendes Geräusch, das mitten aus ihrer Brust, aus ihrem Herzen zu kommen scheint. Nicht dieses seltsame, mädchenhafte Gekicher, das die Frauen, mit denen er sonst so ausgeht, manchmal von sich geben.

„Ich glaube, es gibt einiges, was du nicht von mir weißt ...“ Sie zwinkert ihm gut gelaunt zu.

„Zum Beispiel?“, fragt er, während Madison an ihm vorbeigeht und sich eine von diesen schmalen, kleinen Handtaschen ohne Trageriemen schnappt, die Frauen mitnehmen, wenn sie sich schick machen, obwohl die Dinger bestimmt völlig unpraktisch sind. „Was gibt es noch, was ich nicht über dich weiß, Madison?“ Zähneknirschend greift er nach seinen verdammten Krücken und hat den Umstand, die Hände nicht freizuhaben, noch nie so sehr bereut wie heute Abend. Wenn er nicht an diesen verschissenen Dingern laufen müsste, könnte er ihr jetzt den Arm anbieten, sodass sie sich bei ihm unterhaken könnte. Oder, noch besser, er könnte seine Hand auf ihren Rücken legen, kurz über ihrem grandiosen Hintern. Er könnte ihre Wärme spüren, fühlen, wie sich ihre Muskeln dort an- und entspannen, wenn sie sich bewegt, und ... Ach verdammt. Dämliche Dreckskrücken. „Verrätst du mir ein Geheimnis über dich, Madison?“, fragt er stattdessen, um wenigstens etwas von ihr zu bekommen, was ihm eigentlich nicht zusteht.

Sie bleibt neben ihm stehen und legt den Kopf leicht schief, sodass eine Strähne ihres unglaublichen Haars über ihre Schulter rutscht und an ihrem Schlüsselbein kleben bleibt.

„Du willst ein Geheimnis wissen, Tyson?“, gurrt sie, und ihre Stimme hat plötzlich etwas Heiseres an sich, das nach schmutzigem, heißem Sex und geflüsterten unanständigen Dingen klingt.

Tyson nickt, und sein Mund wird ganz trocken.

Madison beugt sich näher zu ihm, so nah, dass ihre Lippen beinahe sein Ohr streifen und er ihren heißen Atem auf seiner Haut spüren kann. Scharf zieht er die Luft ein. Sie hat heute Abend kein Parfüm benutzt, und obwohl er es eigentlich mag, wenn sich Frauen in einen raffinierten Duft hüllen, gefällt es ihm, dass Madison einzig nach sich selbst duftet. Nach sich selbst und nach diesem Hauch von Kokos, der sie immer begleitet, aber ohne die klebrige Süße, die dieser Geruch sonst manchmal mit sich bringt.

„Hier hast du ein Geheimnis. Nur für dich“, flüstert Madison mit Sexkätzchenstimme. „Ich trage unter diesem Kleid kein Höschen. Ich hatte keines, das sich nicht hässlich abgemalt hat – also habe ich es weggelassen.“

Sanft fährt sie mit den Händen über das Revers seines Jacketts, richtet seine Krawatte und stolziert anschließend mit schwingenden Hüften vor ihm in Richtung Tür.

Einen kurzen Augenblick lang starrt Tyson ihr

fassungslos hinterher, dann ist es an ihm, den Kopf in den Nacken zu legen und laut zu lachen.

Schwierigkeiten. Er steckt bis zum Hals in Schwierigkeiten, an denen einzig und allein Madison und ihr fehlendes Höschen schuld sind, und es stört ihn nicht mal im Geringsten.

14

Madison

* * *

Tyson stellt mich überall als seine Freundin vor. Nicht als *eine* Freundin, sondern als *seine*. Und auch wenn ich denke, dass es nur eine Masche von ihm ist, um die Presse auf sich aufmerksam zu machen und sich gleichzeitig die Frauen vom Hals zu halten, die anzügliche Blicke auf ihn werfen und vermutlich dabei ausrechnen, wie hoch die Abfindung im Scheidungsfall wäre, die er ihnen bezahlen würde, wenn sie es schaffen könnten, dass er sie heiratet, fühlt sich das Ganze ziemlich gut an.

Ein paar der Reporter stellen Fragen über mich, denen Tyson geschickt ausweicht – er ist wirklich ein wahrer Meister darin, Antworten zu geben, die eigentlich gar nichts aussagen. Seine Teamkameraden scheinen es hingegen gewohnt zu sein, dass er unbekannte Frauen mitbringt; sie begrüßen mich freundlich, zeigen aber kein gesteigertes Interesse an mir.

Ich lächle permanent, so oft und so lange, dass mir bereits die Wangen davon wehtun, aber unangenehm ist es trotzdem nicht.

Als wir uns nebeneinander auf unsere Plätze setzen, legt Tyson seinen Arm über meine Stuhllehne, und jedes Mal, wenn ich mich zurücklehne, berühre ich seine Hand. Zunächst weiche ich ihm aus, aber nach und nach wird seine Berührung immer selbstverständlicher, und irgendwann streicht er völlig selbstvergessen mit dem Daumen über meine Wirbelsäule, genau an der Stelle, an der der kleine Rückenausschnitt meines Kleides aufhört. Er ist dabei so sehr in das Gespräch mit dem Typen neben sich vertieft, dass ich mir gar nicht sicher bin, ob Tyson sich überhaupt darüber bewusst ist, dass er mich gerade in aller Öffentlichkeit liebkost.

Um mich abzulenken, wende ich mich nach rechts. Dort sitzt Vivian, die Freundin von Luke Steward, Tyson hat mir die beiden vorhin vorgestellt. Vivians Kleid ist schon im Stehen derartig kurz, dass es sich eigentlich nicht mehr Kleid nennen dürfte. Jetzt, wo sie sitzt, rutscht es so weit hoch, dass ich bloß hoffen kann, dass sie Unterwäsche trägt, ansonsten könnte ihr Gegenüber vermutlich einen spontanen Blick auf ihren Uterus erhaschen. Natürlich sollte man Menschen nicht aufgrund ihrer Äußerlichkeiten beurteilen, aber ich frage mich ernsthaft, was ein anscheinend netter Kerl wie

Luke mit einer Freundin wie Vivian will. Außer dem Offenkundigen natürlich, denn ich bin mir sicher, dass es nur wenige Kerle geben würde, die sie von der Bettkante stoßen würden. Sie hat eine Bombenfigur und gleichmäßige Gesichtszüge mit großen blauen Augen und einen hübschen Schmollmund. Sie besitzt diese oberflächliche Art von Attraktivität, die fleischgewordene Barbiepuppen eben haben, und ich kann mich nicht so recht davon abhalten, sie ständig anzustarren, weil ich einer Frau wie ihr im wirklichen Leben bewusst noch nie begegnet bin.

Sie scheint meinen Blick irgendwie gespürt zu haben, denn jetzt beugt sie sich lächelnd zu mir herüber.

„Sie sind also mit Tyson Walker hier …“, sagt sie und klimpert dabei mit ihren unglaublichen langen Wimpern, auf die ich zugegeben ein bisschen neidisch bin.

„Ja, genau“, beantworte ich ihre Frage, obwohl sie die Antwort bereits kennen dürfte, schließlich hat Tyson mich auch ihr als seine Freundin Madison vorgestellt.

„Oh, ich beneide Sie!“, quietscht Vivian, und ich runzle leicht irritiert die Stirn. Immerhin ist sie mit Luke zusammen, und so, wie sie ihm vorhin am Arm gehangen hat, scheint sie das auch allen deutlich zeigen zu wollen. Ich suche gerade nach irgendeiner halbwegs taktvollen Erwiderung, aber Vivian lässt mich erst gar nicht zu Wort kommen. „Tyson Walker ist einer der besten Spieler der NHL, doch das wissen Sie ja sicherlich?“ Sie lässt es wie eine Frage klingen, und ich nicke nur. „Ich habe ihn mal in der Bar getroffen, in der ich Luke kennengelernt habe, aber er hat mich völlig ignoriert. Also, Tyson.“ Vivian verzieht ihren Mund zu einem kleinen Schmollen. „Ich hätte ihn so gerne besser kennengelernt, wenn Sie wissen, was ich meine." Ich befürchte, ich weiß ganz genau, was sie meint – denn die Spieler sind sehr begehrt, völlig egal, wo sie auftauchen, und Trikotjägerinnen, wie Vivian anscheinend eine ist, haben es auf die entsprechende Kerbe im Bettpfosten abgesehen. Hockey-Häschen wie sie sind scharf darauf, erzählen zu können, dass sie mit einem Profispieler im Bett waren. Zusätzlich hoffen sie immer noch auf das große Geld und Aufmerksamkeit durch die Medien, wenn sich etwas Langfristigeres daraus entwickeln sollte. Solche Frauen sind in meinen Augen auch nicht besser als die schlimmsten Machos unter den Spielern. Die einen wollen nur Sex und können nicht treu sein, die anderen wollen Prestige und Geld und sind wahrscheinlich genauso wenig treu. Ich starte einen erneuten Versuch, irgendetwas zu Vivian zu sagen, doch auch dieses Mal kommt sie mir zuvor. Sie beugt sich mit einem Lächeln zu mir herüber, als wären wir die besten Freundinnen und würden gerade ein paar Geheimnisse auf dem Schulhof austauschen. „Stimmt es?", fragt sie. Ich sehe sie ziemlich entgeistert an.

„Stimmt was?"

„Na, die Dinge, die man sich über Tyson erzählt ..."

„Dass er einer der besten Spieler der NHL ist? Natürlich stimmt es, für so etwas gibt es Statistiken." Kurz überlege ich, ob sie überhaupt weiß, was eine Statistik ist, aber so oder so habe ich keine Lust, ihr das zu erklären. Es gibt solche Menschen, die sieht man an, und man weiß, man kann sie nicht leiden. Manchmal braucht man dafür nur wenige Sekunden, und in Vivians Fall – und mit jeder weiteren Sekunde, die ich mit ihr verbringe – wird mein negativer erster Eindruck noch bestätigt.

„Oh, Dummerchen, nicht doch – dass er ein hervorragender Spieler ist, weiß wirklich jeder …" Stimmt. Hat sie mich gerade tatsächlich Dummerchen genannt? Diese Frau ist bestimmt zehn Jahre jünger als ich und dürfte einen IQ haben, der dem eines Brötchens ziemlich nahekommt. Wahrscheinlich ist sie selbst zu doof, um zu begreifen, dass man andere Menschen nicht einfach so Dummerchen nennt. Jetzt lehnt sie sich so weit zu mir herüber, dass ihre gigantischen Brüste meinen Oberarm streifen, und ich ziehe mich beinahe hektisch zurück. Ich habe nichts gegen Brüste im Allgemeinen, allerdings habe ich eindeutig etwas gegen Vivians im Speziellen. „Ich meinte die anderen Gerüchte …" Ihre Augenlider senken sich und ihre Stimme wird noch leiser. „Die, bei denen es um seinen gewaltigen Hockeyschläger geht. Das Ding soll gigantisch sein …" Strahlend richtet sie sich wieder auf. „Und ich meine nicht den, mit dem er die Pucks übers Eis schießt!", fügt sie noch völlig überflüssigerweise hinzu.

„Er hat Hockeyschläger, die er nie benutzt?" Ich reiße die Augen ganz weit auf. Hey, die doofe Kuh hat mich Dummerchen genannt, also kann ich mich auch wie eins benehmen. Wenn sie ernsthaft so dreist ist, mich fragen zu wollen, ob Tyson einen großen Penis hat, dann soll sie es gefälligst auch aussprechen. Dass ich ihr darauf ohnehin keine Antwort geben kann, ist ja erst mal Nebensache.

Vivian verdreht die Augen.

„Kein echter Schläger. Ich meine, ob Tyson wirklich einen so großen, na, du weißt schon was hat …" Aha, die gute Vivian ist anscheinend nicht nur dumm, sondern auch noch verklemmt – das verspricht, interessant zu werden.

„Nein, leider habe ich überhaupt keine Ahnung, wovon du da sprichst! Meinst du vielleicht seinen Wagen? Der ist in der Tat sehr groß!"

Es ist doch immer wieder ein interessantes Phänomen, dass Menschen meinen, wenn man sie inhaltlich nicht versteht, müsse man bloß lauter sprechen, damit es endlich klappt – und Vivian scheint diesem Irrtum auch zu erliegen, denn nachdem sie ausgiebig mit den Augen gerollt hat, sagt sie jetzt: „Ich meine seinen Schwanz, Dummerchen!", und zwar so laut, dass sich der halbe Tisch nach ihr umdreht. Während Vivian knallrot anläuft, lehne ich mich mit einem zufriedenen Grinsen zurück. Leider hält uns in diesem Moment die Tochter von Tysons Teambesitzer, Sarah Wellington, davon ab, unser hochinteressantes Gespräch fortzusetzen, indem sie weiter vorn im Saal ein Video mit einem Jahresrückblick der Icefoxes ankündigt.

Nachdem ein paar Minuten verstrichen sind, beugt Tyson sich zu mir, so nah, dass seine Lippen mein Ohr berühren.

„Wenn du möchtest, kann ich dir meinen *Hockeyschläger* gerne mal zeigen, damit du bei solchen Fragen in Zukunft Rede und Antwort stehen kannst ..."

Ich schlage ihm grinsend auf den Oberarm und ignoriere ihn ansonsten und tue stattdessen so, als würde ich gebannt auf das Video schauen, das immer noch läuft.

Dabei muss ich gestehen, dass ich in meinem Leben schon deutlich weniger reizvolle Angebote bekommen habe, als mir Tyson Walker nackt anzusehen.

Es ist seltsam, der ganze Abend ist merkwürdig surreal, aber es macht auch jede Menge Spaß. Es ist ein wenig so, als würde ich in einem leicht abgedrehten Theaterstück die weibliche Hauptrolle spielen. Genau so, als wäre ich in eine Rolle geschlüpft, und als wäre es gar nicht mein Leben, das hier gerade stattfindet. Es ist seltsam – allerdings nicht auf die unangenehme Art.

Tyson ist unglaublich charmant, und selbst mit Krücken schafft er es noch, zuvorkommend und höflich mir gegenüber zu sein, er hält mir sogar die Türen auf und trägt meine Jacke für mich, als mir später warm wird, obwohl ich eigentlich das Gefühl habe, für ihn da sein zu müssen.

Ich weiß von Mason, dass Tyson auf einer Farm bei seiner Tante groß geworden ist, und ich habe viele Jungs wie ihn kennengelernt. Sie werden dazu erzogen, gut, höflich und hilfsbereit zu sein, dabei bloß keine Schwächen zu zeigen, und diese Erziehung geht ihnen irgendwann in Fleisch und Blut über, zumindest dann, wenn sie sich in der Öffentlichkeit bewegen. Wahrscheinlich würde er sich zutiefst in seiner Ehre gekränkt fühlen, wenn ich diejenige wäre, die ihm die Tür aufhält – also lasse ich ihn gewähren, auch wenn es mir eigentlich widerstrebt, da ich Sorge habe, dass er auf seinen Krücken umfallen und sich wieder ernsthaft verletzen könnte.

Doch Tyson ist viel mehr als der wohlerzogene Junge vom Lande, und heute Abend verstehe ich zum ersten Mal, warum ihm die Frauen reihenweise zu Füßen liegen.

Er hat diese ganz bestimmte Art an sich, einen denken zu lassen, dass man die Einzige für ihn wäre, dass seine komplette Aufmerksamkeit nur einem allein gehört, und er ist unglaublich aufmerksam.

Mein Glas ist niemals leer, er lässt mich auch nicht eine Sekunde irgendwo allein stehen, und das, obwohl er auf dieser Party wirklich jeden zu kennen scheint. Wenn er jemanden begrüßt und sich unterhält, dann stellt er mich jedes Mal vor und zieht mich völlig selbstverständlich ins Gespräch mit ein, so, als würde ich fest dazugehören.

Er merkt, dass mir kalt wird, bevor ich es selbst wahrnehme, und hängt mir meinen Blazer wieder über die Schultern, er bringt mich an die frische Luft, wenn ich eine Pause brauche, besorgt mir ein Glas Champagner mehr, als ich angespannt werde, und ein Glas Wasser, als ich merke, dass mir der Alkohol zu Kopfe steigt. Ich weiß nicht, wie er es anstellt, aber heute Abend habe ich das Gefühl, dass eigentlich er den Titel der Mary Poppins verdient hätte. Eine Art magisches Kindermädchen mit hellseherischen Kräften. Zugegeben, ein sehr männliches, sehr sexy Kindermädchen, und ich fühle mich an seiner Seite überhaupt nicht wie ein Kind, sondern ganz und gar nach Frau, sexy, interessant und begehrenswert. Wenn ich nicht wüsste, dass wir uns eigentlich gar nicht ausstehen können, würde ich behaupten, dass da irgendetwas zwischen uns ist.

Als hätte Tyson meine Gedanken gelesen, wandert sein Blick in genau diesem Augenblick zu mir und bleibt an meinem Gesicht hängen. Er mustert mich aus diesen unglaublichen Augen, die je nach Lichtverhältnissen grau, grün oder blau wirken und gerade eine Farbe angenommen haben, für die ich keine genauere Bezeichnung habe, aber es fühlt sich an, als könne ich mühelos in diesem Blick ertrinken.

Wie bereits den ganzen Abend ruht seine Hand auf meinem Rücken, sobald wir irgendwo sitzen und er die Hände frei hat, weil er seine Krücken nicht festhalten muss, und jetzt setzen sich seine Finger sanft in Bewegung, streichen über das nackte Stück Haut kurz unterhalb meines Halses, dann über den Stoff meines Kleides.

Er schaut mich noch immer an, als würde er in meinem Gesicht auf die Antwort nach einer Frage suchen, die er sich gar nicht erst zu stellen traut.

Ich sehe den kleinen Muskel an seiner Schläfe zucken, anschließend leckt er sich über die Lippen, und ich spüre die Hitzewelle, die in mir aufsteigt.

Ich schnappe nach Luft, eine Woge von etwas, worüber ich nicht genauer nachdenken will, steigt in mir auf, und Röte schießt in mein Gesicht.

Ich versuche all das zu verbergen, indem ich einen Schluck Wasser trinke und dann meinen Stuhl zurückschiebe, so heftig, dass Tyson kurz zusammenzuckt.

„Bleib sitzen, bitte …", murmle ich, als er Anstalten macht, ebenfalls aufzustehen. „Ich muss nur mal schnell für kleine Mädchen. Ich bin gleich zurück. Versprochen." Ich setze ein Lächeln auf, von dem ich hoffe, dass es so fröhlich unbekümmert ist, wie ich mich einen Großteil des Abends gefühlt habe, und dass es diese Situation … ja, was eigentlich? Entschärft, vielleicht.

Denn ja, verdammt noch mal, jetzt gerade bin ich wirklich scharf auf diesen Kerl neben mir, und ich weiß, dass es mein Untergang wäre, wenn ich dem nachgehen würde.

Tyson runzelt die Stirn, wahrscheinlich nimmt er mir mein Lächeln nicht ab. Kluger Kerl.

Zum Glück ist er auch intelligent genug, mich jetzt nicht aufzuhalten.

Ich muss mich zusammenreißen, um nicht zur Toilette zu rennen, sondern gemäßigten Schrittes dorthin zu gehen, mit Würde und Anstand.

Auf der Toilette angekommen schließe ich mich in der erstbesten Kabine ein, setze mich auf den geschlossenen

Klodeckel und lehne mein erhitztes Gesicht gegen die kühlen Fliesen. Ich warte ein Weilchen, dass sich mein Herzschlag halbwegs beruhigt, aber ich weiß, dass ich mir nicht zu viel Zeit lassen kann, weil es sonst zu auffällig werden würde.

Also atme ich ein paarmal tief durch, bevor ich aufstehe und mein Kleid glattstreiche, die Kabine verlasse und den Wasserhahn aufdrehe. Ich lasse das kalte Wasser über meine Handgelenke laufen und spritze mir ein wenig davon ins Gesicht, nur so viel, dass ich mein Make-up dabei nicht ruiniere.

Dann atme ich erneut, ruhig, tief und bewusst.

Ich hole meine Puderdose aus meiner Handtasche sowie meinen Lippenstift, frische mein Make-up ein bisschen auf und betrachte mich kritisch im Spiegel.

Kurz denke ich darüber nach, Autumn anzurufen und sie um Rat zu fragen. Als sie Tate damals kennengelernt hat, war ihr Leben ähnlich kompliziert, und wahrscheinlich würde es mich schon beruhigen, kurz ihre Stimme zu hören.

Andererseits würde das Ganze hier dadurch Dimensionen annehmen, die ich der Situation gar nicht einräumen will. Wenn man nachts um elf seine beste Freundin aus der Toilette von einer Party anruft, muss es wirklich etwas Ernstes sein – und das ist es schließlich nicht. Obendrein will ich sie lieber nicht stören, denn seit sie schwanger ist, ist sie ständig müde, und vermutlich schläft sie schon längst.

Also versuche ich es noch mal mit kühlem Wasser, das ich über meine Handgelenke laufen lasse, sowie einer Extraschicht Puder.

Nun sehe ich zwar immer noch irgendwie erhitzt aus, aber zumindest wirke ich nicht mehr wie eine Frau, die sich jeden Moment die Kleider vom Leib reißen will.

Zufrieden nicke ich mir selbst zu, packe meine Schminkutensilien wieder weg und verlasse dann deutlich ruhiger die Toilette, nur um direkt in eine große, harte Wand aus Männlichkeit und Muskeln zu laufen.

Tyson

* * *

SCHWIERIGKEITEN.

Er hätte es wirklich besser wissen müssen, schließlich hat seine Mom ihm immer wieder eingetrichtert, dass er ein Meister darin ist, sich in Schwierigkeiten zu bringen, und dass einem diese manchmal auflauern, wenn man eigentlich am wenigsten damit rechnet.

Seine Schwierigkeiten sind einen Meter und schätzungsweise sechzig Zentimeter groß und reichen ihm damit gerade mal bis zur Brust.

Sie tragen ein grünes Kleid, das die dunkelroten Haare dieser Schwierigkeiten zum Glühen bringen, und sie sehen aus, als hätten sie sich angezogen, um zu töten. Ihn zu töten. Ihn umzubringen mit einem Blick aus diesen jadegrünen Augen, und, verdammt soll er sein, er würde es mit Freude über sich ergehen lassen.

Aber er kann das genauso gut. Beute jagen und erlegen – das war schon immer sein Talent, sei es nun beim Sport oder bei dem Kampf mit Frauen.

„Hallo, Madison ... Ich dachte, es wäre vielleicht an der Zeit, nach Hause zu gehen, meinst du nicht? Wir hatten genug Gesellschaft für heute, ein bisschen mehr Abgeschiedenheit wäre vielleicht ... angemessen." Er ist sich bewusst darüber, dass jedes Wort, das er sagt, eine Doppeldeutigkeit beinhaltet, die Madison ganz genau versteht. Er ist sich sogar sicher, dass sie ihn ganz genau versteht, er kann es daran sehen, wie sie unauffällig nach Luft schnappt, wie sie sich unwillkürlich über die Unterlippe leckt, wie ihre Augenlider kurz zu flattern beginnen. Dann hat sie sich wieder im Griff. Ein paar Sekunden bloß, wenige, kostbare Augenblicke der Schwäche, und sie hat sich wieder voll unter Kontrolle.

Verdammt.

Er würde so gerne mal erleben, wie sie die Kontrolle verliert. Ob sie sich wohl gehen lässt, wenn sie kurz davor ist zu kommen? Ob sie sich in diesem Moment wohl vergessen kann?

Sie atmet tief durch, bevor sie lächelt, beinahe unschuldig. Nur wenn man genau hinsieht, kann man noch erkennen, dass sie längst nicht so cool ist, wie sie tut.

„Ist es nicht noch etwas früh, um schon zu gehen?"

Tyson zuckt mit den Schultern.

„Ich bin verletzt, da gelten Sonderrechte." Er hebt seine Krücken an, um seine Worte zu unterstreichen. „Außerdem muss ja jemand den Anfang machen, damit alle anderen, die bereits seit Stunden sehnsüchtig auf die Uhr schauen und sich nach ihrem gemütlichen Sofa und ihrem Fernseher sehnen, auch endlich nach Hause können."

Madison setzt ein kleines Lächeln auf.

„Das ist es also, wonach du dich heute Abend sehnst, Tyson? Das Sofa und der Fernseher?" In ihrer Stimme schwingt etwas mit, was er nicht richtig deuten kann. Aufregung vielleicht? Oder Enttäuschung?

Er lehnt eine seiner Krücken hinter sich gegen die Wand, sodass er eine Hand nach Madison ausstrecken kann, und streicht ihr eine Strähne ihres Haars hinter das Ohr, bevor er sich so weit zu ihr vorbeugt, wie es möglich ist, ohne sein Knie zu sehr zu belasten.

„Vor allem sehne ich mich nach einem Bett …“, flüstert er und kann dabei beobachten, wie der Puls an ihrem Hals zu flattern beginnt. Dann richtet er sich langsam wieder auf. „Ich habe uns schon ein Taxi bestellt und mich von jedem verabschiedet, der wichtig ist.“ Genau genommen hat er sich lediglich von seinem Trainer sowie dem Teambesitzer verabschiedet und ein paar seiner Mannschaftskameraden aus der Ferne zugenickt – das sollte genügen, dass sich niemand über ihn beschwert.

Madison

* * *

DRAUßEN REGNET ES IN STRÖMEN, aber der Partyservice scheint auf alles vorbereitet zu sein, und wir werden mit einem Schirm zu dem bereits auf uns wartenden Taxi geleitet.

Nachdem wir eingestiegen sind, stellt Tyson seine Krücken neben sich und greift schweigend nach meiner Hand, verschlingt unsere Finger ineinander und malt mit dem Daumen kleine Kreise auf meine Handfläche.

Alles in allem eine sehr unschuldige kleine Geste, aber dennoch genügt es aus, meinen Körper mit einer Hitze zu erfüllen, die dafür sorgt, dass ich nervös auf meinem Sitz hin und her rutsche.

Ich frage mich wirklich, was das heute Abend zwischen uns ist und ob ich wissen will, wo es noch hinführt, denn eigentlich will ich gar nicht, dass es überhaupt irgendwo hinführt, zumindest dann nicht, wenn ich auch nur ein klitzekleines bisschen Verstand einsetze.

Ich bin noch nie der Typ Frau gewesen, die mit einem Mann ins Bett gegangen ist, ohne echte Gefühle für ihn zu haben; ich bin einfach nicht der Typ für One-Night-Stands oder Affären ohne Bedeutung.

Ich spüre Tysons Blick auf mir und drehe meinen Kopf in seine Richtung.

Er betrachtet mich aus Augen, die in diesem Licht dunkelgrau und endlos tief wirken, betrachtet mich voller Ernsthaftigkeit und ohne dieses schelmische Funkeln, das er sonst ständig hat.

In seinem Blick steht eine unausgesprochene Frage, die ich nicht beantworten kann, weil ich keine Antwort darauf habe.

Was wird das heute noch mit uns?

Ich habe keine Ahnung.

Zittrig hole ich Luft und will irgendetwas sagen, ringe verzweifelt nach Worten, als der Taxifahrer mich aus der Situation rettet.

„Sind Sie wirklich Tyson Walker?“, fragt er und schaut Tyson im Rückspiegel an. „Ich bin ein Riesenfan von Ihnen! Und natürlich von den Icefoxes …“

Natürlich ist er das, ich habe manchmal den Eindruck, dass jeder Mann und jede zweite Frau im Umkreis von hundert Meilen ein Riesenfan der Icefoxes ist.

Die beiden unterhalten sich den Rest der Fahrt über die letzten Spiele, sie sprechen über Tysons Verletzung und spekulieren über die nächste Saison, die erst im Oktober wieder offiziell beginnen wird.

Ich entspanne mich ein wenig, ein kleines bisschen zumindest, als hätte ich eine Gnadenfrist erhalten, denn Tysons Hand, die meine nach wie vor festhält, mit der er noch immer meine Handfläche und meine Finger liebkost, zeigt mir deutlich an, dass er mich nicht vergessen hat.

15

Madison

* * *

Als wir vor dem Haus meines Bruders ankommen, regnet es unverändert in Strömen.

Tyson gibt dem Taxifahrer ein Autogramm, lässt ihn ein Selfie mit sich machen, bezahlt ihm die Fahrt und gibt zusätzlich ein großzügiges Trinkgeld, bevor wir aussteigen.

Hier wartet niemand mit einem Schirm auf uns. Und obwohl es bis zum Haus nur ein paar Meter sind, werden wir ordentlich nass, bis wir endlich die Haustür aufgeschlossen haben und hineingehen können.

Ich bin noch immer zu keiner Entscheidung gekommen, was ich will, aber Tyson lässt mir auch keine Zeit mehr, eine zu treffen. Kaum dass sich die Tür hinter uns geschlossen hat, lehnt er sich gegen die Wand, lässt seine Krücken los, die mit einem lauten Klappern zu Boden fallen, und zieht mich in seine Arme, und ich bin viel zu überrascht, um in irgendeiner Form Widerstand zu leisten.

Einen kurzen Augenblick lang sieht er mich an, bevor er mein Gesicht mit beiden Händen umfasst.

„Das wollte ich schon den gesamten Abend tun …“, murmelt er, dann zieht er mich noch ein Stück näher zu sich heran, und seine Lippen legen sich sanft und fest zugleich auf meine.

Sein Kuss ist langsam, beinahe keusch, er lässt seine Lippen geschlossen auf meinen ruhen, so, als würden wir uns ständig küssen, als hätten wir alle Zeit der Welt und als wäre das alles absolut selbstverständlich.

Dennoch bin ich völlig atemlos, als er sich schließlich wieder von mir löst, um mich anzusehen.

Ich kann meinen Blick nicht von ihm lassen. Von draußen fällt der Schein der Außenbeleuchtung durch das Oberlicht der Tür und das Fenster daneben und malt Schatten auf sein Gesicht, die es noch markanter wirken lassen, als es ohnehin schon ist.

„Madison …“, flüstert er, fährt mit dem Daumen die Kontur meines Kinns und meiner Unterlippe nach, und ich höre mich selbst nach Luft schnappen.

Dann küsst er mich wieder, diesmal richtig. Seine Lippen legen sich erneut auf meine, drängen sie auseinander, und seine Zunge schlingt sich um meine, samtig und fordernd, während sein Atem so keuchend wird wie meiner.

Er schmeckt nach Champagner und nach dem Zimtkaugummi, den er vorhin gekaut hat, und darunter liegt sein eigener Geschmack, dunkel und verlockend.

Ich vergesse alles andere um mich herum, vergesse alle Zweifel, die ich jemals hatte.

Scheiß darauf, dass ich eigentlich nicht der Typ von Frau bin, der sich auf solche Sachen einlässt, es ist im Moment völlig unwichtig. Alles ist egal, solange Tyson nur nicht damit aufhört, mich zu küssen.

Sein Oberschenkel drängt sich zwischen meine Beine, presst gegen mich, findet den Punkt, an dem ich es am dringendsten brauche.

Tysons Hände verkrallen sich in mein Haar, er zieht meinen Kopf leicht nach hinten, sodass seine Zunge ein bisschen tiefer in mich eindringen kann, gleichzeitig intensiviert er den Druck seines Schenkels zwischen meinen Beinen, und ich beginne mich von selbst an ihm zu reiben, weil ich es einfach nicht mehr aushalten kann, ihn noch mehr, noch intensiver, noch stärker zu spüren.

Ich habe niemals zuvor einen Mann getroffen, der so hinreißend küssen kann wie Tyson Walker. Dabei schmeckt er so gut, nach einer Spur von Zimt und nach mehr. Meine Finger verkrallen sich in seiner Krawatte, die ich versuche zu lösen, während seine Hände an meiner Rückseite hinabwandern, bis sie an meinem Po angelangt sind.

Er presst mich enger gegen sich, und ich muss mich von ihm lösen, weil ich das Gefühl habe, sonst keine Luft mehr bekommen zu können.

Mein Herzschlag dröhnt laut in meinen Ohren, und ich erschaudere. Ich fühle mich völlig berauscht, vielleicht liegt es auch daran, dass ich unter akutem Sauerstoffmangel leide, denn erst jetzt, wo sich meine Lungen wieder damit füllen, merke ich, dass ich anscheinend in den letzten Sekunden vergessen habe zu atmen.

Tysons Hände wandern zurück zu meinem Gesicht, er hält mich ein wenig auf Abstand, um mich besser betrachten zu können, und in seinen Augen kann ich Erregung sehen, als würden sie meine eigene spiegeln.

„Du machst mich verrückt, Madison …“, flüstert er, küsst die empfindliche Stelle hinter meinem Ohr und lässt mich erschauern, während seine Hände mir den Blazer von den Armen streifen und nach dem Reißverschluss des Kleides tasten.

Er hat ihn gerade wenige Zentimeter nach unten gezogen, als ich ein Geräusch wahrnehme, das ich nicht richtig zuordnen kann, dann einen kühlen Luftzug auf meinen nackten Armen.

Mein Körper reagiert schneller als der Verstand, denn ich mache einen Schritt nach hinten, weg von Tyson, und beginne im selben Augenblick heftig zu blinzeln, weil irgendwer das Licht angeschaltet hat.

„Na, was ist denn hier los?“ Mason steht in der Haustür, und er schaut von Tyson zu mir und wieder zurück, während sein Grinsen immer breiter wird.

Tyson ist deutlich geistesgegenwärtiger als ich.

„Wir kommen gerade von der Party wieder.“ Er lächelt und greift nach der gelockerten Krawatte, um sie zu öffnen und anschließend abzulegen, als hätte er genau das in diesem Moment vorgehabt. Als wären wir nur einfach so nach Hause gekommen, und als wäre da nichts, aber auch rein gar nichts zwischen uns gewesen.

Ich bücke mich und hebe Tysons Krücken vom Boden auf, weil ich auf einmal nicht mehr weiß, was ich sonst mit meinen Händen anstellen soll.

„Danke, Babe …“ antwortet er ein wenig zu beiläufig,

dann wendet er sich an meinen Bruder. „An deiner Schwester ist wirklich ein hervorragendes Kindermädchen verloren gegangen. Eure Eltern hätten sie statt Madison besser Mary nennen sollen. So wie Mary Poppins."

Deine Schwester.

Nicht Madison.

Als würde damit die Zugehörigkeit genau geklärt sein. Kaum dass Mason da ist, bin ich plötzlich wieder dessen Schwester, nicht mehr Madison.

Eine Schwester, keine Frau mehr, und erst recht keine, die vor wenigen Augenblicken kurz davorstand, den einen großen Fehler zu begehen.

Aber verdammt noch mal, ich hätte ihn so gerne gemacht, diesen Fehler, auch wenn ich eigentlich genau weiß, dass ich es spätestens morgen früh aus ganzem Herzen bereut hätte. Trotzdem fühle ich mich gerade vom Leben betrogen und verarscht.

MEINE KNIE SIND NOCH IMMER WEICH, und meine Hände zittern ein wenig, als ich mich nach meinem Blazer bücke, um ihn aufzuheben und dann an die Garderobe zu hängen.

„Also …" So unauffällig wie möglich wische ich mir meine auf einmal schweißnassen Hände an meinem Kleid ab. „Möchtest du ein Glas Willkommens-Rotwein, Mason? Im Kühlschrank ist auch noch Essen von gestern, falls du Hunger hast. Soll ich es dir warm machen?"

„Das perfekte Kindermädchen …", raunt Tyson Mason zu, und ich überlege, ob es wohl irgendwo im Haus noch Rattengift geben könnte, das ich ihm unter seinen Wein mischen kann.

Tyson

* * *

In dieser Nacht kann er nicht schlafen, ein Umstand, der überaus selten vorkommt.

Doch heute Nacht kann er einfach nicht aufhören, an Madison zu denken, und das, obwohl er vorhin eine kalte Dusche genommen und sich zweimal einen runtergeholt hat, als wäre er wieder sechzehn Jahre alt und in seine Lehrerin verliebt.

Dabei ist es viel schlimmer.

Er ist scharf auf das magische Kindermädchen, das eigentlich so gar nicht sein Typ ist und das ihn seit Tagen um den Verstand bringt.

Er hat sich wie ein Arschloch verhalten, nachdem Mason plötzlich hereingeschneit kam, aber irgendwie hat Tyson sich gefühlt, als hätte ihn jemand bei etwas Verbotenem ertappt.

Dabei sind es gerade die verbotenen Dinge, die diesen ganz gewissen Reiz ausüben, so war es schon immer.

Trotzdem ist das keine Entschuldigung dafür, dass er sich auch Madison gegenüber wie ein Arschloch verhalten hat, denn irgendwie mag er sie, auch wenn sie manchmal entsetzlich anstrengend und rechthaberisch ist, eine Besserwisserin, wie sie im Buche steht.

Selbst wenn sein Schwanz davon enttäuscht sein mag, hat ihm Mason vermutlich einen großen Gefallen damit getan, dass er einen Tag früher aus New York zurückgekommen ist, denn von selbst hätte er auch nicht mehr stoppen können. Er hätte erst aufgehört, wenn Madison unter ihm gekommen wäre, mindestens zum dritten Mal.

Ach verdammt.

Frauen bedeuten nur Ärger.

Immer.

16

Madison

* * *

Morgens wache ich mit Kopfschmerzen auf.

Mein Bruder hat gestern Abend kein einziges Wort darüber verloren, dass er Tyson und mich quasi auf frischer Tat ertappt hat, dennoch bin ich mir ziemlich sicher, dass er die Situation erkannt und richtig eingeschätzt hat, völlig egal, wie cool Tyson und ich im Anschluss auch getan haben.

Die halbe Nacht habe ich mich im Bett von der einen auf die andere Seite gedreht und konnte nicht schlafen. Mein Körper hat etwas erwartet, was er nicht bekommen hat, und war dementsprechend sauer auf mich – während mein Geist hin- und hergerissen zwischen Verärgerung und unendlicher Erleichterung war.

Verärgerung, weil ich mich innerlich bereits auf ein Abenteuer eingestellt habe, das dann doch nicht gekommen ist, und Erleichterung, weil ich ganz genau weiß, dass ich es spätestens heute Morgen bereut hätte, so leichtsinnig gewesen zu sein.

Mit brummendem Schädel gehe ich ins Badezimmer und drehe die Dusche auf.

Mal ehrlich, wo hätte es denn hinführen sollen?

Ich kenne mich, ich interpretiere viel mehr in solche Dinge hinein, als gut für mich ist, und letztendlich bleibe ich mit gebrochenem Herzen zurück, dabei hat mein Herz wirklich

mehr als genug gelitten.

Typen wie Tyson Walker bedeuten Ärger, und zwar immer. Beziehungen mit Kerlen wie ihm enden in einer Katastrophe.

Ich kenne es von meiner Tante Cindy: Mein Onkel hat sie so oft betrogen, dass es irgendwann fast egal für sie war.

Eishockeystars sind verwöhnte Jungs, die denken, all das stünde ihnen quasi per Geburtsrecht zu. Die Fans, der Erfolg, das Geld und die Frauen. Sie sind es nicht anders gewohnt, denn um es in die Profiliga zu schaffen, muss man früh mit dem Sport beginnen, und wenn man das Talent hat, das man braucht, dann ist man normalerweise bereits in jungen Jahren gefeiert und gefragt, auch bei den Mädchen.

Während sich andere Jungs in dem Alter Sorgen darüber machen, wie sie das nette Mädchen von nebenan am besten fragen, ob sie sie auf den Schulball begleitet, können sich die Jungs aus dem Hockeyteam vor willigen, kichernden Teeniemädchen kaum retten.

Wahrscheinlich sind den meisten von ihnen Selbstzweifel

und Zurückhaltung, was das andere Geschlecht angeht, völlig fremd. Wie sollte es auch anders sein, wenn einem jede zu Füßen liegt, die man haben will, und auch jede Menge, die man nicht haben will?

Solche Kerle können nicht treu sein, niemals.

Und ich? Ich könnte nicht glücklich sein mit einem Kerl, der nicht treu ist. Ebenfalls niemals. Ich habe gerade erst erfahren müssen, wie es sich anfühlt, für eine andere abserviert zu werden. Noch bin ich jung genug, um noch einmal von vorn anzufangen – nur wie wäre das, wenn ich erst zehn, fünfzehn oder zwanzig Jahre älter bin?

Männer haben es da wirklich leichter, aber bei uns Frauen tickt die biologische Uhr schließlich früher und schneller. Was eigentlich bekloppt ist, wenn man überlegt, dass wir im Durchschnitt viel älter werden. Eigentlich sollte man sich einen Kerl suchen, der jünger ist als man selbst, damit man im Alter nicht so lange allein bleiben muss. Statistisch gesehen sterben Männer schließlich deutlich früher als Frauen. Wobei es letztendlich ja überhaupt keine Rolle spielt, wenn er einen doch lange vor der Zeit für ein besseres, jüngeres Modell verlässt. Männer sind Arschlöcher, so einfach ist das, und Tyson, der vor meinem Bruder wieder einen auf cool macht und mit der Kindermädchentour anfängt, der ist der Anführer aller Arschlöcher.

So.

So ist das.

Zumindest versuche ich mir das einzureden, während ich unter die Dusche steige und das heiße Wasser an meinem Körper hinabläuft und mich erneut daran denken lässt, wie gut sich seine Hände gestern Abend auf meiner Haut angefühlt haben.

Ich muss mir leider eingestehen, dass er ein ziemlich sexy Arschloch ist … und ich bin eine frustrierte Frau Anfang dreißig.

Ach verdammt, manchmal ist das Leben echt ätzend, und Gefühle sind widerliche Verräter.

Als ich unten in der Küche ankomme, reicht Mason mir eine Tasse Kaffee, die noch so kochend heiß ist, dass ich mir beinahe die Lippen daran verbrenne.

Sein Blick ruht ein paar Sekunden zu lange auf mir, auch wenn er kein Wort darüber verliert.

Seufzend setze ich mich an den Küchentisch und schnappe mir eins der Croissants, die Mason dort hingelegt hat. Er war schon immer ein Frühaufsteher, anscheinend war er bereits beim Bäcker.

„Wie läuft es so in New York?", frage ich, während ich in mein Croissant beiße.

„Hervorragend. Ich konnte mehrere neue Klienten gewinnen, und für einen von ihnen habe ich einen super Vertrag aushandeln können. Ich bleibe auch nur übers Wochenende. Ich wollte bloß mal nach dem Rechten sehen, schauen, wie es dir geht. Immerhin hast du ja eine ereignisreiche Zeit hinter dir, und ich dachte, du könntest ein bisschen brüderliche Fürsorge vertragen. Schließlich bin ich ja der Ältere von uns …"

„Achteinhalb Minuten!", brumme ich, und Mason grinst.

„Wie auch immer – offenkundig waren meine Sorgen ja alle unbegründet. Es scheint so, als würdet Tyson und du euch hervorragend verstehen!" Ich weiß genau, worauf er hinauswill.

„Ja, ganz großartig …" Ich ignoriere seine fragend hochgezogenen Augenbrauen mit voller Absicht. „Wenn du schon mal da bist, könntest du eigentlich bei Mom und Dad vorbeischauen. Sie würden sich sicherlich sehr über einen Besuch von dir freuen."

Mason stöhnt auf, als hätte er Zahnschmerzen.

„Eigentlich hatte ich gehofft, dass Mom nicht davon erfährt, dass ich dieses Wochenende überhaupt hier und nicht in New York bin."

„Ach so?" Grinsend nippe ich an meinem Kaffee, diesmal vorsichtig genug, um mich nicht wieder daran zu verbrühen. „Wenn du die Klappe hältst, halte ich sie auch."

Einen Moment lang mustert Mason mich, dann beginnt er ebenfalls zu grinsen.

„Deal!", sagt er schließlich und reicht mir die Hand, damit ich einschlagen kann. Manchmal ist es wirklich hervorragend, wenn man sich so gut kennt, wie es bei Mason und mir der Fall ist. So weiß man zumindest, wie man jemanden am besten erpressen kann. Oder handelt es sich um Bestechung? Ach, eigentlich ist es mir egal, wie man es nennt. Hauptsache ist doch, dass es wirkt.

Ich warte, bis Mason aus der Küche verschwunden ist, weil er sich mit einem der Spieler der Icefoxes irgendwo zum Mittagessen trifft, dann koche ich Kakao, eine der neuen Sorten, die ich gestern nach der Arbeit gekauft habe.

Ich schaue den dunklen Schokoladenstückchen dabei zu, wie sie sich langsam in der Milch auflösen, und diese in eine dunkle, deutlich cremigere Konsistenz versetzen, und als sich alles aufgelöst hat, nehme ich mir einen Löffel, um vorsichtig zu probieren.

Normalerweise arbeite ich wirklich gerne noch mit zusätzlichen Gewürzen, aber diesmal lasse ich ihn so, wie er ist.

Er schmeckt herb, beinahe bitter, und ein bisschen süß – wenn das mal nicht das perfekte Abbild meines momentanen Lebens ist!

Tyson

* * *

Wenn er nur lange genug im Bett liegen bleibt, dann muss er Madison heute vielleicht nicht begegnen.

Madison, die ihn die gesamte Nacht in seinen Träumen begleitet hat. Träume, die alles andere als jugendfrei waren.

Wenn Mason gestern Abend nicht nach Hause gekommen wäre …

Ach, verdammt, wahrscheinlich war es gut, dass er nach Hause gekommen ist, denn Frauen wie Madison sind kompliziert, das sind sie immer, und dass sie Masons Schwester ist, macht die Sache auch nicht wirklich besser.

Er sollte seine Finger von ihr lassen.

Wenn er nicht die letzten Wochen sozusagen hier eingesperrt gewesen wäre, wäre er gar nicht erst auf dumme Gedanken gekommen. Irgendwie schafft sie es, dass er sie begehrt und ständig an sie denken muss, obwohl er selbst das überhaupt nicht will.

Er sollte mal wieder ausgehen, sich mit irgendwelchen Groupies treffen und eine heiße Nummer schieben, aber er hasst es, sich mit den Krücken irgendwo in der Öffentlichkeit blicken zu lassen. Die Party gestern war bereits mehr als genug, aber die war leider nicht zu vermeiden. Sein Trainer und sein Geldgeber haben wenig Verständnis dafür, wenn es darum geht, solche Termine zu schwänzen. Da muss man schon halb tot sein oder einen nahen Angehörigen haben, der gerade im Sterben liegt.

Sein Kopf schmerzt heute Morgen genauso sehr wie sein Knie, und er fühlt sich unausgelastet, weil er im Moment so wenig trainieren kann. Ihm fehlen die Endorphine, die durch den Sport ausgeschüttet werden, dafür kann er den Überschuss an Adrenalin und Testosteron spüren, der nicht gescheit abgebaut wird, weil er sich körperlich nicht genug betätigen kann.

Die Schmerzen wären völlig in Ordnung, wenn er sich wenigstens bewegen könnte, wie er wollte.

Seufzend schiebt er die Bettdecke zur Seite und steht auf. Sein Knie ist dicker als gestern, und das, obwohl er so vorsichtig damit gewesen ist.

Er braucht ein Coolpack und eine Schmerztablette, und für beides muss er aufstehen und in die Küche gehen, auch wenn er sich am liebsten die Bettdecke über den Kopf ziehen und den Rest des Tages in seinem Zimmer verbringen würde.

Falsch, nicht in seinem Zimmer. Sondern in Masons Büro, das er zu einem zweiten Gästezimmer umfunktioniert hat, weil Tyson die Treppen zu seinem eigenen Apartment nicht mehr hochkommt.

Verdammte Scheiße noch mal, an Tagen wie heute kotzt ihn das wirklich alles gehörig an!

Seufzend steht er schließlich auf, um sich in die Küche zu quälen, und natürlich ist Madison bereits da – wie sollte es auch anders sein.

Sie trägt einen Morgenmantel, der sie vom Hals bis zum Knie beinahe komplett bedeckt und dafür sorgt, dass Tyson sich fragt, was sie wohl darunter trägt. Madisons Haare locken sich in alle Richtungen, sie sieht aus wie Medusa – nur eben ohne die Schlangen, und bei dem Blick, den sie ihm zuwirft, würde es ihn auch nicht sonderlich wundern, wenn er jeden Moment zu Stein erstarrt.

Recht hat sie.

Er hat sie gestern Abend erst angegraben, und dann, als Mason aufgetaucht ist, hat er so getan, als könne er sie eigentlich gar nicht leiden.

Welcher Frau gefällt das schon?

Einen Moment lang betrachtet er sie, und sie erwidert seinen Blick, stolz und trotzig.

Doch unter all ihrem Stolz kann er ihre tiefer verborgenen Gefühle erkennen. Verletztheit, Verwirrung, Enttäuschung …

In Tysons Brust zieht sich etwas zu einem unangenehmen Knoten zusammen.

Einen Augenblick lang ist er beinahe versucht, zu ihr zu gehen und sie in seine Arme zu ziehen, um ihr den Schmerz und die Verwirrung zu nehmen, all ihre unangenehmen Gefühle einfach wegzuküssen.

Zum Glück ist er vernünftig genug, es nicht zu tun, und vermutlich würde Madison ihn schlagen, wenn er es versuchen würde.

Er hat sich ganz genau wie das Arschloch verhalten, für das Madison ihn ohnehin immer gehalten hat, womit sie wieder bei dem Zustand angekommen wären, den sie bei ihrem Einzug hatten, und das ist auch gut so. Durch Justine hat er gelernt, dass es besser ist, allein zu bleiben, und in den Jahren seit ihrem Tod ist er auch gut damit gefahren.

Genau so hat Tyson es eigentlich gewollt, und genau so

sollte es auch gut sein, denn es ist die effektivste Methode, um sich Frauen vom Hals zu halten, und zwar gründlich.

Schweigend verlässt sie die Küche, aber jeder ihrer Schritte drückt die Verachtung aus, die sie anscheinend gerade für ihn empfindet.

Hass mich ruhig, Kleines. So bist du ein braves Mädchen …

Es ist so viel leichter, wenn sie ihm gar nicht erst zu nahekommt!

Er schaut ihr nach, bis sie die Küche verlassen hat, anschließend dreht er sich zum Herd um.

In einem kleinen Topf steht noch ein Rest heißer Schokolade, die er sich in einen Becher füllt, dann nimmt er mit geschlossenen Augen den ersten Schluck.

Es ist erstaunlich, was man aus etwas Simplem alles machen kann, denn diesmal schmeckt sie nicht nach Gewürzen und Süße, sondern ist stark und kräftig – und irgendwie tröstlich nach einer Nacht, in der man Dinge getan hat, die man besser hätte bleiben lassen.

17

Madison

* * *

In den nächsten Tagen sind Tyson und ich vor allem mit einem beschäftigt: nämlich damit, uns aus dem Weg zu gehen.

Mir für meinen Teil macht das keine sonderliche Mühe, denn Mia fällt die gesamte Woche in der Agentur aus. In der Grundschule ihres Sohnes grassiert der Noro-Virus, und nachdem er zunächst sich selbst angesteckt hat, hat es im Anschluss auch Mia erwischt.

Sie klang wirklich elend am Telefon, und ich bin froh, dass ich gesund bin und durch das Telefon keine Krankheitserreger übertragen werden können. Immerhin ist das Leben gerade auch so bereits beschissen genug, wenn ich ehrlich sein soll.

Neben den vielen Überstunden, die ich mache, weil ich Mias Leistung auffangen muss, suche ich auch noch nach einer Wohnung. Mal ganz abgesehen davon, dass Mason irgendwann endgültig aus New York zurückkommen wird, will ich so schnell wie möglich aus seinem Haus ausziehen und endlich etwas Eigenes haben.

Ich hätte mich schon längst an einen Makler wenden sollen, denn es ist gar nicht so einfach, etwas zu finden, wie ich es mir vorgestellt hätte. Die meisten Wohnungen sind entweder zu weit weg oder unbezahlbar teuer oder aber rattenverseuchte Dreckslöcher, die ich eher in der Bronx erwarten würde als in einem gepflegten Städtchen wie Midway.

So oder so: Die viele Arbeit und die Wohnungssuche sorgen dafür, dass ich gar nicht erst in die Verlegenheit komme, Zeit mit Tyson verbringen zu müssen – der übrigens wieder Musik hört, wann und wie laut er will. Im Übrigen hat er einen furchtbaren Musikgeschmack, ich kann den Countrymist nicht mehr hören.

Noch viel weniger kann ich allerdings die dummen Sprüche hören, die er von sich gibt, wann immer ich irgendetwas dagegen sage, also habe ich jetzt einfach aufgegeben.

Der Klügere gibt nach, das ist doch so, oder?

Ich habe mir jedenfalls Kopfhörer zugelegt, die alle Umgebungsgeräusche herausfiltern, und seitdem ist mir völlig egal, was Tyson so tut und lässt.

Ganz im Gegensatz zu meiner Mutter, die mich täglich anruft, nachdem Bilder von ihm und mir in den Medien aufgetaucht sind und die sie natürlich gesehen hat.

Vielleicht wäre es cleverer gewesen, wenn ich ihr von Anfang an die Wahrheit gesagt und ihr von meinem Mitbewohner erzählt hätte – denn so hatte ich ziemliche Erklärungsnöte. Letztendlich habe ich einfach alles auf Mason geschoben, der mich darum gebeten hat, einem seiner Klienten einen Gefallen zu tun – was ja zumindest teilweise der Realität entspricht.

Natürlich macht sich meine Mutter nun trotzdem Sorgen. Ich soll mir zwar bitte wieder einen Mann suchen, aber doch bitte nicht *so einen.*

Im sonst so korrekten Wortschatz meiner Mutter kamen sogar Wörter wie *Hurenbock* und zu meinem großen Entsetzen auch *Allesficker* vor. Ich wusste gar nicht, dass sie solche Begriffe überhaupt kennt, aber es zeigt, wie schlecht ihre Einstellung zu Profisportlern aussieht.

Ich habe es mir geschenkt, ihr Vorträge darüber zu halten, dass sie diejenige war, die mir beigebracht hat, dass jeder Mensch unterschiedlich ist und man niemanden aufgrund von Äußerlichkeiten oder seines Berufes vorverurteilen sollte.

Ich befürchte, so ein kleiner Vortrag über Toleranz hätte nur bedeutet, Wasser auf ihre Mühlen zu gießen. Obendrein bin ich sauer genug auf Tyson, um an den Worten meiner Mutter einen gewissen Gefallen zu finden. *Allesficker* ... Ich meine, mal ehrlich, wer möchte denn so genannt werden?

Wenn ich nicht so schockiert wäre, weil dieses Wort ausgerechnet aus dem Mund meiner Mutter stammt, würde ich mich wahrscheinlich diebisch darüber freuen.

Wobei es Tyson vielleicht auch als Kompliment auffassen würde, wer weiß das bei ihm schon so genau.

Tyson

* * *

Dass Luke sich endlich von seiner bekloppten Freundin getrennt hat, ist gleich doppeltes Glück.

Glück für Luke, weil er die dämliche Tussi los ist, und Glück für Tyson, weil Luke jetzt jede Menge Zeit hat.

Luke hat bei dieser Gelegenheit nämlich den ursprünglich mit seiner Tussi geplanten Europa-Urlaub storniert, und offenkundig hat er Langeweile – so bietet er Tyson die perfekte Ausrede, um möglichst wenig Zeit zu Hause zu verbringen, zumal es in Lukes Wohnung, natürlich im Penthouse, einen Aufzug gibt.

Seufzend drückt er auf den entsprechenden Knopf, um nach oben zu fahren.

Auch wenn er Luke mag, wäre er gerne irgendwo anders, nur nicht hier. Normalerweise wäre er um diese Zeit im Jahr vermutlich in seiner Blockhütte in Kanada und würde den ganzen Tag lang mit Angeln, Bootfahren und Nichtstun zubringen, aber durch sein Knie ist an so etwas nach wie vor nicht zu denken.

Die nächste Zeit darf er es noch immer nicht wieder voll belasten, und der Arzt hat ihm erst gestern erneut eingebläut, dass Tyson sich unter allen Umständen daran halten soll, weil es sonst passieren könnte, dass alle bisherigen Heilungserfolge zunichtegemacht werden und er schlimmstenfalls nie mehr aufs Eis kann.

Zumindest hat Luke einen riesigen Fernseher und so ziemlich jedes Spiel für die Playstation, das man sich nur wünschen kann, und auch wenn Tyson sich eigentlich langsam zu alt für solchen Mist fühlt, nimmt er im Moment jede Abwechslung an, die er bekommen kann.

Alles ist besser, als in Masons Haus herumzusitzen und Madison aus dem Weg zu gehen, die ihn im Übrigen kaum noch eines Blickes würdigt. Gut so, dann muss er sich auch nicht mehr mit ihr beschäftigen.

Bald kann er hoffentlich zurück in seine eigene Wohnung, und wenn die nächste Saison losgeht, dann wird sein Leben wieder so sein, wie es vorher war: Es wird aus Training, Spielen und Erfolgen bestehen und ab und an mal aus ein bisschen unverfänglichem Sex.

Madison

* * *

MIA IST AUCH NOCH die nächste Woche krank, anscheinend hatten sie keinen Noro-Virus, wie zunächst angenommen, sondern Salmonellen, und die beiden hat es richtig schlimm erwischt.

In der Agentur haben wir einen vollen Terminkalender, und ich arbeite im Wortsinn für zwei, wobei diese Woche noch heftiger als die letzte ist. In der letzten Woche habe ich zwar auch viel gearbeitet, aber ich konnte den einen oder anderen Termin einfach in diese verschieben. Allerdings fällt mir das nun auf die Füße, denn ich kann die ganzen Termine unmöglich noch ein zweites Mal verschieben, zumindest dann nicht, wenn ich nicht will, dass wir unzufriedene und im schlimmsten Fall abwandernde Kunden haben.

Also betreibe ich eine Art Jobsharing mit mir selbst, was ich nicht wirklich empfehlen kann. Die meisten der Termine bekomme ich hin, indem ich alles, was sonst noch so anfällt, auf die Zeit nach meinem regulären Feierabend verschiebe. Fallen zwei Termine auf dieselbe Zeit, weil ich eigentlich eingeplant habe, dass Mia und ich da sind, versuche ich den einen kürzer zu halten und den darauffolgenden im angemessenen Rahmen warten zu lassen. Irgendwie gelingt es mir letztendlich, ohne dass uns Kunden abwandern, aber ich selbst gehe am Ende der Woche völlig auf dem Zahnfleisch, weil ich morgens um fünf Uhr im Büro bin und es abends nie vor zweiundzwanzig Uhr schaffe, Feierabend zu machen.

Hinzu kommt, dass wir in dieser Woche einen Haufen Papierkram zu erledigen haben, der einfach nicht warten kann, und wir Anfang des Monats eine große Werbeaktion gestartet haben, die sich jetzt, eigentlich sehr erfreulich, in Neukunden bemerkbar macht.

Allerdings muss ich zugeben, dass ich auf den einen oder anderen Neukunden auch gerne verzichten würde.

Ich komme gerade aus dem kleinen Café von gegenüber, wo ich mir einen doppelten Espresso mit Milchschaum sowie einen Muffin besorgt habe. Heute Morgen habe ich verschlafen, weil ich nach dem Weckerklingeln einfach wieder eingeschlafen bin, und hatte somit keine Zeit, mir etwas Gesünderes mitzunehmen, und länger als zehn Minuten kann ich es mir im Moment nicht leisten, das Büro zu verlassen.

Bereits im Treppenhaus höre ich das hysterische Bellen eines Hundes, irgendetwas Kleines, Niedliches vermutlich, das ich niemals selbst als Hund bezeichnen würde. Ich bin immerhin auf dem Land groß geworden, da beginnt ein Hund irgendwo bei Kniehöhe, alles darunter ist ... na ja. Kein Hund, sondern ein Zustand.

Da ich schon den ganzen Tag Kopfschmerzen habe, würde ich mir aufgrund des hohen, hysterischen Gekläffes am liebsten die Ohren zuhalten, denn das Geräusch ist laut und aufdringlich. Ich nehme die Treppe, da das deutlich schneller geht, als auf den Aufzug zu warten, und mit jeder Treppenstufe wird das Gekläffe lauter, bis ich den kleinen Köter auf dem Arm seines Herrchens vor der Tür unserer Agentur sehe.

Der Hund ist weiß und wollig, aber ich glaube, es ist eine von diesen Rassen, die nicht haart. Er trägt ein hellblaues Geschirr mit silbernen Nieten und einem großen „Little Prince Charming"-Schriftzug. Ich finde den kleinen Kläffer spontan weder sonderlich royal noch in irgendeiner Form charmant, nur beim „klein" kann ich uneingeschränkt zustimmen, aber weil sein Herrchen offensichtlich zu uns will, versuche ich es dennoch mit einem Lächeln.

„Ich dachte schon, es wäre niemand da. Was ist das denn für eine Dating-Agentur, bei der niemand da ist?", meckert er herum, noch bevor ich ihn überhaupt begrüßen kann, und setzt dann seinen Hund ab, der zu mir läuft und kläffend an meinem Bein hochspringt. Er hat scharfe Krallen, und weil ich heute einen knielangen Rock trage, ist es wirklich unangenehm, mal ganz davon abgesehen, dass er mir die Strumpfhose zerreißt. Da sein Herrchen es ignoriert und ich weder die Lust noch die Energie dazu habe, mich mit dem Kunden anzulegen, ignoriere ich es einfach.

„Guten Tag, ich freue mich, dass Sie zu uns gefunden

haben. Hatten Sie einen Termin?“, frage ich stattdessen und versuche, mir die Muffintüte unter den Arm zu klemmen und gleichzeitig die Tür zu unserer Agentur aufzuschließen.

Natürlich hatte er keinen Termin, und das, obwohl wir überall explizit darauf hinweisen, dass man einen braucht, aber weil der nächste Kunde vorhin abgesagt hat, bitte ich ihn trotzdem, hereinzukommen und vor meinem Schreibtisch Platz zu nehmen. Meinen Kaffee und die Muffins ignoriere ich dabei ebenso wie meinen laut knurrenden Magen und den kläffenden Hund, dessen Besitzer sich als Billy vorstellt.

Ich setze mich hinter meinen Schreibtisch und nehme erst jetzt das Shirt wahr, das er trägt. Es ist hellblau, passend zum Geschirr seines Hundes, und über seinem Bauch prangt der Schriftzug „Big Prince Charming“.

Ein Partnerlook-Shirt mit seinem Hund? Echt jetzt? Es gelingt mir nur mühsam, mir das Grinsen zu verkneifen, und ich versuche so professionell wie möglich zu bleiben.

„Also, Billy, Sie sind hier, weil Sie eine Partnerin suchen“, stelle ich nach einer Runde zähem Small Talk fest. „Beschreiben Sie mir doch mal, wie diese Partnerin sein sollte.“

Er lehnt sich mit verschränkten Armen zurück, wofür ich ihm sehr dankbar bin, weil ich somit den lächerlichen Schriftzug nicht mehr ständig anstarren muss.

„Ich habe eigentlich gar keine sonderlich hohen Ansprüche. Meine Partnerin sollte hübsch sein …“ Er bekommt einen träumerischen Ausdruck auf dem Gesicht, während ich mir ein paar Notizen mache. „Sie sollte in etwa so aussehen wie Angelina Jolie. Nur bitte mit echten Brüsten, aber schön groß und prall. Diesen nachgemachten Dingern kann ich nichts abgewinnen, und es will ja auch wirklich niemand eine Frau haben, die krank ist und sich die Teile hat abschneiden und rekonstruieren lassen."

Ich lasse meinen Bleistift sinken und starre ihn an, als er nun lächelt. Dabei lässt er in seinem Mund mehrere Zähne sehen, die eine Rekonstruktion durchaus bitter nötig hätten – und nicht nur aus optischen Gründen. Meint er ernst, was er da gerade erzählt? Billy scheint von meinem Erstaunen nicht viel mitzubekommen. „Kochen sollte sie natürlich können. Außerdem sollte sie tolles, dichtes Haar haben. Lang und so." Er streicht sich selbst über seine schütternden Härchen, die er anscheinend versucht hat, so zu stylen, dass man möglichst wenig von seiner Glatze sieht. „Die Haarfarbe ist mir egal, ich bin da nicht so!", führt er jetzt noch gönnerhaft an, und ich komme gar nicht mehr dazu, mir noch weitere Notizen zu machen, weil ich viel zu sehr damit beschäftigt bin, ihn ungläubig anzustarren. Was soll ich auch schreiben? Durchgeknallter Hundehalter mit kläffendem Köter sucht überirdisches Modell mit dicken Titten (echt!)?

„Was wünschen Sie sich an einer Partnerin denn noch?" Ich weiß gar nicht, warum ich das frage, ob aus Professionalität oder aus einer Art perverser Neugierde.

„Sie sollte Jungfrau ein, das ist mir wichtig."

Ich lächle und danke meiner Mutter dafür, dass sie uns das beigebracht hat. Lächeln, egal was passiert, bloß nicht unhöflich werden.

„Oh, viele unserer Kunden legen Wert auf ein bestimmtes Sternzeichen, das ist an sich kein Problem. Allerdings gebe ich zu bedenken, dass es die Auswahl gewaltig einschränken kann, zumal Ihre optischen Vorstellungen ja sehr …" *Vollkommen unrealistisch und überzogen.* „… ähm, detailliert sind."

Irritiert runzelt Billy die Stirn.

„Sternzeichen?“

„Jungfrau?“ Kaum dass ich es ausgesprochen habe, wird mir mein Fehler auch schon bewusst, und ich überlege verzweifelt, was ich dazu jetzt sagen soll; aber Billy kommt mir zuvor.

„Sexuelle Unberührtheit ist mir bei einer Frau extrem wichtig!“ Ihm scheint das Ganze nicht mal ansatzweise peinlich zu sein. „Außerdem sollte sie keine Liebesromane lesen.“

„Wie bitte?“

„Ich habe extrem schlechte Erfahrungen mit Frauen gemacht, die diesen Schund lesen, vor allem, was ihre sexuellen Ansprüche angeht. Man sollte diese modernen Liebesromanautorinnen verklagen! Die setzen unseren Frauen völlig unrealistische Erwartungen in den Kopf von dem, was Männer so leisten können und was nicht!“

Fassungslos starre ich ihn an, und obwohl ich es nicht fragen will – ich will es wirklich nicht –, frage ich ihn doch.

„Von welchen Erwartungen sprechen wir denn?“

„Meine letzte Freundin war tatsächlich der Meinung, sie müsse jedes Mal einen Orgasmus haben, wenn wir es miteinander tun, und dass es obendrein länger als fünf Minuten dauern müsste!“

Ich beiße mir unwillkürlich auf die Unterlippe und bin mir nicht sicher, ob ich an ihrer Stelle nicht froh gewesen wäre, denn mit einem Typen wie Billy wären mir auch fünf Sekunden Sex bereits eindeutig zu viel. Ich muss mich nur bei dem Gedanken daran schon zurückhalten, um mich nicht angewidert zu schütteln.

„Also, ich fasse dann zusammen: Ihre Wunschpartnerin soll aussehen wie Angelina Jolie, aber echte, große Brüste haben, niemals krank werden, eine Granate in der Küche sein, aber keine im Bett, und am besten Analphabetin sein?"

„Ähm ..." Billy sieht jetzt ein bisschen irritiert aus, doch da der kleine Prince Charming entzückt anfängt zu bellen, nickt Billy ebenfalls.

„Okay. Wir melden uns bei Ihnen, sobald wir jemanden gefunden haben." Also nie.

So schnell wie möglich bringe ich den großen und den kleinen Prinzen zur Tür, wobei der kleine es sich nicht nehmen lässt, im Rausgehen meine Topfpalme anzupinkeln. Wahrscheinlich kann ich von Glück reden, dass wenigstens der Große seinen Pimmel in der Hose lässt ...

Als die beiden weg sind, wische ich die Schweinerei weg und trinke meinen mittlerweile kalten Kaffee, bevor ich mich wieder in die Arbeit stürze.

Manche Tage sind wirklich einfach nur schräg.

Als ich endlich Feierabend mache, habe ich Kopfschmerzen, und ich bin völlig erledigt. Die Art von erledigt, bei der man sich so fühlt, als müsse man sich drei Tage lang ins Bett legen und durchschlafen.

Als ich nach Hause komme, sind meine Kopfschmerzen kaum auszuhalten, aber die Tablette, die ich vorhin bereits genommen habe, wirkt noch nicht richtig.

Ich will bloß noch ins Bett. Zum Glück ist Tyson heute Abend anscheinend nicht zu Hause, seit der Teamparty war das oft der Fall, und heute kommt es mir gerade recht.

Ich will niemanden sehen, ich will mit niemandem sprechen, ich will einfach nur meine Ruhe.

Müde schleppe ich mich die Treppe hoch, ziehe meine Büroklamotten aus und ersetze sie gegen ein hellblaues Top und eine zwei Nummern zu große Pyjamahose aus Flanell.

Eine hellgelbe mit rosa Häschen darauf. Ich habe das Ding seit über fünfzehn Jahren, sie war schon immer zu groß und hässlich, und die vielen Wäschen haben das auch nicht unbedingt besser gemacht, aber sie ist die bequemste Schlafanzughose, die ich besitze – und heute Abend genau das Richtige.

Völlig fertig lasse ich mich auf mein Bett fallen, aber ich komme einfach nicht zur Ruhe. Nachdem ich mich eine halbe Stunde von einer Seite auf die andere gedreht habe, schnappe ich mir schließlich mein Handy und mache etwas, was ich seit Wochen nicht mehr getan habe, und wirklich besser hätte bleiben lassen sollen:

Ich logge mich bei den sozialen Medien ein.

Leider habe ich vergessen, mich dort von Janos zu entfreunden – irgendwie ist es mir zu albern erschienen, ihn aus meiner Freundesliste zu schmeißen. Ich bin schließlich erwachsen und habe die Trennung hingenommen, wie ein erwachsener Mensch das eben tut.

Das rächt sich jetzt. Erwachsensein ist nämlich ein beschissener Verräter, genau wie die Liebe. Wäre ich mal nicht so furchtbar erwachsen gewesen, hätte ich nicht all die Bilder auf meiner Startseite. Ultraschallbilder, um genau zu sein. Ultraschallbilder von Janos und seiner neuen, bekloppten Tussi, die er anscheinend geschwängert hat. Die beiden strahlen nun überglücklich in die Kamera und sind schon dabei, mein altes Arbeits- in ein Kinderzimmer umzubauen.

Ganz, ganz großartig. Ich gönne es den beiden wirklich von Herzen. Nicht.

Und genau dieses dämliche *Nicht* ist es, was dafür sorgt, dass ich mich noch viel schlechter fühle.

Ich frage mich, was nur aus mir geworden ist.

Ich bin eine missgünstige, alte Kuh ohne ein nennenswertes Liebes- oder Privatleben.

Wahrscheinlich werde ich als alte, alleinstehende Frau irgendwo versauern. Ich kann mir ja nicht mal ein Haus voller Katzen zulegen, da ich eine Allergie gegen die Viecher habe.

Verdammte Scheiße noch mal, nun brennen auch noch Tränen in meinen Augen. Ich bin echt ein dämliches Weichei!

Ich brauche einen Schnaps.

Vielleicht gehen dann auch endlich die bescheuerten Kopfschmerzen weg.

Vielleicht werden sie auch schlimmer; um ehrlich zu sein, ist mir das gerade total egal.

Bereits jetzt leicht schwankend schleppe ich mich die Treppe hinab und durchsuche Masons Vorratsschränke nach irgendetwas Hochprozentigem.

Normalerweise trinke ich so etwas nicht.

Ein oder zwei Gläser Wein, ja, allerdings nichts Hochprozentiges, doch gerade habe ich das Gefühl, dass es genau das ist, was ich brauche.

Zum Glück ist auf meinen Bruder in solchen Fällen wirklich Verlass. Im Küchenschrank finde ich drei Sorten Whisky und eine Flasche Wodka und entscheide mich für Letzteren.

Ich fülle mir ein Wasserglas mit Eis und schenke es dann bis zur Hälfte voll mit Wodka.

Kopfschüttelnd mache ich mich auf den Weg zurück nach oben und fühle mich mies.

Ich fühle mich mies, weil ich so eine verdammte Heulsuse bin, eine missgünstige Kuh und eine frustrierte Alte.

Ich bin viel zu erschöpft, um zu weinen.

Stattdessen will ich zurück nach oben schlurfen, aber ich habe kaum den halben Weg in Richtung der Treppe hinter mich gebracht, als die Haustür aufgeht.

Natürlich muss das in genau diesem Augenblick sein. Irgendwie war es klar, dass zur Krönung dieses beschissenen Tages Tyson genau jetzt zur Tür hereinkommen muss.

Einen Moment lang bleibt er einfach im Türrahmen stehen, glotzt mich an, als wäre ich ein Affe im Zoo, und verschränkt mit einem süffisanten Grinsen die Arme vor der Brust.

„Geile Hose, Miss Poppins. Wirklich geschmackvoll." Mit der flachen Hand gibt er der Tür einen Schubs, sodass diese mit einem lauten Knall hinter ihm ins Schloss fällt.

Unwillkürlich zucke ich zusammen und stoße dabei gegen die hässliche Vase, die Mason mal von einer seiner diversen Exfreundinnen geschenkt bekommen und die angeblich ein halbes Vermögen gekostet hat. Das Mistding fällt von der Kommode und zerspringt in tausend Stücke, genau wie das Glas, das ich in den Händen halte.

„Scheiße!", fluchen Tyson und ich gleichzeitig, und ich mache einen Schritt in Richtung Küche, um ein Kehrblech zu holen, damit ich das Chaos hier beseitigen kann.

„Stopp!", brüllt Tyson noch, aber es ist zu spät. Ich registriere erst, dass ich besser stehen geblieben wäre, als ich einen scharfen, schneidenden Schmerz in meiner Fußsohle wahrnehme. „Scheiße!", flucht er dann erneut, und während mein Blick zu meinem Fuß wandert, wird mir schlecht. Ich stehe in einer Blutlache, um mich herum ist alles rot. Wahrscheinlich ist es die verschüttete Flüssigkeit, die es nach viel mehr Blut aussehen lässt, als es eigentlich ist, doch es hilft nichts: Mir wird schwarz vor Augen.

„Hey!", höre ich Tyson rufen, aber es klingt, als wäre er ganz weit weg, obwohl ich im selben Moment seine Arme um mich spüre, bevor ich endgültig ohnmächtig werde.

18

Madison

* * *

Ich habe keine Ahnung, wie lange ich ohnmächtig war, vermutlich hat es nicht sehr lange gedauert. Als ich wach werde, ist das Erste, was ich sehe, Tysons Gesicht, das sich so nah über mich beugt, dass ich die dunklen Linien erkennen kann, die sich in seinen Augen von der Iris bis zum äußeren Rand der Pupille ziehen.

„Hey, Miss Poppins …“ Sein sonst so unverwüstliches Lächeln ist ein wenig verrutscht, und ich bin erstaunt, dass er anscheinend doch noch andere Gefühlsregungen außer widerlich guter oder entsetzlich schlechter Laune kennt. Er wirkt besorgt. „Da bist du ja wieder! Du hast mir einen ganz schönen Schreck eingejagt.“

Langsam richte ich mich auf, und Tyson hilft mir dabei, indem er einen Arm an meinen Rücken legt und mich nach oben schiebt, bis ich sitzen kann.

„Du kannst wohl kein Blut sehen? Und ich dachte immer, das würde bei euch Eishockeyspielern quasi in der Stellenbeschreibung stehen. ‚Muss Blut sehen können' oder so etwas in der Art …"

Jetzt zieht sich sein Lächeln wieder über sein gesamtes Gesicht.

„Mir macht ein bisschen Blut nichts aus." Mit dem Kopf macht er eine Bewegung in Richtung meines linken Fußes, der, wie ich jetzt merke, ziemlich schmerzhaft pocht. „Aber du scheinst ein Problem damit zu haben, kann das sein?"

Ich mache einen halbherzigen Versuch, an Tyson vorbeizuschielen, doch er versperrt mir die Sicht mit seinem breiten Oberkörper.

„Ich glaube, das solltest du besser bleiben lassen. Ich habe keine Lust, dich heute noch wiederbeleben zu müssen, obendrein hast du mir ja ziemlich deutlich zu verstehen gegeben, was du davon hältst, wenn ich meine Lippen auf deine drücke …"

„Nase …", erwidere ich, weil ich nicht anders kann, als ihm immer zu widersprechen; ich habe selbst keine Ahnung, woran das liegt.

„Wie bitte?" Tyson runzelt die Stirn.

„Nase. Wenn man jemanden wiederbeleben möchte beziehungsweise beatmen will, macht man das von Mund zu Nase. Mund zu Mund ist nur dann eine Option, wenn es nicht anders funktioniert!"

Tysons Grinsen wird noch breiter.

„Anscheinend geht es dir wieder gut, was? Ich bin mir

nicht ganz sicher, ob du mir ohnmächtig nicht besser gefallen hast, zumindest warst du eindeutig weniger streitlustig, als du vorhin zu Boden gegangen bist." Ich will etwas erwidern, irgendwas, aber mein Kopf ist gerade wie leer gefegt. „Ich werde jetzt deinen Fuß verbinden, und dann schaffen wir dich ins Krankenhaus."

„Ich will nicht ins Krankenhaus!" Ich weiß selbst, dass ich gerade klinge wie ein trotziges, unvernünftiges Kind, aber ich hasse Krankenhäuser, und zwar tief und inbrünstig.

„Um ehrlich zu sein, ist mir das momentan völlig gleichgültig. Wenn ich dich nicht ins Krankenhaus schaffe, wird Mason sicherlich böse mit mir werden und mich vielleicht sogar rauswerfen, weil ich seinem Schwesterherz gegenüber nicht genug Fürsorge gezeigt habe. Daran habe ich gerade wenig Interesse."

„Mir doch egal." Kleinkind in Trotzphase. Ganz, ganz furchtbar. Ich will nur in mein Bett und mir die Decke über den Kopf ziehen.

„Das ist schön für dich – oder auch nicht, je nachdem, wie man das betrachtet. Aber weißt du was? Mir ist es nicht egal, und ich bin größer und stärker als du und habe überhaupt keine Bedenken, meine körperliche Überlegenheit in diesem Fall einfach einzusetzen, dich über die Schulter zu werfen und in meinen Wagen zu verfrachten. Zur Not auch gefesselt und geknebelt!" Er sagt das, als würde er mir eine nette Anekdote erzählen, leicht und eine Spur amüsiert, aber ich bin mir ganz sicher, dass er es todernst meint. Zumindest beinahe, denn ...

„Du würdest dir dein Knie endgültig kaputt machen, wenn du das versuchst. Du darfst es noch immer nicht voll belasten, schon vergessen?“ Ha! Ich deute mit dem Finger auf sein verletztes Knie, doch Tyson zuckt nur mit den Schultern.

„Ich bin mir sicher, dass dein schlechtes Gewissen unendlich sein dürfte, wenn ich es mir ruiniere. Ich meine, ich weiß ja, dass du mich nicht leiden kannst. Dennoch würdest du bestimmt niemals wollen, dass sich deinetwegen jemand verletzt. Meine Karriere wäre deinetwegen ruiniert, vielleicht würde ich niemals mehr wieder vernünftig laufen können. Sei ehrlich, Prinzessin: Würdest du das wirklich wollen?“

Ich sage nichts mehr, denn, verdammt noch mal, Tyson hat recht. Auch wenn ich mir zu neunundneunzig Prozent sicher bin, dass er blufft und nicht so verrückt wäre, seine Gesundheit und seine Karriere aufs Spiel zu setzen, ich würde es niemals darauf ankommen lassen.

Tyson scheint meine Gedanken lesen zu können, denn er beginnt selbstgefällig zu grinsen, bevor er aufsteht und ins Badezimmer humpelt, aus dem er kurze Zeit später mit einem Verbandkasten zurückkehrt.

„Also dann …“ Mit schnellen, routinierten Bewegungen beginnt er damit, meine blutende Fußsohle zu verbinden, und schafft es, mir so gut wie nicht dabei zusätzlich wehzutun, obwohl der Schmerz in meiner Fußsohle mittlerweile wirklich heftig geworden ist.

19

Madison

* * *

Zwei nervenaufreibende Stunden in der Notaufnahme des Krankenhauses liegen hinter mir, in das Tyson mich verschleppt hat, obwohl ich auf gar keinen Fall dorthin wollte. Ich hasse Krankenhäuser! Seit ich als Kind mit einem gebrochenen Arm über Nacht allein dortbleiben musste, kriecht das Gefühl der Einsamkeit und Verzweiflung schon meinen Rücken hinauf, wenn ich nur den Geruch von Desinfektionsmittel in die Nase bekomme.

Zum Glück ist Tyson die gesamte Zeit über bei mir geblieben und hat mich sogar seine Hand halten lassen, als der Arzt die Schnittwunde an meinem Fuß untersucht, gereinigt und verbunden hat.

„Ich hoffe, ich habe dir nicht deine Zwei-Millionen-

Dollar-Hand gebrochen …" Mit dem Kopf nicke ich in Richtung seiner Hände, die er tief in den Taschen seines Mantels vergraben hat.

Ich habe ziemlich fest zugedrückt, denn es hat wirklich ordentlich wehgetan, als der Arzt mir eine Betäubung in die Fußsohle verpasst hat, bevor er die einzelnen Glassplitter herausgeholt hat.

Tyson zieht seine Hände aus den Taschen und dreht sie ein paarmal vor seinem Gesicht hin und her, als wolle er ganz sichergehen; dann lässt er sie langsam wieder sinken und zuckt lächelnd mit den Schultern.

„Ich hätte dich nur zu gerne deswegen verklagt, aber ich schätze, so schnell geht das nicht."

„Zu schade …", murmle ich. „Nicht, dass wir uns noch daran gewöhnen, dass zwischen uns so etwas wie Waffenstillstand herrscht."

„Nicht auszudenken." Tysons Lächeln wird ein wenig schief, und ich merke, dass mir für heute wirklich alles zu viel wird. Ich muss ins Bett, und zwar dringend, sonst verwandele ich mich gleich vor seinen Augen in ein heulendes Stück Elend. „Ich gehe dann mal schlafen. Ich wünsche dir eine angenehme Nacht. Und vielen lieben Dank für deine Hilfe!"

„Gern geschehen." Wieder dieses Lächeln, diesmal warmherzig. Schnell drehe ich mich von ihm weg. Jedes Mal, wenn er so lächelt, stellt das etwas mit mir an, worüber ich lieber nicht genauer nachdenken möchte.

Als ich meinen verletzten Fuß belaste, um die Treppe hinaufzugehen, ziehe ich zischend die Luft ein. Vom Krankenhaus zum Auto hat eine Krankenschwester mich im Rollstuhl gefahren, aber die wenigen Meter vom Auto bis hierher waren ebenfalls schon eine Tortur.

Verdammt noch mal, tut das weh! Selbst wenn ich versuche, nur die Zehenspitzen oder die Ferse zu belasten, ist es kaum auszuhalten. Ich komme nicht weiter als zwei Stufen, als Tyson hinter mir ein schnaufendes Geräusch von sich gibt.

„Hör auf damit, Mary Poppins. Das kann ich mir nicht mit ansehen. Du kannst heute Nacht mein Bett haben, ich habe es heute Morgen frisch bezogen. Ich werde auf dem Sofa schlafen."

„Nein, das geht schon ..." Ich versuche, noch eine weitere Stufe nach oben zu gehen. Mal ehrlich, Tyson ist deutlich schlimmer verletzt als ich; ich kann unmöglich sein Bett nehmen.

„Blödsinn, Madison!" Seine Stimme wird ein bisschen lauter. „Du schläfst in meinem Bett."

„Wie wäre es denn, wenn ich das Sofa nehme und du weiterhin im Bett schläfst?" So gut es geht komme ich die drei Stufen, die ich bereits geschafft habe, wieder herunter. Es tut wirklich verdammt weh, und ich bin nicht stolz oder nicht verrückt genug, um mich trotzdem nach oben zu quälen.

„Nichts da. Mein Ego ist wegen meines Knies schon angekratzt genug. Ich werde auf keinen Fall im Bett schlafen, während du auf dem Sofa liegst. Strahlender Retter in der Not und so. Gönn mir das doch einfach."

Was soll ich da noch zu sagen?

Obendrein weiß ich ganz genau, dass ich morgen Kopfschmerzen haben werde, wenn ich die Nacht auf dem Sofa verbringe. Was Schlafkomfort angeht, bin ich eine echte Prinzessin auf der Erbse. Auch wenn ich deshalb niemals einen solchen Aufstand wie die Märchengestalt veranstalten würde, habe ich mir bereits mehr als eine Nacht um die Ohren geschlagen, weil das Bett oder die Luftmatratze, auf der ich gelegen habe, schrecklich unbequem waren.

„Du bist ein Schatz“, murmle ich, als ich wieder unten angekommen bin, und Tyson lacht.

„Dann wollen wir mal hoffen, dass du dich bei der nächsten Gelegenheit noch daran erinnerst.“

Keine Viertelstunde später liege ich im Bett.

Zum Glück hält mein Bruder in jedem seiner Badezimmer Gästezahnbürsten bereit, und ich will mir lieber keine Gedanken darüber machen, warum er eine solche Vorratshaltung betreibt. Wahrscheinlich muss man das, wenn man ständig wechselnde Frauenbekanntschaften mit nach Hause bringt.

Mein Gesicht habe ich mir einfach nur mit ein bisschen lauwarmem Wasser gewaschen, das muss für heute genügen.

Kaum dass mein Kopf das Kissen berührt und ich versuche, die Augen zu schließen, übermannt mich endgültig meine Erschöpfung, und mit ihr kommen die Tränen, die ich die ganze Zeit versucht habe zurückzuhalten. Auf einmal bricht alles über mich herein, der Stress der letzten Wochen und der des heutigen Tages scheinen sich zu potenzieren und rotten sich mit dem widerlichen Pochen in meiner Fußsohle und der Erschöpfung zu einer explosiven Mischung zusammen.

Ich presse die Lider zusammen und vergrabe mein Gesicht in dem weichen Daunenkissen, damit Tyson mich nicht hört, doch ich kann einfach nicht damit aufhören, zu heulen.

Ich weiß nicht genau, wie lange ich dagelegen und versucht habe, so diskret wie möglich ins Kissen zu schluchzen, aber irgendwann geht die Tür auf, so leise, dass ich erst denke, ich hätte es mir vielleicht bloß eingebildet.

Dann höre ich leise, ungleichmäßige Schritte, begleitet vom typischen Geräusch von Krücken auf Holzboden.

Nur einen kurzen Augenblick später bewegt sich die Matratze.

Ich will mich umdrehen und Tyson anschreien, dass er verschwinden und mich in Ruhe lassen soll, aber irgendwie fehlt mir dazu in diesem Moment schlicht die Kraft.

„Tyson …“ Es klingt wie das Krächzen eines krepierenden Raben, zu mehr reicht es gerade nicht.

„Sssscccchhhht …“, macht er, und ich war mir bis jetzt nie bewusst, dass in einem solchen Laut eine solch große Autorität liegen kann.

Danach zieht er mich stillschweigend an sich, ich spüre die tröstliche Wärme seines großen, starken Körpers, rieche den Duft seines Aftershaves und seiner warmen Haut und höre seinen ruhigen, gleichmäßigen Herzschlag an seiner Brust.

Das letzte Mal, dass ich mit einem anderen Menschen so innig gewesen bin, kommt mir auf einmal so lange her vor, als würde es sich dabei um ein anderes Leben handeln.

Ohne noch ein weiteres Wort zu verlieren, streicht er mir tröstend über mein Haar und meinen Rücken, hält mich einfach nur fest, bis ich schließlich eingeschlafen bin.

Tyson

* * *

DAS LETZTE MAL, dass er eine Frau in seinem Bett hatte, war irgendwann kurz vor seiner Knieverletzung.

Das letzte Mal, dass er mit einer Frau die Nacht verbracht hat, muss Jahre her sein.

Normalerweise vermeidet er das, denn wenn man nach dem Sex klarmacht, dass es Zeit wird zu gehen beziehungsweise einfach selbst verschwindet, sind die Fronten gleich geklärt. Es gibt keine falschen Hoffnungen, keine mit tränenfeuchten Augen und geheuchelten Versprechungen getauschten Telefonnummern, keine gebrochenen Herzen.

Allerdings muss er sich selbst eingestehen, dass er diese Art von Intimität vermisst hat, auch wenn ihm das nicht klar gewesen ist, bis er vorhin zu Madison ins Bett gekrabbelt ist und sie ihren warmen, weichen Körper an seinen geschmiegt hat.

Dieser Moment, hier mit Madison, fühlt sich nach Zuhause an, und zwar auf die beste Art und Weise.

Tief atmet er ein, um den Duft ihres Haars in sich aufzunehmen, und bewegt gleichzeitig seinen Unterkörper von ihr weg. Für den Fall, dass sie noch nicht so fest schläft, wie es den Anschein macht, ist es nicht unbedingt notwendig, dass sie etwas von der gewaltigen Erektion mitbekommt, die er ständig hat, wenn sie in seiner Nähe ist.

Seufzend dreht Madison sich im Schlaf um, murmelt irgendetwas Unverständliches und drückt dann ihren süßen, runden Po direkt gegen seinen Schwanz.

Leise fluchend presst Tyson die Augen zusammen.

Das wird eine lange Nacht werden.

Eine verdammt lange!

20

Madison

* * *

Als ich am nächsten Morgen aufwache, ist Tyson verschwunden, und einen Moment lang glaube ich, mir bloß eingebildet zu haben, dass er die Nacht mit mir in diesem Bett verbracht hat.

Doch die Laken duften noch nach ihm, und auf dem zweiten Kopfkissen kann ich den Abdruck seines Kopfes erkennen, sodass ich mir sicher bin, dass es nicht nur ein Gespinst meines überreizten Gehirns war.

Er überrascht mich immer wieder.

Ich hätte gedacht, dass er zu der Art von Männern gehört, die Reißaus nehmen, sobald ihnen eine weinende Frau zu nahekommt, weil sie Probleme haben, mit derlei Emotionen umzugehen. Weil sie generelle Probleme damit haben, mit

Emotionen umzugehen, es sei denn, es handelt sich um Geilheit.

Damit können die meisten Männer seltsamerweise hervorragend umgehen.

Zumindest haben sie keine Probleme damit, dazu zu stehen und etwas dagegen zu tun.

Langsam stehe ich auf und humple ins Bad.

Mein Fuß schmerzt deutlich mehr als gestern, weil die Medikamente, die ich dagegen bekommen habe, nun aufgehört haben zu wirken.

Tyson war offenkundig schon hier, denn die Dusche ist noch feucht, und der Duft seines Duschgels hängt in der Luft.

Seufzend lasse ich mich auf den geschlossenen Toilettendeckel sinken und schüttle den Kopf über mich selbst.

Ich sollte wirklich damit aufhören, mir etwas vorzumachen.

Die Dinge zwischen Tyson und mir haben sich irgendwie verändert, und spätestens seit der vergangenen Nacht kann ich mir wohl auch nicht mehr einreden, dass der Typ ein überhebliches Arschloch ist.

Natürlich kann er das manchmal sein, aber er kann ebenso liebevoll, rücksichtsvoll und einfühlsam sein.

ENTSCHLOSSEN STEHE ICH WIEDER AUF, putze meine Zähne und wasche mir das Gesicht.

Ich sehe furchtbar aus und habe gerade den dringenden Wunsch, ein wenig Make-up zur Hand zu haben, damit ich nicht mehr ganz so sehr wirke wie etwas, was man unter einem Stein gefunden hat.

Dieser Wunsch gibt mir zu denken, denn normalerweise sollte es mir völlig egal sein, wie ich aussehe, wenn ich Tyson unter die Augen trete, und dass es das nicht ist, versetzt mich in Alarmbereitschaft.

Ich lehne mich gegen die kühle Kachelwand und atme ein paarmal tief durch.

Tyson war nett und fürsorglich mir gegenüber, als ich genau das gebraucht habe. Alles, was ich jetzt empfinde, ist Dankbarkeit – oder etwa nicht?

Wann immer zwei Personen sich berühren, sorgt das ja angeblich für alle möglichen und unmöglichen körperlichen Reaktionen, Hormone werden ausgeschüttet und so weiter … Körperkontakt soll gesund sein, die Bindung fördern, die Entwicklung von Säuglingen und Kindern vorantreiben – es ist also völlig normal, dass mich eine an Tyson gekuschelte Nacht ein wenig aus der Bahn wirft.

Wahrscheinlich hat mein dusseliger Körper deswegen gemeint, irgendwelche Bindungshormone ausschütten zu müssen, die nun meinen Geist verwirren.

Genau so wird es gewesen sein, zumal ich zugeben muss, dass ich diese Art von Intimität vermisst habe. Auch mit Janos ist Kuscheln in den letzten Jahren immer weniger geworden, und ich habe schon beinahe vergessen, wie schön und tröstlich es sein kann, sich die ganze Nacht an einen warmen, menschlichen Körper schmiegen zu können.

Ich wasche mein Gesicht noch ein zweites Mal mit kaltem Wasser.

Alles, was ich brauche, ist ein bisschen Zeit, damit ich mir Tyson wieder aus dem Kopf schlagen kann.

Tyson

* * *

Er kann sich nicht erinnern, wann ihm das letzte Mal etwas so schwergefallen ist, wie heute Morgen aus seinem Bett aufzustehen und Madisons warmen, weichen Körper allein dort liegen zu lassen.

Er muss so schnell wie möglich raus hier.

Dieses Gefühl, jemanden festhalten zu wollen, sich einfach nur fallen lassen zu wollen, hatte er schon lange nicht mehr.

Das letzte Mal war Jahre vor Justines Tod, Jahre bevor sie angefangen hat, ihm das Leben zur Hölle zu machen. Er hat lange Zeit gebraucht, um zu erkennen, dass er mit Justine unglücklich ist, und selbst danach gab es noch genug Momente, in denen er dachte, immer noch glücklicher mit ihr zu sein als ohne sie.

Anscheinend ist er für solche Dinge wirklich nicht gemacht.

Vielleicht hat er in seinem Leben zu starke Verluste erlitten, um ganz normal lieben zu können, um die Warnzeichen zu erkennen, wenn irgendetwas in einer Beziehung gigantisch schiefläuft.

Im Nachhinein betrachtet war einiges, was mit Justine gelaufen ist, die reinste Hölle, und er ist sich nicht sicher, ob sie sich nicht irgendwann gegenseitig umgebracht hätten, wenn Justines Unfall das nicht vorher erledigt hätte.

Er erinnert sich noch an ein Spiel, bei dem es um einen gigantischen Bonus ging. Tyson hat zu diesem Zeitpunkt schon ziemlich gut verdient, aber irgendwelche frühkindlichen Prägungen haben Justine dazu gebracht, dass sie das Gefühl hatte, es könne niemals genug sein. Tante Thelma hat ihm später mal erzählt, dass Justine sogar Essen unter ihrem Bett gelagert hat, als sie ganz am Anfang zu ihr kam ... Lebensbedrohlicher Mangel, den Menschen erlitten haben, stellt mitunter seltsame Dinge mit ihnen an, und Justine hatte als Kind Mangel an allem Möglichen erlitten. Nahrung und Liebe waren wahrscheinlich die gravierendsten Faktoren dabei. So oder so – Tyson hat das Spiel damals verloren, er hat das entscheidende Tor vermasselt, und als er nach Hause kam, war Justine furchtbar betrunken. Betrunken und wütend. So wütend, als hätte Tyson Haus und Hof bei einem Glücksspiel verloren und nicht nur einen dämlichen Bonus nicht bekommen, den sie ohnehin nicht nötig hatten. Sie hat sich dermaßen aufgeregt, dass sie damit begonnen hat, auf ihn einzuschlagen, kaum dass er das Haus betreten hat. Schlappschwanz und Versager waren noch die nettesten Bezeichnungen, die sie für ihn gefunden hat, und Tyson hatte auf einmal eine solche Wut im Bauch, dass er sich umgedreht hat und einfach gegangen ist. Nicht, weil er Sorge vor weiteren Übergriffen seitens Justine hatte, sondern weil er in diesem Augenblick Angst vor sich selbst hatte.

Er ist gegangen, weil er Sorge hatte, sonst zurückzuschlagen, und da er zu diesem Zeitpunkt schätzungsweise doppelt so viel wie Justine gewogen hat, hätte das vermutlich kein gutes Ende für sie genommen.

In dieser Nacht ist er bei strömendem Regen stundenlang durch die schlafende Stadt gelaufen, bis er seine Beherrschung zurückerlangt hat.

Als er schließlich nach Hause kam, war es draußen bereits hell, und seine Frau saß heulend in der Küche, bloß noch ein Häufchen Elend und endlich wieder nüchtern. Sie hat beteuert, wie leid ihr das alles tue und wie sehr sie Tyson lieben würde, und nachdem er einen Tag lang nicht mehr mit ihr geredet hat, hat er ihr schließlich verziehen. Sie war immerhin alles, was er im Leben hatte, alles, was ihm wirklich wichtig war. Bis eines Tages jeder Funken Liebe erloschen war und stattdessen bloß noch Verachtung übrig geblieben ist.

Beziehungen sind einfach nur ganz großer Mist, es genügt völlig, sich das Gefühlschaos anzusehen, in dem Luke sich gerade befindet, um seine Theorie einmal mehr bestätigt zu sehen. Manche Menschen taugen nun mal nicht für diese Art des Zusammenlebens, und Tyson gehört ziemlich sicher dazu.

Er mag es gerne unkompliziert.

Komplikationen gab es in seinem Leben schließlich schon mehr als genug.

Mit zusammengebissenen Zähnen stellt er den Widerstand der Brustpresse hoch. Er trainiert heute bereits seit drei Stunden, und das an einem Samstagmorgen, aber er hat nicht vor, zu Masons Haus zurückzukommen, bis er sich halbwegs sicher sein kann, dass Madison bereits schläft.

Wenn ihm nichts Besseres mehr einfällt, als zu trainieren, dürfte er morgen reichlich Muskelkater haben.

21

Madison

* * *

Mein Fuß schmerzt immer noch entsetzlich, als ich am Montag wieder zur Arbeit komme, vielleicht hätte ich mir Tysons Krücken ausleihen sollen. Zum Glück kann ich im Büro die meiste Zeit sitzen, zumal ich in keinen meiner Schuhe passe; ich habe mir für den verletzten Fuß einen mir zu großen Turnschuh meines Bruders geliehen.

Gott sei Dank ist Mia wieder da. Sie ist zwar auch noch nicht zu hundert Prozent fit, dennoch verwöhnt sie mich nun nach Strich und Faden und organisiert mir sogar einen Hocker, der unter meinen Schreibtisch passt und auf dem ich meinen verletzten Fuß hochlagern kann.

Trotzdem bin ich völlig durch den Wind. Weniger wegen

meines Fußes als vielmehr wegen des Gefühlschaos, das in meinem Inneren tobt.

In einer dieser albernen Frauenzeitschriften habe ich zum Thema Liebeskummer mal gelesen, dass das beste Heilmittel gegen einen Mann ein anderer Mann wäre.

Vielleicht mag das stimmen, wenn man glücklich frisch verliebt ist. Wahrscheinlich ist es in dem Fall ganz einfach, eine alte, unglückliche Beziehung zu vergessen. Doch wenn auf eine alte, unglückliche Beziehung irgendein Chaos folgt, für das ich nicht einmal Worte habe, um es genauer zu beschreiben ... ja, dann wird es erst richtig kompliziert.

Ich weiß, wie sich Liebeskummer anfühlt, aber ich weiß keine Bezeichnung für das, was ich im Moment empfinde. Es ist ein tiefgehender Schmerz in Kombination mit Erleichterung, Verwirrung und unglaublicher Enttäuschung. Ich halte meinen Geisteszustand für ein wenig bedenklich. Ich versuche das alles so gut es geht vor anderen zu verbergen, vor allem vor Mia, die für so etwas irgendwie einen siebten Sinn zu haben scheint, denn sie sieht mich mehr als einmal mit nachdenklicher Miene an, als gäbe es irgendein Geheimnis zu ergründen.

Ich würde ja sogar mit ihr über all das reden, was in mir vorgeht, wenn ich es in irgendeiner Form selbst verstehen würde, aber wie soll ich jemandem etwas erklären, was mir nicht einmal selbst begreiflich ist?

Ich habe meinen Glauben an die Liebe verloren, als Janos mich verlassen hat, und nach wie vor ist die große, immerwährende Liebe nichts mehr, woran ich noch glauben kann oder will.

Trotzdem ist da diese Enttäuschung, ist da diese Sehnsucht, die ich spüre, wann immer ich an Tyson denke, und die ich gerne komplett aus meinem Bewusstsein verbannen würde.

Am liebsten würde ich meinen dummen Schädel wieder und wieder auf die Schreibtischplatte vor mir schlagen, bis irgendetwas anderes darin vor sich geht als Verwirrung, und seien es nur tierische Kopfschmerzen. Lediglich, dass ich Mia gegenüber wohl spätestens dann nicht mehr um eine Erklärung herumkommen würde, hält mich letztendlich davon ab.

Es dauert eine komplette Woche, bis in meinem Kopf wieder halbwegs so etwas wie Klarheit einkehrt, auch wenn ich langsam befürchte, dass ich vielleicht nie mehr ganz die Alte werde.

Wahrscheinlich ist das auch in Ordnung so.

Wir alle verändern uns schließlich, und das unser Leben lang, mit jeder Erfahrung, die wir machen, mit jedem Tag, den wir älter werden.

Nachdenklich räume ich ein paar Unterlagen auf meinem Schreibtisch zusammen, als Mia mein Büro betritt und mit gerunzelter Stirn einen Notizzettel hochhält.

„Das hier lag auf dem Stapel der Neuzugänge. Warum hast du eine Notiz hinterlegt, auf der steht: ‚Prince Charming ist in Wirklichkeit ein Arschloch?'" Sie wedelt mit dem Zettel hin und her.

„Das steht da, weil es die Wahrheit ist. Obendrein trifft das leider auf so viele Männer zu …"

Mia zuckt nur grinsend mit den Schultern.

„Amen, Schwester!"

Dann verlässt sie mein Büro, und der Zettel liegt den Rest der Woche ganz oben auf dem Stapel unserer noch zu bearbeitenden Unterlagen.

Tyson

* * *

NACH SECHS VERDAMMTEN Wochen darf Tyson sein Bein nun endlich wieder ganz belasten. Außerdem darf er Treppensteigen, und auch wenn der Arzt gemeint hat, er solle es noch langsam angehen lassen, bedeutet das, dass er nun zurück in seine eigene Wohnung kann.

Das alte Fabrikgebäude, in dem er wohnt, stammt noch aus dem vorletzten Jahrhundert, und so etwas wie ein Aufzug wurde niemals eingebaut.

Früher gab es wohl mal einen alten Lastenaufzug, der noch über eine Seilwinde von Hand betrieben wurde, aber dieser wurde lange, lange vor Tysons Zeit stillgelegt.

Ohnehin ist hier alles recht spartanisch gehalten, ganz anders als in der Villa, in der Tyson mit Justine gelebt und die er nach ihrem Tod vor fünf Jahren verkauft hat, weil er es dort einfach nicht mehr aushalten konnte.

Was sollte er auch allein mit gut vierhundert Quadratmetern Wohnfläche anfangen? Selbst zu zweit war die Villa viel zu groß, sie hätten darin Verstecken spielen können, ohne sich jemals zu finden, wenn sie nur gewollt hätten.

Im Prinzip ist auch seine jetzige Wohnung viel zu groß für eine einzelne Person. Als er sie damals besichtigt hat, hat er sich umgehend in den Ausblick verliebt, den man vom Wohnzimmer und der Küche aus hat, und er konnte einfach nicht mehr widerstehen.

Durch die scheunentorgroßen, halbrunden Fenster kann man direkt auf das Eisstadion schauen.

Vielleicht wäre es nicht unbedingt jedermanns Sache, seine Arbeit tagtäglich so unmittelbar vor der Nase zu haben, aber Tyson liebt diesen Job. Ein Leben ohne Eishockey kann er sich schon lange nicht mehr vorstellen, und auch wenn Justine eine Zeit lang einen Beitrag zu seinem Erfolg geleistet hat, auch wenn ihre Wünsche für Tyson eine Weile ein wichtiger Motor für seine eigene Motivation gewesen sind, so war das Hockeyspielen doch Teil von Tysons Leben, bevor es Justine gab, und es gab es auch danach noch.

Es hat ihn dazu gebracht, nach Justines Tod weiterzumachen, und es hat ihn mehr als einmal davor bewahrt, dem Wahnsinn zu verfallen.

Umso mehr bereut er den Umstand, dass er momentan weder wirklich spielen noch trainieren kann. Weil es ihn ganz bestimmt auf andere Gedanken bringen würde, weil es ihn von der kleinen Rothaarigen ablenken würde, um die sich seine Gedanken momentan viel zu oft drehen.

Er ist sich zwar sicher, dass diese Gedanken auch so irgendwann nach und nach verschwinden werden, aber wenn er nur spielen könnte, würde es sicherlich deutlich schneller gehen, dass in seinem Kopf endlich wieder Klarheit herrscht.

Seufzend tritt Tyson ans Fenster und lässt seinen Blick über die vertraute Kulisse dort draußen schweifen.

In der nächsten Saison wird er zurück auf dem Eis sein, da ist er sich ganz sicher, dann wird alles gut. Bis dahin muss er wieder in Bestform kommen. Schließlich gibt es da draußen zig Spieler, die ebenfalls verdammt gut sind, aber keine Knieverletzung hinter sich haben und obendrein fünfzehn Jahre jünger sind als er selbst.

Er hat keine Ahnung, was er mit seinem Leben anfangen

soll, wenn er nicht mehr spielen kann, also wird er alles daransetzen müssen, noch so lange wie möglich im Geschäft bleiben zu können.

Sich ohne die Krücken bewegen zu dürfen, ist immer noch ungewohnt. Was seltsam ist, wenn man bedenkt, wie sehr er diese dämlichen Dinger verflucht hat.

Es ist endlich an der Zeit, in sein altes Leben zurückzukehren, und als erster Punkt steht auf Tysons Liste, einkaufen zu gehen und seinen Kühlschrank wieder mit Lebensmitteln und Getränken zu befüllen.

Madison

* * *

HEUTE ABEND HABE ich einen weiteren Besichtigungstermin für eine Wohnung, auch wenn ich langsam dabei bin, die Hoffnung aufzugeben, je etwas Schönes zu finden.

Vielleicht bleibe ich doch einfach auf ewig bei meinem Bruder wohnen, dann kann ich mich zumindest eines Tages um die vielen, unehelichen Kinder kümmern, die er wohl zwangsläufig irgendwann anschleppen wird, wenn er mit den Frauen so weitermacht wie bisher. Denn seit er letzte Woche aus New York zurückgekommen ist, hat er kaum eine Nacht zu Hause verbracht, und ich bin mir ziemlich sicher, dass er sich mit mehr als bloß einer Frau getroffen hat. Eigentlich ist mein Bruder ein ziemliches Arschloch, was solche Dinge angeht, egal, wie sehr ich ihn liebe.

Es kann also nur eine Frage der Zeit sein, bis eine seiner

Eroberungen auf die dumme – oder verzweifelte – Idee kommt, Mason mit einem Kind an sich zu binden.

Immerhin hätte sie in mir dann wenigstens ein verantwortungsvolles Vorbild.

Wobei: Ist eine alleinstehende, unglückliche Frau auch wirklich ein *gutes* Vorbild? Ich bin mir da um ehrlich zu sein unsicher.

Auf dem Weg zur angegebenen Adresse halte ich noch an einem Kiosk an, um mir ein Päckchen Kaugummis zu kaufen, und als ich den Kiosk wieder verlasse, verfluche ich mich selbst dafür, dass ich ausgerechnet Zimtkaugummis gewählt habe. Natürlich die Sorte, die Tyson ständig kaut. Zuckerfrei, sicherlich würde alles andere nicht in seinen strengen Ernährungsplan passen.

Ich schiebe mir trotzdem einen der kleinen, rosafarbenen Kaugummistreifen in den Mund und frage mich, seit wann ich eigentlich einen solchen Hang zum Masochismus entwickelt habe. Denn die Dinger schmecken nach Tysons Küssen, und in meinem Bauch macht sich umgehend ein sehnsuchtsvolles Ziehen breit.

Entschlossen spucke ich das Kaugummi wieder aus und wickle es in das dazugehörige Papier, bevor ich es im nächstbesten Mülleimer entsorge.

Leider bleibt der Geschmack in meinem Mund noch erhalten, und mir fehlt die Zeit, mir etwas zu besorgen, um ihn zu überdecken, und so habe ich während der kompletten Wohnungsbesichtigung das Gefühl, dass Tyson irgendwo in meiner Nähe ist.

Meine zukünftigen Neffen und Nichten werden also nicht nur eine einsame alte Tante zur Betreuung haben, sondern eine schizophrene obendrein. Wenn das mal nicht die glücklichsten Kinder der Welt werden …

Dafür ist die Wohnung wirklich großartig! Schön, hell und ruhig gelegen, ich bin sofort verliebt, bezahlbar ist sie außerdem.

Die Maklerin, mit der ich schon einige Besichtigungen hinter mir habe, ist anscheinend genauso froh wie ich darüber, dass wir endlich das Passende gefunden haben, und wir vereinbaren einen erneuten Termin für morgen Abend, um den Mietvertrag zu unterschreiben, den sie erst von der Vermieterin besorgen muss.

Meine erste wirklich ganz und gar eigene Wohnung! Ich kann es kaum fassen.

Auf dem Weg nach Hause kaufe ich noch eine Flasche Wein.

Vielleicht hat Tyson ja Lust, mit mir auf die neue Wohnung anzustoßen, denn ich bin heute in der Laune, ihm einfach alles zu verzeihen, und habe beschlossen, dass wir uns in Zukunft wie zwei Erwachsene benehmen. Erwachsene, die eine freundschaftliche Beziehung miteinander führen, nicht mehr und nicht weniger.

Doch als ich die Tür aufschließe, stelle ich fest, dass er gar nicht da ist.

Das Haus fühlt sich merkwürdig leer an, und als ich mich genauer umsehe, bemerke ich, dass nicht nur Tyson weg ist, sondern auch seine gesamten Sachen verschwunden sind.

Seine Lederjacke hängt nicht mehr an der Garderobe, seine Schuhe stehen nicht mehr neben der Tür. Auf dem Couchtisch sind alle Sportzeitschriften verschwunden, und im Küchenschrank fehlen die Tabletten, die er wegen seines Knies nehmen muss.

Zögerlich öffne ich die Tür zu dem Badezimmer, das er immer benutzt hat. Auch hier sind all seine persönlichen Sachen ausgeräumt worden, genau wie im Gästezimmer in der unteren Etage.

Eine Weile stehe ich fassungslos in dem nun völlig unpersönlich wirkenden Raum.

Tyson ist einfach so verschwunden, ohne einen Ton zu mir zu sagen.

Eine deutlichere Ansage, was die Beziehung zwischen uns betrifft, hätte er mir wohl kaum machen können. Klarer kann man jemandem nicht zu verstehen geben, dass da schlicht *gar keine* Beziehung existiert.

Ich lasse mich auf das Bett sinken und schüttle den Kopf.

Ich fühle mich enttäuscht, ganz, ganz furchtbar enttäuscht. Die Leere des Hauses scheint sich auf meine Seele auszubreiten, und obwohl in meinen Augen Tränen brennen, bin ich nicht in der Lage dazu, sie zu weinen, auch wenn mir das vielleicht guttun würde.

Das Bett duftet immer noch schwach nach Tysons Aftershave und nach ihm selbst.

Eine Weile liege ich nur herum und starre die Decke an.

Vielleicht bin ich manchmal reichlich naiv, aber so wirklich wird mir erst jetzt klar, dass ich kein bisschen besser als Peggy-Sue bin.

Obwohl ich weiß, dass es besser wäre, um die Liebe und um die Männer einen großen Bogen zu machen, war da trotzdem dieses dumme kleine bisschen Hoffnung. Hoffnung auf etwas, was ich eigentlich gar nicht haben will, nämlich darauf, dass es vielleicht doch gut sein könnte mit der Liebe und mit mir.

Während ich so daliege und mir selbst leidtue, wird mir irgendwann etwas klar:

Hoffnung ist ein genauso schlimmer Verräter wie Liebe.

Wahrscheinlich tut man am besten daran, wenn man es irgendwie schafft, ganz allein mit sich selbst glücklich zu werden.

Vielleicht ist das die große Kunst. Zu lernen, sich selbst genug zu sein, und alles andere im Leben ist nur ein Bonus.

Ich koche mir eine extragroße heiße Schokolade und lasse den Wein in der Küche stehen.

Außerdem ist das auch viel gesünder.

Während ich an der tröstlich süßen Flüssigkeit nippe, rufe ich meine Mom an.

„Hey, Mom, ich habe endlich eine Wohnung gefunden!" Am anderen Ende der Leitung herrscht Schweigen. „Mom?"

„Wolltest du nicht bei Mason wohnen?" Ich kann hören, wie sie in Töpfen herumrührt, wahrscheinlich haben sie heute Abend Gäste, irgendwelche alten Kontakte meines Vaters vermutlich; denn auch wenn meine Mutter eine Abneigung gegen Profisportler als Partner und Ehemänner hat, umgibt sie sich trotzdem gerne mit Prominenz.

„Ich habe doch bis jetzt bei Mason gewohnt – aber das kann schließlich keine Dauerlösung sein! Er hat sein eigenes Leben – genau wie ich."

„Ich hoffe, du ziehst nicht mit diesem Tyson Walker zusammen?"

Ich verdrehe die Augen.

„Nein, Mom. Ich ziehe mit überhaupt niemandem zusammen."

„Gut!" Ihre Stimme wird etwas weicher. „Ich denke, das ist gut." Sie zögert einen Moment, und ich frage mich wieder, warum sie das überhaupt macht, denn letztendlich sagt sie ja doch immer alles, was sie zu sagen hat. „Eine eigene Wohnung ist so endgültig!"

„Mom, ich habe nicht geplant, in absehbarer Zeit nach White Crossing zurückzukommen." Genau genommen habe ich überhaupt nicht geplant, nach White Crossing zurückzukommen, aber ich muss ja nicht unnötig grausam zu ihr sein. Ich weiß, dass es genau das ist, was sie sich stets für mich gewünscht hat. Ein Leben in White Crossing mit Mann und Kind. Leider deckt sich das mittlerweile nicht mehr mit meinen eigenen Wünschen und Vorstellungen, und ich bin mir von Tag zu Tag weniger sicher, ob es das je getan hat.

Ich liebe White Crossing, es ist meine Heimat, ich habe den größten Teil meines Lebens dort verbracht, und vor allem landschaftlich ist es einfach einmalig schön.

Allerdings ist es auch einengend.

Jeder kennt jeden, und mitunter wissen die Nachbarn über das eigene Leben besser Bescheid, als man es selbst tut, und auch wenn einem von außen vieles wie eine heile Welt vorkommen mag, haben die Menschen dort doch die gleichen Nöte und Sorgen wie überall sonst auch.

Ich will keine Rolle spielen müssen, die mir meine Eltern, Janos oder meine Nachbarn zugedacht haben, weil sie meinen, sie wüssten, was am besten für mich ist. Ich will mein eigenes Leben leben. Vielleicht führt mich mein Weg dabei eines schönen Tages dauerhaft zurück nach White Crossing, aber im Moment verspüre ich keinerlei Drang dazu, in diesem Ort mehr Zeit zu verbringen als für ein Wochenende, wenn ich meine Eltern oder Autumn dort besuche.

Es fühlt sich so an, als wären die Träume, die ich als

Mädchen hatte, endlich der einer Erwachsenen gewichen, und auch wenn darin nicht alles so rosarot ist wie früher, ist es kraftvoll und stark, und genau so will ich auch sein.

Meine Mom seufzt erneut und reißt mich damit aus meinen Gedanken.

„Bist du glücklich in Midway, Maddy?"

Ich bin mir nicht sicher, was sie mit dieser Frage bezwecken will und ob sie für die Antwort wirklich bereit ist, aber nach einem kurzen Zögern antworte ich ihr:

„Zumindest glücklicher, als ich es in den letzten Jahren in White Crossing gewesen bin!"

Es ist großartig, das sagen zu können, und als wir uns kurz darauf voneinander verabschieden und das Telefonat beenden, habe ich das Gefühl, alles schaffen zu können, was ich nur will.

Tyson

* * *

Seit einer geschlagenen Viertelstunde starrt er die Flasche des Grauburgunders an, die wie von selbst in seinem Einkaufswagen und anschließend in seinem Kühlschrank gelandet ist.

Zufälligerweise ist es genau die Sorte Grauburgunder, die Madison besonders gerne mag.

Jedes Mal, wenn sie einen Schluck davon getrunken hat, hat sie ihre Augen einen kurzen Moment geschlossen und dann dieses genießerische Geräusch von sich gegeben, das sich so sehr nach Sex angehört hat, dass Tyson jedes Mal hart davon geworden ist.

Vielleicht hätte er sich von Madison verabschieden, ihr wenigstens einen Zettel hinterlassen sollen.

Er ist sich selbst völlig darüber im Klaren, dass er sich wie ein Arschloch verhalten hat. Tante Thelma würde ihn vermutlich übers Knie legen, wenn sie wüsste, wie grob unhöflich er sich verhalten hat – und das, obwohl sie ihn noch nie geschlagen hat, selbst nicht, als er dem schneeweißen Pudelrüden der bescheuerten Nachbarin mit einem Filzstift pinke Strähnchen verpasst hat und Tyson es vielleicht in den Augen vieler anderer verdient gehabt hätte.

Doch egal wie unhöflich sein fehlender Abschied auch gewesen sein mag, er war ein klares Statement. Ein Schlussstrich, der so gründlich geschehen ist, dass es nun kein Zurück mehr gibt.

Madison wird ihm ein solches Verhalten niemals verzeihen, und das ist auch gut so, denn so kommt er zumindest nicht in Versuchung, sie noch mal wiederzusehen und sich all diesen dämlichen Gefühlen stellen zu müssen, die er in Bezug auf sie zu entwickeln begonnen hat.

Sein fehlender Abschied hatte nichts mit Feigheit zu tun, sondern es war ein wohl kalkulierter Entschluss zu ihrem und seinem eigenen Schutz.

Die Nacht mit ihr in einem Bett geht ihm noch immer nicht aus dem Kopf, und das ist alles andere als gut und Grund genug, seine vielleicht etwas rüden Mittel zu rechtfertigen.

Schließlich stellt er den Wein zurück in den Kühlschrank und nimmt stattdessen eine Flasche Bier heraus.

Die wenigsten Frauen trinken wirklich gerne Bier, sodass

ihn dieses zumindest nicht auf dumme Gedanken bringt. Bier müsste sicher sein und keine alten Erinnerungen erwecken, die er nicht haben will, weil sie nicht gut für ihn sind.

Er hat die erste Flasche gerade geöffnet, als es an der Tür klingelt und Luke mit ein paar anderen Jungs aus dem Team vor der Tür steht.

In den Händen halten sie Pizza – und noch mehr Bier.

„Überraschung!" Luke grinst und Tyson versucht es ebenfalls mit einem Lächeln.

Einerseits ist er zwar froh, endlich seine Ruhe zu haben ... andererseits fühlt sich die leere Wohnung heute doch nicht so gut an, wie er sich das vorgestellt hat.

Madison

* * *

„WIE HAT dir die Wohnung gefallen, die du dir gestern angesehen hast? Wieder ein Reinfall?" Mia streicht ihren grauen Bleistiftrock glatt, bevor sie sich auf die Kante meines Schreibtischs setzt, als wäre sie eine kokette Sekretärin, die zum Diktat antritt.

Eigentlich wundert es mich, dass sie schon so lange allein ist und die Männer bei ihr nicht Schlange stehen; aber soweit ich weiß, hatte sie keine Beziehung mehr, seit sie sich vom Vater ihres Sohnes getrennt hat.

„Diesmal war die Wohnung absolut großartig! Sie ist keine zehn Minuten zu Fuß von hier entfernt, hell und groß, und alle Fenster gehen zu einem ruhigen Hinterhof hinaus. Es gibt einen überdachten Stellplatz für mein Auto, die Miete ist erschwinglich, und heute nach der Arbeit unterschreibe ich den Mietvertrag."

„Oh, das sind hervorragende Nachrichten!" Sie klatscht entzückt in die Hände. „Wann findet die Einweihungsparty statt?"

Seufzend lehne ich mich auf meinem Schreibtischstuhl zurück.

„Kann man von einer Party sprechen, wenn nur du und ich anwesend sind? Ansonsten kenne ich in Midway niemanden, den ich zu einer Party einladen könnte."

„Kein Tyson Walker?" Sie zieht die Augenbrauen beinahe grotesk in die Höhe.

„Nein, kein Tyson Walker. Er ist gestern ebenfalls ausgezogen. Wir haben uns kaum gesehen in den letzten Tagen." Wir sind uns aus dem Weg gegangen und er ist sang- und klanglos verschwunden, wäre wohl die treffende Formulierung, aber ich habe keine Lust, darüber zu reden. Wirklich nicht. Ich habe noch nicht einmal Lust, überhaupt nur darüber nachzudenken – leider tue ich es trotzdem ständig. Ich bekomme diesen Kerl einfach nicht mehr aus meinem Kopf, und das macht mich beinahe wahnsinnig.

Mia betrachtet mich einen Moment lang nachdenklich, schließlich zuckt sie mit den Schultern.

„Party ist Party, so etwas kann man zur Not auch allein feiern. Ich schaue, wann ich einen Babysitter bekomme, und dann kann es losgehen!"

„Wunderbar! Ich sage dir Bescheid, wenn ich so weit bin."

Mia streckt ihren Daumen nach oben und verlässt mein Büro, und ich blicke ihr lächelnd hinterher.

Nachdem Autumn durch ihren Mann immer mehr unterwegs ist, bin ich froh, auch hier noch jemanden zu haben, auf den ich mich verlassen kann.

Ich gönne Autumn ihr Glück wirklich von ganzem Herzen, aber manchmal ist es dennoch schwer für mich, dass sie in meinem Leben nicht mehr so präsent ist, wie sie es einmal war, gerade in den letzten Monaten, wo ich sie wirklich gebraucht hätte.

Seufzend öffne ich das Rechnungsprogramm an meinem Computer.

Solange ich keine andere Ablenkung finde, werde ich es mit Arbeiten versuchen, und irgendwann, wenn ich meinen inneren Frieden wiedergefunden habe, werde ich mich weiterentwickeln. Mir ein Hobby suchen, vielleicht neue Freunde. Auf gar keinen Fall will ich mich weiterhin so fühlen wie im Moment.

Ich habe einen tollen Job, ein Leben, das ich mir ganz allein aufgebaut habe, und ich will endlich damit anfangen, es zu genießen.

Scheiß doch auf die Liebe und auf die Männer!

Ich kann das alles auch hervorragend allein.

22

Tyson

* * *

Tante Thelma ist eine Naturgewalt, das war sie schon immer.

Kaum dass sie Tysons Wohnung betreten hat, fühlt es sich so an, als wäre es eigentlich ihr Zuhause – und er wäre der Gast. Merkwürdigerweise ist das nicht einmal ein unangenehmes Gefühl, es ist vielmehr so, als würde man den Dingen ihren natürlichen Lauf lassen.

„Ich dachte, wir könnten heute Abend vielleicht einen Rinderschmortopf essen mit dem selbst gebackenen Maisbrot dazu, das du so gerne magst." Sie öffnet Tysons Kühlschrank, um dessen Inhalt zu inspizieren, und schüttelt dann den Kopf, weil im Kühlschrank gähnende Leere herrscht, abgesehen von der Flasche Grauburgunder, die dort immer noch unangetastet liegt, sowie einigen Flaschen Bier.

Seit Tyson bei Mason ausgezogen ist, hat er einfach keine rechte Lust mehr gehabt, etwas zu kochen.

„Ich hatte eigentlich geplant, dass wir heute Abend irgendwo etwas essen gehen …", antwortet er schließlich entschuldigend. Thelma hasst leere Kühlschränke, und er hätte wirklich einkaufen gehen können, bevor sie angekommen ist, auch wenn sie ihren Besuch recht kurzfristig angekündigt hat.

„Du weißt doch, dass ich den Restaurants hier in der Stadt nicht traue." Thelma schließt die Kühlschranktür wieder und streicht sich ihr immer grauer werdendes Haar glatt, das ohnehin schon so akkurat sitzt, als würde es nicht eine Strähne wagen, den ihr zugewiesenen Platz zu verlassen, genauso wenig wie die hellblaue Bluse oder die dunkelblaue Hose es sich trauen würden, auch nur eine Falte zu werfen.

Wenn man sie nicht kennt, würde man Tysons Tante vermutlich für eine strenge, verkniffene alte Matrone halten.

Alles an ihr drückt militärische Korrektheit aus, vom akkuraten Sitz der schlichten Kleidung über die praktische Frisur bis hin zur kerzengeraden Haltung ihres Rückens. Auf den ersten Blick gibt es an dieser Frau nichts Mütterliches oder Weiches – und dennoch ist sie die liebevollste und fürsorglichste Person, die Tyson jemals kennengelernt hat.

Vielleicht klingt es ein bisschen theatralisch, aber diese Frau hat ihm mehr als nur einmal sein Leben gerettet.

Vielleicht nicht auf so unmittelbare Art und Weise, wie man jemandem das Leben rettet, den man kurz vor dem Ertrinken aus einem Fluss zieht oder für den man eine Pistolenkugel abfängt. Doch Thelma war für ihn da, als er damals nach dem Tod seiner Mutter ganz allein auf der Welt war. Mehr als das, sie hat ihm ein Zuhause geboten. Sie hat ihm Sicherheit und Geborgenheit gegeben, als er sie am dringendsten gebraucht hat.

Auch nach Justines Tod war sie für ihn da und hat Tyson davor bewahrt, völlig durchzudrehen. Sie hat ihn davon abgehalten, dass er sich von Selbsthass, Zweifeln und Schuldgefühlen hat auffressen lassen.

Thelma hat diese ruhige, selbstverständliche Art, mit der sie es schafft, Menschen wieder auf die richtige Bahn zu schubsen, zumindest, wenn diese es auch wollen und zulassen.

Wenn diese Frau, die immer für ihn da gewesen ist, nun lieber Selbstgekochtes essen möchte, als in ein Restaurant zu gehen, wird er mit Sicherheit alles daransetzen, dass sie es auch bekommt. Auch wenn Tyson ihre Meinung über die Qualität der Küche in den lokalen Restaurants nicht teilen kann – das eine oder andere kocht nämlich wirklich hervorragend und im Übrigen auch durchaus gesund und ausgewogen.

„Also gut!" Tyson erhebt sich von dem Barhocker an dem Frühstückstresen in seiner Küche, auf dem er bis gerade noch gesessen hat. „Dann lass uns einkaufen gehen. Du sagst, was wir kaufen, und ich schiebe den Wagen, und anschließend kochen wir den besten Rinderschmortopf der Welt, ganz wie in alten Zeiten." Er zwinkert ihr zu, und als sie zu lächeln beginnt, wirkt ihr Gesicht auf einmal zwanzig Jahre jünger.

„So gefällt mir das!" Thelma stellt sich auf die Zehenspitzen, um Tyson das Haar zu zerzausen, das im Gegensatz zu ihrem nie wirklich korrekt sitzt und stattdessen immer macht, was es will.

Madison

* * *

Es fühlt sich seltsam an, wieder allein zu wohnen. Genau genommen kann man ja von *wieder* gar nicht sprechen, denn ich habe noch niemals zuvor wirklich allein gewohnt.

Während des Studiums hatte ich ein Zimmer im Wohnheim, und danach bin ich gleich mit Janos zusammengezogen.

Doch da ich beschlossen habe, mein neues Leben mehr zu wertschätzen und zu genießen, habe ich ein paar der Vorteile einer komplett eigenen Wohnung bereits voll ausgekostet.

Wenn man allein wohnt, redet einem nämlich niemand rein, wenn es um Deko und Inneneinrichtung geht. Ich konnte beispielsweise so viele altrosa Kissen für mein graues Sofa kaufen, wie ich wollte, ohne dass sich jemand Sorgen darüber macht, dass diese Farbe seine Männlichkeit irgendwie beeinträchtigen könnte.

Auch für mein neues Schlafzimmer habe ich aus den Vollen geschöpft: Hier dominieren Türkis und Lavendel, eine Farbkombination, die mich an heiße Sommerabende in der Provence erinnert. Nicht, dass ich jemals dort gewesen bin, aber manchmal ist die Vorstellung von etwas ja ohnehin viel besser als die Realität.

So wirklich wie ein Zuhause fühlt sich meine neue Wohnung noch nicht an, doch ich bin mir sicher, dass das noch kommen wird, und ich kann gar nicht damit aufhören, die schönen Räume zu bewundern. Immer wieder gehe ich von einem in den anderen und freue mich darüber, endlich ein eigenes Reich zu haben.

Dieses Mal war ich auch schlauer und habe eine Umzugsfirma damit beauftragt, meine Sachen aus dem Lager in meine Wohnung zu bringen, sodass für mich alles relativ entspannt abgelaufen ist.

Ich setze gerade zu einer neuen Runde durch meine Wohnung an, als es an der Tür klingelt.

Das Geräusch ist noch so neu und ungewohnt, dass ich unwillkürlich zusammenzucke.

Als ich die Tür öffne, steht eine grinsende Mia davor, eine Flasche Sekt in der einen und eine Duftkerze in der anderen Hand, eines von diesen Dingern in den großen Apothekergläsern, wie ich es schon immer haben wollte.

„Überraschung!“, flötet Mia bestens gelaunt und wedelt mit Sekt und Kerze. „Meine Nachbarin hat sich spontan dazu bereit erklärt, auf Benjamin aufzupassen – also dachte ich mir, ich komme mal bei dir vorbei, und wir feiern die große Party, von der wir neulich gesprochen haben.“ Sie zwinkert mir zu und marschiert zielstrebig in die Küche, wo sie zwei Sektgläser aus dem Schrank nimmt – die einzigen beiden, die ich besitze, weil sie der Vorbesitzer im Küchenschrank vergessen hat und da ich noch nicht dazu gekommen bin, mir eigene zu kaufen.

Mit routinierten Handgriffen öffnet Mia die Flasche und schenkt uns unsere Gläser voll. So voll, dass ich mich bücken muss, um etwas davon abzutrinken, bevor ich mich überhaupt traue, das Glas in die Hand zu nehmen.

„Prost, meine Liebe!“ Mia erhebt ihr Glas und strahlt

mich an. „Auf dich – und natürlich auf deine tolle neue Wohnung. Kaum zu glauben, dass du so etwas in dieser Lage gefunden hast!" Sie sieht sich um und tritt dann an das große Fenster des Wohnbereiches, um dort hinauszusehen. „Oha!" Grinsend erhebt sie ihr Glas erneut. „Und natürlich auf die guten Aussichten …" Das Entzücken in ihrer Stimme ist nicht zu überhören, und ich gehe zu ihr, um zu schauen, was sie dort draußen entdeckt hat. Denn so spektakulär ist die Aussicht nun wirklich nicht. Als ich mich hinter sie stelle, lasse ich um ein Haar mein Sektglas fallen.

Ein Stockwerk unter mir ist auf dem großen Innenhof gerade kein Geringerer als Tyson Walker dabei, in sein Auto zu steigen, und als hätte er seinen Blick auf sich gespürt, schaut er in genau diesem Moment zu mir hoch und sieht mir direkt in die Augen.

23

Madison

* * *

Wie erstarrt stehe ich an meinem Wohnzimmerfenster und halte Tysons Blick stand, während er selbst noch immer in seiner geöffneten Autotür steht und zu mir hochschaut.

„Scheiße!", fluche ich aus ganzem Herzen, und etwas, was meine Gefühle gerade besser trifft, fällt mir in diesem Moment tatsächlich nicht ein. Ich kann nicht fassen, dass er hier wohnt, ausgerechnet hier, wo ich von vorn anfangen wollte, fernab von allen Männern. „Verdammte Scheiße!", fluche ich noch einmal, und erst als sich Tysons Lippen zu einem süffisanten Grinsen verziehen, wird mir wieder bewusst, dass er mich genauso sehen kann wie ich ihn. Ich kann erkennen, dass er irgendetwas sagt, aber ihn natürlich nicht verstehen. Dann wirft er mir eine Kusshand zu, wirkt dabei allerdings nicht so, als würde er es wirklich ernst meinen, bevor er endlich in sein Auto steigt und losfährt. Ich glotze ihm ziemlich dämlich hinterher, bis er schließlich verschwunden ist. Erst dann gelingt es mir, meinen Blick von der Stelle zu lösen und stattdessen Mia anzuschauen.

„Meinst du, dass er mitbekommen hat, dass ich seinetwegen geflucht habe?“, frage ich sie ein bisschen kleinlaut. Sie fängt lautstark an zu lachen.

„Man muss kein Genie sein, um dir deine doch sehr schlichten Worte von deinen Lippen abzulesen …“, sagt sie grinsend. „Und wenn ihm das nicht gelungen sein sollte, so hat er deine … Begeisterung für ihn vermutlich an deinem Gesichtsausdruck erkannt.“ Lachend trinkt sie einen Schluck von ihrem Sekt, und ich stürze fast den gesamten Inhalt meines Glases hinunter. „Verrätst du mir auch, was zwischen euch gelaufen ist, dass du so auf ihn reagierst? Ich meine, ich weiß ja, dass du keine sonderlich großen Stücke auf Eishockeyspieler hältst, aber hier steckt doch eindeutig mehr dahinter. Das ist etwas Persönliches, wenn ich raten müsste. Etwas, was darüber hinausgeht, dass ihr euch ein paar Wochen lang ein Haus geteilt habt …“

„Da war nichts zwischen uns …“, murmle ich und trinke mein Glas nun ganz leer.

„Und das ist ein Umstand, den du bereust? Oder wie erkläre ich mir dein Gefluche, wenn du Tyson Walker siehst?“

Seufzend lasse ich mich auf das Sofa fallen, und Mia geht zum Küchentresen hinüber, um die Flasche Sekt zu holen und mein Glas noch einmal aufzufüllen.

„Nein, eigentlich ist es ein Umstand, den ich begrüße."

„Dann verstehe ich deine Reaktion auf ihn nicht." Nachdem sie ihr Glas ebenfalls aufgefüllt hat, setzt sie sich neben mich und schaut mich mit diesem Blick an, den sie sonst nur für Kundinnen übrig hat, die mit der Sprache bezüglich ihrer Wünsche und Vorstellungen auf Männer nicht so richtig herausrücken wollen. Irgendwie hat man bei diesem Blick jedes Mal das Gefühl, dass sie ohnehin schon über alles Bescheid weiß, dass sie einen durchschaut und es gar keinen Sinn hat, ihr irgendetwas *nicht* zu erzählen.

„Ich verstehe meine Reaktion auf ihn ja selbst nicht so ganz. Eigentlich war da nichts zwischen uns ... Na ja, ich habe ihn auf diese Party begleitet, das weißt du ja, und dann haben wir uns geküsst."

„Oha!" Sie beugt sich zu mir vor. „Dieses kleine Detail hast du mir bisher verschwiegen!" Zum Glück sieht sie eher amüsiert als beleidigt aus. „Allerdings erklärt das deine Reaktion trotzdem nicht, eigentlich bist du mir noch nie wie jemand vorgekommen, der sich durch einen Kuss völlig aus dem Konzept bringen lässt. Es sei denn, es war entweder überdurchschnittlich gut oder schlecht."

Ohne es zu wollen, denke ich wieder an den Kuss mit Tyson zurück, an seinen Geschmack nach den Zimtkaugummis, die er ständig kaut, an die Art und Weise, wie er mich dabei angesehen hat und an die eine Nacht, die wir miteinander verbracht haben, als er mich in seinen Armen gehalten und getröstet hat, weil ich ihn gebraucht habe, und das, obwohl es das Letzte ist, was ich will – je wieder einen Mann zu brauchen.

„Ach, ich weiß auch nicht ...", sage ich irgendwann, als

mir bewusst wird, dass Mia noch immer auf eine Antwort von mir wartet. „Entweder haben wir uns gestritten oder es war wirklich gut mit ihm. Letztendlich ist er abgehauen, ohne mir davon ein Wort zu sagen."

Mia dreht sich vom Fenster weg und zieht eine Augenbraue in die Höhe.

„Klingt nach einem Mann von Wert und Format ...", sagt sie ironisch und trinkt noch einen weiteren Schluck von ihrem Sekt.

„Er hatte Momente, in denen ich ihn tatsächlich gut leiden mochte. Und um ehrlich zu sein, hatte ich den Eindruck, dass es ihm eigentlich genauso geht."

Nun wandert auch noch Mias zweite Augenbraue in die Höhe.

„Du sprichst von *zu gut* leiden mögen, nehme ich an?"

Ich zucke mit den Schultern.

„Nein. Ja ... vielleicht. Ich weiß es nicht. Es war irgendwie ... kompliziert."

Ein leises Lächeln spielt um ihre Lippen.

„Ich glaube, die wirklich guten Dinge sind immer kompliziert. Oder nicht?"

„Keine Ahnung. Einfach wäre mir lieber."

„Wenn es einfach wäre, dann wäre es jetzt vorbei. Aber so wie ihr beide euch angesehen habt, glaube ich eher, dass es noch eine Weile kompliziert bleiben wird, bevor es leichter wird – in die eine oder in die andere Richtung."

„Wahrscheinlich hast du recht." Bei dem Gedanken daran, dass Tyson nun wieder in meiner Nähe ist, macht mein dummes Herz einen kleinen Hüpfer, und ich reihe es umgehend in die Gruppe von Verrätern in meinem Leben ein, die mich momentan zu verfolgen scheinen.

Tyson

* * *

Der Rinderschmortopf war wirklich köstlich.

Zumindest vermutet Tyson das, denn wenn er ehrlich ist, hat er gar nicht viel davon mitbekommen, wie er geschmeckt hat, weil er mit seinen Gedanken die gesamte Zeit bei der kleinen rothaarigen Hexe von gegenüber war.

„Wer ist denn diese Frau, die du ständig beobachtest?“ Thelma fragt es völlig beiläufig, so, als würde sie sich darüber erkundigen, ob es heute Nacht noch Regen geben soll, aber Tyson weiß ganz genau, dass es alles andere als eine harmlose, kleine Frage ist. Sie hat ihn durchschaut, und es hat keinen Sinn, die Dinge abzustreiten. Thelma hat das Gespür eines Bluthundes, wenn es um solche Sachen geht, und sie wird nicht aufgeben, bevor sie nicht alles herausgefunden hat, was es zu wissen gibt. Der einfachste Weg ist, ihr zu erzählen, was sie in Erfahrung bringen will, aber Tyson hat es sich in seinem Leben noch nie leicht gemacht.

„Ich weiß nicht, wovon du sprichst ...“, antwortet er also und bleibt weiter am Fenster stehen, denn jetzt wegzugehen würde erst recht verdächtig wirken.

„Ich spreche von der kleinen Rothaarigen. Hübsch, anschauliche Oberweite, vielleicht einen Meter und sechzig groß ...“ Thelma faltet eine Serviette zusammen und schaut dann blinzelnd zu ihm. „Also die Frau – nicht die Oberweite.

Sonst wäre es ja wirklich ziemlich übertrieben, findest du nicht?“

„Ich habe immer noch keine Ahnung, wovon du sprichst“, wiederholt Tyson stoisch, auch wenn ihm umgehend Bilder von Madisons tatsächlich sehr ansehnlichem Vorbau durch den Kopf geistern. Sehr hübsch, sogar überaus attraktiv und kein bisschen übertrieben. Er würde gerne mal seine Hände darumlegen und … Ach verdammt. Mit verschränkten Armen wendet er sich vom Fenster ab. „Neulich haben irgendwelche Idioten Autos in der Nachbarschaft beschmiert, und ich schaue seitdem, ob ich sie nicht entdecken kann.“ Eine Lüge, die selbst in seinen eigenen Ohren mehr als unglaublich klingt, und natürlich durchschaut Thelma ihn sofort.

„Aha!“, antwortet sie mit hochgezogenen Augenbrauen, und er weiß genau, dass sie ihm nicht ein Wort glaubt. Dennoch lässt sie das Thema auf sich beruhen, sie kennt ihn einfach viel zu gut und weiß genau, dass es gerade keinen Sinn hat, ihn zu drängen.

Das Schweigen beim Abendessen ist irgendwie unangenehm, und an der Art und Weise, wie seine Tante ihr Essen über den Teller schiebt, kann Tyson ganz genau erkennen, dass sie über irgendetwas nachdenkt, bei dem es ihr schwerfällt, die richtigen Worte zu finden.

Nach dem Essen räumt sie das schmutzige Geschirr in die Spüle.

„Hilfst du mir beim Abwasch, Tyson?“

„Ich habe eine Spülmaschine, du musst das nicht per Hand abwaschen!“, erwidert er, schnappt sich aber trotzdem eines der Geschirrhandtücher, die Thelma ihm mal irgendwann geschenkt hat. Er weiß, was sie vorhat, sie hat das schon früher so gemacht. Ihn dazu verdonnert, ihr bei irgendwelchen Hausarbeiten zu helfen, damit er nicht so einfach verschwinden kann.

Tatsächlich dauert es nicht lange, bis sie zu sprechen beginnt.

„Wenn jemand einen Partner verliert, erzählt man ihm normalerweise früher oder später, dass er sich wieder jemanden suchen soll, weil der oder die Verstorbene sicherlich nicht gewollt hätte, dass der Mensch, den sie geliebt hat, allein zurückbleibt und unglücklich ist." Nachdenklich taucht Thelma einen Teller in das heiße Seifenwasser und wäscht ihn beinahe zärtlich mit einem weichen Schwamm ab, bevor sie mit klarem Wasser nachspült und ihn Tyson zum Abtrocknen reicht. „Ich würde dir das auch gerne sagen, nur wenn ich ehrlich sein soll, bin ich mir nicht ganz sicher, ob ich das über Justine wirklich behaupten könnte …"

Beinahe wäre Tyson der Teller aus der Hand gerutscht. Er stellt ihn auf der Arbeitsplatte ab und starrt Thelma erstaunt an. „Jetzt schau nicht so, mein Junge …", fährt sie beinahe unbeeindruckt fort. „Ich bin nicht blind und auch nicht blöd. Ich habe Justine geliebt, als wäre sie meine eigene Tochter. Zumindest glaube ich das, ich hatte ja nie Kinder und kann es nicht beurteilen, wie es ist – aber ich kann mir nicht vorstellen, dass man für einen anderen Menschen mehr Gefühle haben kann als ich für dich oder Justine. Ich hätte immer alles für euch getan, und das würde ich noch." Ihre Hände zittern leicht, als sie nun ein Glas unter das fließende Wasser hält, und dass sie ernsthaft die Teller vor den Gläsern abgewaschen hat, verrät Tyson, wie sehr Thelma dieses Gespräch mitnimmt. „Dennoch war Justine schon sehr verkorkst, als sie zu mir gekommen ist. Noch ganz anders verkorkst als du. Ich weiß, dass meine Schwester – deine Mutter – nicht so für dich da war, wie sie es hätte sein sollen. Aber ich weiß auch, dass sie dich geliebt hat. Auch wenn die Drogen hinterher stärker waren, so hat sie es doch zumindest in deinen ersten Lebensjahren geschafft, dir ein halbwegs stabiles Zuhause zu bieten. Sie hat dich geliebt, und ich glaube, das hast du immer gewusst, oder?"

„Ja, das habe ich ...", antwortet Tyson und lässt sich langsam auf einen der Barhocker sinken, die an seinem Küchentresen stehen. Thelma gibt den Abwasch auf und setzt sich zu ihm. In den ersten Jahren seines Daseins hatte er ein beinahe normales Leben, zumindest, soweit er sich erinnern kann. Die Drogenprobleme seiner Mutter kamen erst später wieder. Nach seiner Geburt war sie viele Jahre clean, und dann ging alles sehr schnell. Thelma hat ihm mal erzählt, dass seine Mom schon immer extrem gewesen ist, in so vielen Dingen. Sie war ein Nachzügler, das mit Abstand jüngste von fünf Geschwistern, und es hatte manchmal den Anschein, als würde sie keine Ängste kennen, keine Risiken scheuen, als würde sie alles, was sie anfasst, mit Leib und Seele tun. Leider traf das auch auf die Drogen zu, die sie genommen hat ...

„Bei Justine war das anders. Ich habe damals vom Amt nicht allzu viel über sie erfahren, aber eines weiß ich mit ziemlicher Sicherheit: Als sie auf die Welt gekommen ist, hatte sie ständig Mangel an irgendetwas. Essen, Liebe, Wärme ... all diese Dinge, die für andere Kinder selbstverständlich sind, gab es in ihrem Leben immer zu wenig. Sie hatte Strategien entwickelt, um damit zurechtzukommen. Überlebensstrategien. Du weißt ja, wie sie war, du weißt, was für einen starken Willen sie hatte ..." Ja, Tyson weiß genau, wie sie war. Wahrscheinlich gibt es niemanden auf dieser Welt, der Justine besser kannte als er. Er kannte all ihre Stärken – und all ihre Schwächen.

In Thelmas Augen schwimmen nun Tränen, und sie versucht sie mit einem Kopfschütteln zu vertreiben. „Ich glaube, wenn ein Mensch in so jungen Jahren so viel durchmachen musste wie Justine, dann hinterlässt das Schäden, die sich nie mehr ganz reparieren lassen. Für Justine war es von Anfang an wichtig, dafür zu sorgen, dass sie genug bekommt. Es war so wichtig für ihr Überleben, dass sich dieses Verhalten tief in ihr verwurzelt hat und sie nicht erkennen konnte, wann es genug war." Jetzt laufen Thelma wirklich die Tränen herunter, und Tyson rückt etwas näher heran, um nach ihrer Hand zu greifen. „Ich habe sie geliebt, das habe ich immer. Trotzdem hätte ich niemals zugelassen, dass ihr beiden ein Paar werdet, wenn ich auch nur die kleinste Chance gesehen hätte, das zu verhindern. Die gab es jedoch nicht, stimmt's?"

In seiner Kehle hat sich ein unangenehmer Kloß gebildet, als Tyson nun den Kopf schüttelt.

„Nein, die gab es nicht. Eine Zeit war ich Justine verfallen, mit Haut und Haar."

„Ja, ich weiß. Und ich glaube, nein, ich bin mir sicher, dass sie dich geliebt hat, aber Justine war so kaputt, dass sie nicht erkannt hat, dass sie dich mit dieser Art von Liebe auf die Dauer kaputt macht. Dass ihr euch gegenseitig damit kaputt macht." Thelma atmet zitternd ein und richtet sich schließlich auf, um sich ein wenig zu sammeln. „Ich weiß, dass das Ende wirklich tragisch war, aber manchmal glaube ich, wenn es anders gewesen wäre, wenn es länger gedauert hätte, dann wäre es noch viel schlimmer geworden. Ich habe manchmal befürchtet, dass ihr euch gegenseitig umbringt. Und ich weiß nicht, ob ich das überlebt hätte."

Jetzt ist sie es, die nach Tysons Hand greift und sie drückt, und erst in diesem Moment fällt ihm auf, dass ihm ebenfalls Tränen die Wange herunterlaufen.

„Ich konnte nichts dafür, dass sie gestorben ist, das weiß ich. Ich habe diese verdammte Marmortreppe schon immer gehasst, sie war so furchtbar rutschig, doch Justine hat damals darauf bestanden, weil es im Haus von Jennifer Turner eine ganz ähnliche Treppe gab. Weißer italienischer Marmor. Völlig verrückt, daraus Treppen herzustellen, eigentlich sollte man den Hersteller verklagen. Das Ding war gemeingefährlich." Völlig in seinen Erinnerungen gefangen starrt Tyson an die gegenüberliegende Wand. „Es war ein tragischer Unfall, und ich weiß, dass mich keine Schuld daran trifft." Kopfschüttelnd entzieht er Thelma seine Hand, weil er gerade das Gefühl hat, ihre Berührung nicht zu ertragen oder nicht zu verdienen, was aber im Endeffekt auf dasselbe hinausläuft. „Wir hatten uns in der Zeit davor ständig gestritten, und an manchen Tagen habe ich sie nur noch gehasst." Justine hat ihn so oft betrogen, trotzdem hat er es irgendwie nicht geschafft, sich von ihr zu trennen. Manchmal sind zwei Menschen einfach nicht gut füreinander. Sie können nicht miteinander sein. Wenn man aber, wie bei ihm und Justine, irgendwie auch nicht ohneeinander sein kann, wird das zu einem echten Problem. „Ich weiß nicht, warum ich mich nicht von ihr getrennt habe. Ich habe es unzählige Male versucht, es wäre besser gewesen, für uns beide. Wenn ich mich von ihr getrennt hätte, hätte sie sich an diesem Abend vielleicht nicht so entsetzlich betrunken und wäre nicht diese beschissene Treppe hinuntergefallen, hätte sich nicht das Genick gebrochen. Ich mache mir immer noch Vorwürfe deswegen. Aber weißt du, was das Schlimmste ist?" Jetzt dreht er sein Gesicht zu Thelma, auch wenn er sich nicht sicher ist, ob er es ertragen kann, sie weiterhin anzusehen. „Als ich nach diesem verdammten Auswärtsspiel zum Trainer gerufen worden bin und er mir erzählt hat, dass Justine tot ist, dass sie die Treppe hinuntergefallen ist und sich das Genick gebrochen hat, da habe ich erst mal gar nichts empfunden. Und dann war ich erleichtert. Ich war erleichtert, verstehst du? Ich bin ein solches Arschloch. Meine Frau stirbt bei einem Unfall, und alles, was ich empfinde, ist grenzenlose Erleichterung." Er erinnert sich noch immer an dieses Gefühl und an den Selbsthass, den es ausgelöst hat, Selbsthass, der ihn bis heute begleitet, jeden beschissenen Tag. Wie krank muss man sein, um so zu empfinden?

Thelma sieht ihn an, und ihre Augen wirken wissend und traurig.

„Ihr habt versucht, mich aus euren Eheproblemen herauszuhalten, aber ich habe genug mitbekommen, um zu wissen, dass es in den letzten drei Jahren eurer Ehe nicht gerade gut gelaufen ist." Tyson schnaubt leise. *Nicht gerade gut gelaufen* ist die Untertreibung des Jahrhunderts. „Justine hat manchmal getrunken, wenn du nicht da warst, und dann hat sie mich angerufen. Wenn sie betrunken war, hat sie geweint und geschrien, und sie hat mir Dinge erzählt, die ihr hinterher bestimmt peinlich waren. Ich weiß, dass sie dich mehr als einmal betrogen hat, und ich weiß auch, dass du ihr trotzdem immer wieder verziehen hast. Ich weiß jedoch auch, dass sie dich zum Schluss gar nicht mehr wollte. Sie war bloß nicht dazu in der Lage, dich wieder herzugeben.

Und dir ging es wahrscheinlich ähnlich." Erneut greift Thelma nach Tysons Hand. „Ich weiß, dass sich das so einfach sagt, und vielleicht wirst du dein Leben lang deswegen Schuldgefühle haben, aber jeder andere Mann hätte Justine schon längst verlassen, und ich bin mir nicht sicher, ob ihr Ende dann nicht noch tragischer gewesen wäre. Es mag sein, dass du dich mies fühlst, aber wir können letztendlich nichts für die Dinge, die wir empfinden. Wir sind alle nur Menschen. Wir empfinden Liebe und Hass, Freude und Leid, und manchmal liegt all das viel näher beieinander, als man glauben mag. Gefühle lassen sich nicht steuern. Anders als unser Handeln. Für unser Handeln sind wir selbst verantwortlich. Bei der Frage nach Schuld geht es also nicht darum, was wir empfinden, sondern vor allem darum, wie wir uns verhalten. Und selbst da können wir einzig nach bestem Wissen und Gewissen handeln. Hinterher ist man immer schlauer – so ist das eben. " Sie beide schweigen eine Weile, bevor Thelma wieder das Wort ergreift. „Wenn man Dinge lernt, also wenn man sie neu lernt, dann ist es oft sinnvoll und hilfreich, sie in einen bereits bekannten Kontext einzuordnen. Wenn uns etwas Ähnliches schon bekannt ist, lernen wir es schneller und leichter. Dir würde es wahrscheinlich nicht sonderlich schwerfallen, Rollschuhfahren zu lernen, weil du so sicher auf den Schlittschuhen bist. Aber wusstest du auch, dass solches Vorwissen manchmal hinderlich sein kann? Manchmal zieht man völlig falsche Schlüsse aus dem, was man bereits weiß, und ordnet Neues deshalb gänzlich falsch ein. Das griechische Wort für ‚Ja' klingt zum Beispiel wie ‚Nei' – wenn man seine Sprachkenntnisse hier anzuwenden versucht, landet man auf einem Holzweg, weil man es höchstwahrscheinlich für ‚Nein' halten würde. Das bedeutet, dass man manche Dinge komplett von Neuem lernen muss, ohne die Erfahrungen, die man gemacht hat, verwenden zu können." Jetzt lächelt sie und streicht Tyson über den Kopf, so wie sie es früher immer gemacht hat. „Ich weiß, dass du denkst, dass alle Beziehungen kompliziert und zum Scheitern verurteilt sind, aber vielleicht musst du nur dein Vorwissen vergessen und wieder ganz von vorne anfangen, weil es einfach falsch ist, was du darüber weißt – beziehungsweise auf eine andere Beziehung nicht anwendbar."

Mit schief gelegtem Kopf sieht Tyson sie an.

„Ich denke, ich habe verstanden, was du mir sagen willst. Doch bitte beantworte mir eine Frage, Tante Thelma: Warum um alles in der Welt sollte ich mich überhaupt noch mal auf eine Beziehung einlassen? Allein lebt es sich doch auch sehr gut!"

Sie lächelt, aber er kann nicht erkennen, ob ihr Lächeln amüsiert oder traurig ist.

„Mein lieber Junge, irgendwie habe ich wohl vergessen, dir beizubringen, dass man im Leben manchmal mutig sein und sich wieder aufrappeln muss, wenn man hingefallen ist, auch wenn es schmerzhaft war. Sei kein Feigling. Und hör auf, dich hinter irgendwelchen Ausreden zu verstecken."

Thelma steht auf und tritt ans Fenster.

„Die kleine Rothaarige von gegenüber kommt übrigens gerade nach Hause. Vielleicht solltest du dir die hervorragende Flasche Weißwein aus dem Kühlschrank schnappen und ihr einen Besuch abstatten?" Sie dreht sich zurück zu Tyson. „Du wirst mir jetzt wahrscheinlich sagen, dass ich doch dein Besuch bin und du deine Zeit mit mir verbringen möchtest. Allerdings bin ich eine alte Frau und ich brauche meinen Schönheitsschlaf." Langsam kommt sie zu ihm, stellt sich auf die Zehenspitzen und küsst ihn auf die Wange. „Ich weiß nicht, ob ich es dir so deutlich schon mal gesagt habe, aber ich bin immer unglaublich stolz auf dich. Schlaf gut später, mein Großer!“ Dann verschwindet sie im Gästezimmer.

24

Madison

* * *

Nachdem Mia gegangen ist, lösche ich das Licht in meinem Wohnzimmer und ziehe die Vorhänge vor das Fenster, allerdings bloß so weit, dass ich durch einen schmalen Spalt noch hindurchsehen kann. Im Schutz der Dunkelheit versuche ich herauszufinden, ob ich von hier aus in Tysons Wohnung schauen kann, auch wenn ich mir ein klitzekleines bisschen schäbig dabei vorkomme, ihm hinterherzuspionieren.

In der oberen Etage des gegenüberliegenden Gebäudes brennt noch Licht, was mir einen hervorragenden Blick in eine große Küche beschert. Obwohl ich den Mann, der sich darin bewegt, nur von hinten sehen kann, weiß ich sicher, dass es Tyson ist. Er humpelt noch immer leicht, ansonsten sind seine Bewegungen kraftvoll und effizient, und ich würde ihn unter Hunderten von Menschen allein an der Art erkennen, wie er sich bewegt.

Mein Herz beginnt schon wieder zu hüpfen, und ich ignoriere es, so gut ich eben kann.

Vielleicht sollte ich weggehen und Tyson seine Privatsphäre lassen, ganz sicher sollte ich das sogar, aber meine Füße fühlen sich an, als wären sie an Ort und Stelle festgenagelt, und meine Beine weigern sich einfach, sich zu bewegen.

Ich beobachte, wie er sich umdreht, um ebenfalls aus dem Fenster zu sehen. Seine Augen scannen die dunklen Fenster meiner Wohnung ab, doch viel wird er nicht erkennen können, zumal ihn eigentlich das Licht in seiner eigenen Wohnung erheblich stören muss.

Anscheinend ist er gerade auf genau denselben Gedanken gekommen, denn mit einer kurzen Handbewegung greift er nun an die Wand neben dem Fenster, um das Licht in seiner Wohnung zu löschen und alles um sich herum ebenfalls in Dunkelheit zu tauchen.

Er steht jetzt ein bisschen seitlicher, ein kaum wahrnehmbarer Schatten im Fensterrahmen, und wenn ich nicht wüsste, dass er da ist, würde ich ihn vermutlich gar nicht bemerken. Aber das flackernde Licht im Hintergrund, das vermutlich durch einen Fernseher verursacht wird, den ich von meiner Position aus nicht sehen kann, genügt mir, um seine Silhouette noch immer beobachten zu können und zu wissen, dass er gerade versucht, irgendetwas in meiner Wohnung zu erkennen.

Mein Herz macht wieder einen Sprung und dann noch einen, bevor es kurz aussetzt, um anschließend in doppelter Geschwindigkeit weiterzuschlagen.

Tyson Walker versucht mich zu beobachten. Was ja wohl bedeuten muss, dass ich ihm nicht völlig gleichgültig bin.

Unser Kuss kommt mir erneut in den Sinn, der Kuss, an den ich viel zu oft denken muss. Ich bin mir ganz sicher, dass Tyson bei diesem Kuss ebenso erregt war wie ich auch. Selbst wenn er hinterher so getan haben mag, es hat ihn alles andere als kaltgelassen.

Meine Hand wandert zu meinem noch immer rasenden Herzen, und ich bewege mich so langsam wie möglich vom Fenster weg, damit Tyson mich nicht bemerkt.

Zum Glück hat das Badezimmer Jalousien vor dem Fenster, sodass ich mich traue, dort das Licht anzuschalten, während ich mir die Zähne putze und mich abschminke.

Anschließend schleiche ich mich in mein Schlafzimmer und versuche zu erkennen, ob Tyson noch immer gegenüber dasteht, und tatsächlich kann ich seine große Gestalt nach wie vor an genau derselben Stelle wie vor fünf Minuten entdecken.

Ich suche im Dunkeln nach meinem Nachthemd, aber der Raum ist mir noch nicht vertraut genug, um mich hier ohne Licht unfallfrei zu bewegen, und ich bin bisher nicht dazugekommen, hier Vorhänge vor den Fenstern anzubringen. Einen Moment bleibe ich zögerlich stehen, dann betätige ich kurz entschlossen den Schalter neben meinem Fenster und mache das Licht an.

Ich schaue nun ganz gezielt in Tysons Richtung, damit er weiß, dass ich mir darüber im Klaren bin, dass er da ist, schließlich drehe ich mich mit dem Rücken zum Fenster und beginne, mich auszuziehen.

Ich habe keine Ahnung, woher ich den Mut dazu nehme, vielleicht habe ich einfach zu viel getrunken, aber es fühlt sich absolut großartig an, zu wissen, dass er mir dabei zusieht.

Tyson

* * *

In dem Moment, in dem das Licht in Madisons Schlafzimmer angeht, beginnt sein Herz zu rasen, und seine Handflächen fangen an zu schwitzen, als wäre er ein kleiner Junge, der dabei erwischt worden ist, die Kirschen aus dem Garten des Nachbarn geklaut zu haben.

Einen kurzen Augenblick lang schaut Madison direkt in seine Richtung.

Sie weiß, dass er da ist, dass er da ist und sie beobachtet, und Tyson will sich gerade wegdrehen, als Madison ihm ihren Rücken zuwendet und damit beginnt, sich auszuziehen.

Ihre Bewegungen sind aufreizend langsam, aber schließlich gleitet ihre helle Bluse über die sahnige Haut ihrer Schultern. Sie trägt einen BH aus weißer Spitze, und nur unmittelbar darauf kann Tyson erkennen, dass Madison auch das dazu passende Höschen anhat, das sich eng an ihren perfekten, herzförmigen Hintern schmiegt, genauso wie es noch wenige Sekunden zuvor ihre Jeans getan hat.

Nervös fährt Tyson sich mit dem Handrücken über den Mund. Seim Schwanz drückt hart und schmerzhaft gegen seine Hose, die auf einmal viel zu eng für ihn ist.

Er sollte wirklich hier weggehen, statt sich wie ein

perverser Spanner daran zu ergötzen, dass Madison sich in ihrem Schlafzimmer auszieht.

Andererseits ... es war ziemlich offensichtlich, dass sie weiß, dass er ihr zusieht. Beobachtet ein Spanner seine Opfer nicht heimlich? Und welcher Mann würde schon wegsehen, wenn ihm eine solche Show geboten wird, ob nun versehentlich oder absichtlich?

Dennoch sollte er weggehen, und sei es nur für seinen eigenen Seelenfrieden, denn er ist sich ziemlich sicher, dass er diese Bilder nie wieder aus dem Kopf bekommen wird, und dabei denkt er auch so bereits mehr als zu oft an Madison Jennings.

Als Madisons Hände dann zu dem BH-Verschluss auf ihrem Rücken wandern und sie ihn langsam, wie in Zeitlupe öffnet, kann Tyson gar nicht mehr anders, als sie wie gebannt anzustarren, und auch als sie aufreizend geschmeidig aus ihrem Höschen steigt, fühlt er sich nicht dazu in der Lage, den Blick von ihr zu nehmen.

Sie ist so wunderschön! Lauter perfekte Kurven und sahnig weiße Haut, die er liebend gerne mal mit seinen Lippen und seinen Händen erkunden würde, Zentimeter für Zentimeter.

Madison ist gerade dabei, ihren Pferdeschwanz zu lösen, und als ihr ihre roten Locken schließlich über die nackten Schultern fallen, stöhnt Tyson unterdrückt auf, aber selbst der Gedanke, dass Tante Thelma wach werden und ihn hier erwischen könnte, kann ihn nicht dazu bringen, endlich von dem verdammten Fenster wegzugehen.

Stolz wie eine Göttin stolziert Madison auf der gegenüberliegenden Seite in Richtung ihres Bettes, und als sie sich umdreht, um das Licht zu löschen, kann er einen kurzen

Blick auf ihre Brüste erhaschen, bevor der Raum gegenüber in völlige Dunkelheit getaucht wird.

Tyson atmet tief durch, irgendetwas zwischen erleichtert und enttäuscht darüber, dass die Show nun vorbei ist, und lehnt seine Stirn gegen das kühle Glas des Fensters, bleibt so lange stehen, bis sich sein rasendes Herz wieder halbwegs beruhigt und sein Schwanz verstanden hat, dass es nichts mehr zu schauen gibt, sodass nicht mehr jede Bewegung schmerzhaft unangenehm ist.

„Schlaf gut, Mary Poppins ...“, murmelt Tyson irgendwann, als er es endlich schafft, dem Fenster den Rücken zuzudrehen und sich ebenfalls schlafen zu legen, auch wenn er befürchtet, dass er in diesem Zustand noch eine ganze Weile dafür brauchen dürfte.

Madison

* * *

Ich krabbele unter meine Decke und ziehe sie mir bis über den Kopf.

Meine Wangen glühen heiß, und ich muss mir auf die Lippen beißen, um einen Lachanfall zu unterdrücken.

Ich kann nicht fassen, dass ich das gerade wirklich getan habe!

Ich habe mich wie eine Exhibitionistin vor dem Fenster ausgezogen, ohne überhaupt genau zu wissen, wer mir dabei zusieht.

Das Gebäude gegenüber ist zwar, soweit ich weiß, bis auf

Tysons Wohnung im oberen Stock unbewohnt und wird als Lager benutzt, aber trotzdem: Theoretisch hätte mir jede beliebige Person zusehen können, die zufällig zu meinem Fenster sehen konnte.

Doch selbst wenn es bloß Tyson war, verdammt noch mal, ich habe mich gerade aufgeführt wie ein notgeiles Flittchen. Nur dass ich mir vorhin eher noch wie eine verwegene Verführerin vorgekommen bin. Die Zweifel, die ich jetzt empfinde, kamen erst später, erst, nachdem ich das Licht gelöscht habe und das Adrenalin in meinem Blut sich langsam wieder abbaut.

Ich schüttle über mich selbst den Kopf und stehe noch mal auf, um auf dem Fußboden des Schlafzimmers in der Dunkelheit nach meinem Nachthemd zu tasten, denn tatsächlich schlafe ich gar nicht gerne nackt, und ohnehin habe ich das Gefühl, mich viel mehr entblößt zu haben, als man das als anständiges Mädchen machen sollte.

„Ach, scheiß drauf!", murmle ich schließlich zu mir selbst, als ich zurück unter die Bettdecke krabbele. Wer will schon ein anständiges Mädchen sein?

Denn auch wenn mir die ganze Nummer plötzlich ziemlich peinlich ist, habe ich mich lange nicht mehr so lebendig gefühlt, und wer weiß? Vielleicht hat Tyson meine kleine Show ja zu schätzen gewusst.

25

Tyson

* * *

Sosehr er Thelma auch mag, nein, sosehr er sie auch liebt, trotzdem ist Tyson froh, als er seine Wohnung endlich wieder für sich hat.

Es ist anstrengend mit ihr, nicht zuletzt deshalb, weil sie ständig Dinge sagt, über die er nachdenken muss, aber nicht nachdenken will.

Zu kaputt zu sein, um eine Beziehung zu führen, hat Vor- und Nachteile, und einer der Vorteile liegt darin, dass man die perfekte Ausrede hat, sich einfach auf nichts und niemanden mehr einzulassen.

Man muss nichts mehr riskieren, denn jedes Risiko bringt die Gefahr mit sich, gegebenenfalls auch zu verlieren, und Tyson hasst es, zu verlieren.

Außerdem hat es noch einen Vorteil, dass Thelma abgereist ist.

Er kann nun viel ungenierter am Fenster stehen und Madison ausspionieren, da er nicht mehr Gefahr läuft, dabei von Thelma ertappt zu werden. Sie hat sowieso schon viel mehr mitbekommen, als Tyson lieb ist, und mehr als einmal hat er das amüsierte Blitzen in ihren Augen gesehen, wenn er seinen Blick nicht schnell genug vom Fenster abwenden konnte.

Seit der kleine Showeinlage vor ein paar Tagen ist Madison vorsichtiger geworden, und sobald sie das Licht einschaltet, zieht sie vorher die Vorhänge vor. Auch vor ihrem Schlafzimmerfenster hat sie, zu Tysons großem Bedauern, mittlerweile Vorhänge angebracht, die sie vor neugierigen Blicken schützen. Vor *seinen* neugierigen Blicken, was ihn irgendwie verletzt, als würde Madison ihn aus etwas ausschließen, was ihm eigentlich zusteht.

Da er langsam das Gefühl hat, dem Wahnsinn zu verfallen, wenn er nicht endlich mit dem dämlichen Gespanne aufhört, trifft er sich heute wieder mit Luke und den restlichen Jungs aus dem Team, die momentan noch in Midway sind in irgendeiner Bar. Luke hat etwas von Chicken-Wings-Abend gefaselt, und Tyson hat es sich verkniffen, ihm zu sagen, dass er sich besser an das gesunde Zeug halten sollte. Luke ist alt genug, um das selbst zu wissen, und Tyson fühlt sich außerhalb der Saison nur sehr bedingt dafür zuständig, seine Jungs davon abzuhalten, irgendwelchen Blödsinn anzustellen, auch wenn ihm diese Aufgabe als Teamcaptain sonst durchaus zufällt und er sie auch erledigt, so gut er eben kann. Allerdings ist ein Überschuss an ungesättigten Fettsäuren ein vergleichsweise harmloser Spaß, und ein paar Sünden müssen den Jungs ja ohnehin auch mal zustehen. Besser, als eine Schwäche für Stripperinnen zu entwickeln, so wie es einem ihrer Außenstürmer vor ein paar Jahren ergangen ist. Er hat sich damit ständig in Schwierigkeiten gebracht, weil er ein furchtbar eifersüchtiger Typ war und es kaum ertragen konnte, wenn jemand das Objekt seiner Begierde angesehen hat – was bei einer Stripperin, die Nacht für Nacht in einem Nachtklub auftritt, eine ziemlich ungünstige Sache ist.

Tyson hat ihn mehr als einmal bei der Polizei abholen müssen, weil er Prügeleien angefangen hat.

Schade eigentlich, dass es niemanden gibt, der auf Tyson aufpasst, der gerade dabei ist, eine Schwäche für seine strippende Nachbarin zu entwickeln, die ihn vermutlich auch in ziemlich große Schwierigkeiten bringen kann.

Eigentlich hätte er schon längst losfahren müssen, aber Madison ist noch nicht wieder zu Hause, und er hat gehofft, noch einen Blick auf sie werfen zu können, bevor er losfährt.

Unglaublich.

So weit ist es schon mit ihm gekommen.

Er ist zu einem durchgeknallten Stalker mutiert.

Entschlossen greift er nach seiner Brieftasche, die auf seinem Küchentresen liegt, und steckt sie sich in die hintere Tasche seiner Jeans. Dann schnappt er sich seine Schlüssel und verlässt das Haus, ohne sich noch ein einziges Mal umzudrehen, und irgendwie gelingt es ihm sogar, in seinen Wagen zu steigen, ohne zu Madisons Fenster hinaufzusehen, was gar nicht so einfach ist, da er rückwärts eingeparkt hat, und es einiges an Verrenkungen kostet, in eine andere Richtung zu schauen.

Madison

* * *

DIE GANZE WOCHE verläuft ziemlich unspektakulär, von Tysons und meinen Versteckspielchen einmal abgesehen.

Gestern hat er sich für meine kleine Show gerächt, indem er direkt vor dem Fenster seines Trainingsraumes seine Hantelübungen gemacht hat, und zwar oben ohne. Vielleicht war es auch Zufall, aber da Tyson, genau fünf Minuten nachdem ich meine Wohnung betreten habe, mit dem Training angefangen hat, gehe ich mal davon aus, dass es keiner gewesen ist. Zumindest würde ich mir das wünschen.

Glaube ich.

Tyson Walker verwirrt mich, und ich bin mir von Tag zu Tag weniger im Klaren darüber, ob ich ihn nun in meinem Leben haben möchte oder dringend daraus verbannen will.

Obendrein bin ich noch immer wütend auf ihn, weil er einfach so seine Sachen gepackt hat und aus Masons Haus verschwunden ist, als wäre ich nicht einmal einen Abschied wert. Was will man denn mit einem Mann, der ohne ein Wort zu verlieren abhaut? Und noch viel wichtiger: Was will man denn überhaupt mit einem Mann?

Allerdings fängt er jetzt schon wieder an zu trainieren, und während ich ihm dabei zusehe, die ausgeprägten Muskeln seines Oberkörpers und seiner Arme betrachte, fallen mir spontan ganz viele Dinge ein, für die ich ihn gebrauchen könnte.

Seufzend bewege ich mich vom Fenster weg und gehe in die Küche. Diese Spielchen, die wir hier momentan treiben, führen schließlich zu nichts, außer zu noch mehr Verwirrung, als ich sie ohnehin bereits empfinde.

Nachher kommt Mason mich zum ersten Mal in meiner neuen Wohnung besuchen, und ich versuche, etwas zu essen für uns zu kochen, ohne dabei auf das zu achten, was Tyson gegenüber gerade anstellt. Das ist gar nicht so einfach, und wahrscheinlich wäre es besser, ich würde die Vorhänge vorziehen, aber das wäre eine Art Kapitulation, und ich will auf keinen Fall vor ihm zugeben, dass mir unser Spiel weitaus mehr zusetzt, als es sollte.

Irgendwie gelingt es mir doch, mich eine Weile zu beschäftigen, ohne zum Fenster zu sehen, und als ich mit der Zubereitung des Essens – Pasta mit Kirschtomaten und Mozzarella – endlich fertig bin, ist Tyson von seinem Platz gegenüber verschwunden. Anscheinend hat er sein Training beendet, und ich bin mir nicht sicher, ob ich darüber erleichtert oder enttäuscht sein soll – wahrscheinlich eine Mischung aus beidem.

Als es an der Tür klingelt, gehe ich davon aus, dass Mason bereits da ist, obwohl es eigentlich untypisch für ihn ist, irgendwo zu früh zu erscheinen.

„Komme gleich!“, rufe ich und wische mir die Hände an einem Küchenhandtuch ab, bevor ich mich auf den Weg zur Tür mache.

Als ich sie öffne, ist niemand da, und einen Augenblick lang frage ich mich, ob ich wohl akustische Halluzinationen oder so etwas habe oder ob es in der Nachbarschaft irgendwelche Kinder gibt, die gerne Streiche spielen.

Dann entdecke ich die Flasche Wein auf meiner Fußmatte.

Es ist der Grauburgunder, den Tyson immer gekauft hat

und den ich so gern mag. Die Flasche ist kalt, so als käme sie direkt aus dem Kühlschrank, und ich bilde mir ein, im Treppenhaus einen Hauch von Zimtkaugummi wahrzunehmen, doch ich kann niemanden mehr entdecken.

Als ich zurück in meine Wohnung komme, sehe ich, wie Tyson in seinen Wagen steigt und wegfährt, ohne mich auch nur eines einzigen Blickes zu würdigen, und ich drücke die kalte Flasche Wein an mein wie wild pochendes Herz.

Als Mason schließlich kommt, ist sie beinahe schon zu warm geworden, um sie zu trinken, aber das macht nichts, denn sie schmeckt trotzdem noch hervorragend, und da das Essen mittlerweile fast kalt geworden ist, gleicht sich das Ganze ohnehin wieder aus.

Tyson

* * *

EIGENTLICH HÄTTE er froh sein sollen, die verdammte Flasche Wein endlich los zu sein, aber als er vom Einkaufen zurückkommt, hat er eine neue gekauft.

Tyson ist gerade dabei, sie in den Kühlschrank zu räumen, als sein Blick doch wieder zu Madisons Wohnung wandert, als wäre er ein liebeskranker Hund, der vor einem Laden abgesetzt worden ist und nun auf sein Frauchen wartet.

Madison hat Besuch. Von einem Kerl! Er kann ihn nur von hinten sehen, aber die beiden scheinen sehr vertraut miteinander zu sein, viel zu vertraut für seinen Geschmack. Tysons Hände ballen sich unwillkürlich zu Fäusten. Trinken sie da etwa seinen Wein? Verdammt noch mal, das kann wohl nicht wahr sein!

Er ist bereits an seiner Haustür angekommen, um hinüberzugehen und Madison seine Meinung dazu zu sagen sowie den Typen, der bei ihr ist, ordentlich einzuschüchtern, als ihm auffällt, dass er gar kein Recht dazu hat. Er hat kein Recht, irgendetwas von Madison zu erwarten, und auch kein Recht, sich irgendwie in ihr Leben einzumischen. Als er erneut zu Madisons Fenster schaut, kann er obendrein erkennen, dass es sich bei dem Typen in ihrer Wohnung nicht um irgendeinen Lover handelt. Es ist kein Date, sondern es ist Mason, der da bei ihr zu Besuch ist, mit ihr lacht und trinkt.

Eifersucht ist eine wirklich gemeine Sache und etwas, was Tyson schon seit vielen Jahren nicht mehr empfunden hat.

Das sollte ihm in der Tat zu denken geben, sein gesamtes Verhalten sollte ihm zu denken geben.

Er hat sich das so simpel vorgestellt, nie mehr eine Frau an sich herankommen zu lassen, alle auf Abstand zu halten.

Tatsächlich war es auch völlig mühelos, bis diese kleine, rothaarige Mary Poppins in sein Leben gestolpert ist.

Tyson ist zwar gut darin, unangenehme oder ungewünschte Aspekte in seinem Leben einfach zu ignorieren, aber irgendwann ist auch seine Fähigkeit erschöpft, sich etwas vorzumachen.

Entweder er zieht hier umgehend aus oder es muss etwas anderes geschehen, denn so wie es jetzt ist, kann es auf gar keinen Fall bleiben.

Ohne groß darüber nachzudenken, wirft er ein paar

Klamotten in eine Reisetasche. Er muss hier raus, weg, um auf andere Gedanken zu kommen. Er hat hart genug trainiert, um sich eine Pause zu gönnen, ohne anschließend wieder von vorn anfangen zu müssen; ein paar Tage wird es sicherlich auch ohne Physiotherapie und ärztliche Betreuung funktionieren, denn ansonsten ist das Nächste, was er brauchen wird, eine Psychotherapie.

26

Tyson

* * *

Die Blockhütte in Kanada hat er sich kurz nach Justines Tod gekauft; vielleicht hat sie ihm damals so gut gefallen, weil dieser Ort so ganz anders ist als alles, was Justine mochte.

Alles hier ist rustikal und einfach, beinahe schon primitiv, es gibt keine Heizung außer dem kleinen, holzbetriebenen Ofen, es gibt kein fließendes Wasser, und Strom wird lediglich von einem alten Generator erzeugt, der so viel Lärm macht, dass man sich gleich dreimal überlegt, ob man nicht besser darauf verzichten kann, und stattdessen lieber die Ruhe genießt.

Denn davon gibt es hier jede Menge. Obwohl es, wenn man genau hinhört, niemals wirklich ruhig ist, zumindest nicht, wenn man Ruhe mit der Abwesenheit von Geräuschen gleichsetzt.

Sobald es auch nur ein kleines bisschen windig ist, plätschern die Wellen des Sees ans Ufer und die Blätter des Waldes rauschen in einem ewigen, gleichmäßigen Flüstern, als hätten sie uralte Geschichten zu erzählen. Obendrein hat Tyson noch nie so viele Vögel singen gehört wie an diesem Ort mitten im Wald.

Morgens früh wird er davon geweckt, dass erst eine und nach und nach immer mehr Vogelstimmen zu einem Konzert ansetzen, das seinesgleichen sucht.

Normalerweise würde es ihn stören, wenn er so früh schon nicht mehr schlafen könnte, aber hier draußen ist eben alles ein bisschen anders. Da steht man auf, sobald es draußen hell wird, und geht schlafen, wenn die Sonne wieder untergeht.

Wenn er an diesem Ort ist, hat er ohnehin den Eindruck, dass es sehr viel weniger Probleme gibt als sonst. Morgens eine Runde im See schwimmen, dann ein bisschen angeln und vielleicht ein wenig Holz hacken und ein Buch lesen, abends die gefangenen Fische auf den Grill werfen ... Selbst dass das Bier niemals wirklich richtig kalt ist, weil sein Kühlschrank die meiste Zeit nicht funktioniert, stört ihn eher wenig.

Er lagert die komplette Kiste einfach im See, da dieser von einer Quelle gespeist wird, die irgendwo aus dem Inneren eines Berges in der Nähe kommt, und das Wasser selbst im Hochsommer eiskalt bleibt.

Bisher hat er hier immer Entspannung und Ruhe gefunden, selbst in der Zeit unmittelbar nach Justines Tod hatte er das Gefühl, zu seinem inneren Frieden zurückfinden zu können, wenn er den Blick über die Wälder auf der einen Seite seiner Hütte oder auf See und Berge auf der anderen Seite hat schweifen lassen. Hier draußen ist alles so überwältigend friedlich, dass man sich eigentlich gar nicht dagegen wehren kann, dass dieser Frieden auf einen übergeht, dass alles im Leben ein bisschen entschleunigt wird.

Zumindest war das sonst immer so, nur dieses Mal hat er das Gefühl, dass irgendetwas nicht stimmt.

Vielleicht ist es die Aussicht.

Zu viel Wald.

Zu viele Berge.

Und ganz eindeutig zu wenige hell beleuchtete Fenster, hinter denen kleine, rothaarige Kindermädchen den schönsten Striptease für ihn hinlegen, den er je in seinem Leben gesehen hat.

Madison

* * *

Nachdem Autumn mir erzählt hat, dass sie übers Wochenende in White Crossing sein wird, packe ich meine Sachen zusammen und fahre ebenfalls dorthin.

Wir haben uns jetzt so lange nicht gesehen, dass ich Sehnsucht nach ihr habe, obendrein glaube ich, dass es mir guttun wird, wenn ich mal ein paar Tage hier herauskomme.

Tysons Fenster zu beobachten ist zu einer echten Besessenheit geworden, und ich habe den Eindruck, langsam, aber sicher dem Wahnsinn zu verfallen – was sich seltsamerweise weniger schlimm anfühlt, als ich es mir immer vorgestellt habe.

Vielleicht ist es ganz nett, ein bisschen verrückt zu sein, überlege ich mir, als ich einen letzten Blick auf das Fenster gegenüber werfe und mich eigentlich gar nicht so recht davon trennen mag.

Letztendlich siegt mein Selbsterhaltungstrieb, und ich schnappe mir meine kleine Reisetasche, packe sie in meinen Wagen und mache mich auf den Weg nach White Crossing.

Meine Eltern sind an diesem Wochenende zum Glück nicht zu Hause, sie besuchen meine Tante in Boston, sodass ich mich keinen unangenehmen Verhören stellen muss und das Haus ganz für mich habe.

Ich verbringe also den Nachmittag auf dem Sofa und im Garten, und gegen Abend gehe ich zu Fuß zu Autumn, die nur ein paar Minuten von hier entfernt wohnt.

Obwohl sie mir sonst immer persönlich die Tür öffnet, ist es diesmal ihr Mann Tate Birdie, der sie aufmacht. Tate Birdie, der Frontmann der Black Jellybeans, einer der erfolgreichsten Bands weltweit – ich kann es nach wie vor noch nicht richtig glauben, wenn er plötzlich vor mir steht, und auch dieses Mal kann ich an seinem Grinsen erkennen, dass ich ihn schon wieder anstarre.

Nicht, weil ich ihn so unglaublich heiß finden würde, obwohl er das höchstwahrscheinlich ist, sondern weil er, verdammt noch mal, *Tate Birdie* ist.

„Guten Abend, Madison. Schön, dich zu sehen!", sagt er

schließlich lachend und beugt sich zu mir herunter, um mir ein Küsschen auf die Wange zu geben.

„Glaub bloß nicht, dass dir dein Herumgeschleime hilft …", knurre ich, als ich endlich zurück zu mir selbst gefunden habe. „Ich habe ein Auge auf dich, und wenn du Autumn je wehtun solltest, werde ich dich ohne Betäubung kastrieren."

Tate macht einen Schritt nach hinten und hebt in einer kapitulierenden Geste seine Hände in die Luft. Das Ganze ist eine Art Spiel zwischen uns, da ich mir zu Beginn von Tates und Autumns Beziehung nicht wirklich sicher gewesen bin, ob es ihm auch ernst mit ihr ist. Allerdings weiß er vermutlich sehr genau, dass ich keine Bedenken dabei hätte, ihm gehörig in die Eier zu treten, sollte er Autumn jemals verletzen.

„Hör auf, meinen Mann zu bedrohen!", höre ich sie in diesem Moment lachend aus dem Inneren des Hauses rufen, und Tate lacht ebenfalls, während er mich ins Haus lässt.

„Eure Majestät ist heute ein bisschen launisch …", raunt er mir leise zu. „Ich würde ihr an deiner Stelle besser nicht allzu sehr widersprechen, das schätzt sie momentan gar nicht. Und erwähne bitte keine Tierbabys, da fängt sie ständig an zu weinen. Ach so – Fleisch essen solltest du in ihrer Gegenwart gerade besser auch nicht … schon gar kein Kalb oder Lamm."

„Keine Sorge, ich habe nur Kekse mitgebracht. Die mit weißer Schokolade und Cashewkernen, ihre Lieblingssorte!"

Tate wirft trotzdem noch einen prüfenden Blick in den Korb, den ich über dem Arm hängen habe, bevor er mich vorbeilässt, und ich muss über seine Fürsorge schmunzeln.

„Ich schätze, Kekse sind okay. Ich gehe dann mal hoch, damit ihr beiden in Ruhe quatschen könnt …"

Tyson

* * *

Er ist schon bei seinem dritten Bier an diesem Abend angelangt, seine Beine baumeln über den Bootssteg hinunter, und seine Zehen befinden sich bereits so lange im eiskalten Wasser, dass er langsam kein Gefühl mehr darin hin.

Tyson schließt für einen Moment die Augen und atmet tief die saubere, würzige Luft ein, die ihn umgibt.

Im Hintergrund knattert ein Motor, und als er die kleine Fehlzündung hört, muss er lächeln.

Mit geschlossenen Augen bleibt er zurückgelehnt an Ort und Stelle sitzen, lauscht dem näher kommenden Motorengeräusch, das schließlich erlischt und durch Schritte ersetzt wird.

„Hallo, Melissa", sagt er schließlich, als die Schritte neben ihm angekommen sind, und öffnet langsam wieder seine Augen.

„Tyson ..." Melissa lässt sich mit einem trägen Lächeln neben ihn auf den Bootssteg sinken, ihr dunkles, langes Haar streift dabei über seinen Unterarm, und ihr Duft steigt ihm in die Nase. „Warum hast du nicht Bescheid gesagt, dass du herkommst? Dann hätte ich dich schon viel früher besucht."

Gemächlich richtet Tyson sich auf und schaut in das funkelnde Paar brauner Augen in dem ausdrucksstarken Gesicht ihm gegenüber.

„Jetzt bist du ja da", antwortet er schließlich leise und

streicht Melissa eine Strähne ihres langen Haars aus dem Gesicht, nur um seine Hand gleich wieder fallen zu lassen.

„Ja, jetzt bin ich da!" Melissa zieht die Knie an, schlingt die Arme darum und legt den Kopf leicht schief, während sie ihn intensiv beobachtet. „Und? Freust du dich darüber, mich zu sehen?" Ihre Stimme klingt rau und tief, ganz nach Samt und Verführung, und Tyson muss schlucken.

Melissa ist noch einer der Vorzüge, den dieser Ort mit Sicherheit mit sich bringt, und sie hat bereits mehr als einmal dafür gesorgt, dass er allen anderen Kummer in ihren weichen Armen ganz, ganz schnell vergisst. Dabei ist sie so weit weg von seinem wirklichen Leben, dass nie eine Gefahr bestand, dass sie mehr wollen könne als ein paar Stunden des Vergessens.

Madison

* * *

EIGENTLICH IST mir Autumns Bauch schon bei meinem Abschied aus White Crossing unglaublich groß erschienen, mittlerweile wirkt er beinahe absurd, als würde sie aus nichts anderem mehr bestehen. Kein Wunder, dass sie lieber auf dem Sofa sitzen bleibt und nicht mehr selbst zur Tür kommt. Ich stelle es mir nicht so einfach vor, sich mit dieser riesigen Kugel überhaupt noch zu bewegen.

„Hey, Süße …" Sie strahlt, als sie mich sieht, und streckt die Arme nach mir aus. „Wie geht es dir?"

„Gut!", antworte ich, während ich mich zu ihr hinunterbeuge und mich in ihre Umarmung ziehen lasse, auch wenn *gut* vielleicht nicht der kompletten Wahrheit entspricht, aber es ist zumindest auch nicht völlig gelogen. „Und wie geht es dir?“ Ich setze mich zu ihr aufs Sofa und entdecke, dass dort schon ein Tablett mit Getränken bereitsteht; ich vermute, dass Tate sie vorhin dorthin gestellt hat.

Autumn seufzt tief.

„Ich fühle mich, als wäre ich eine trächtige Elefantenkuh, es ist ewig her, dass ich im Stehen das letzte Mal meine Füße gesehen habe, ich bin immerzu müde und fange ständig ohne triftigen Grund an zu heulen. Ich habe Angst, dass ich eine furchtbare Mutter sein und es niemals schaffen werde, ein Kind großzuziehen. Aber mal davon abgesehen geht es mir großartig.“ Sie schnieft und lacht gleichzeitig, und ich ziehe sie in meine Arme und drücke sie fest an mich.

„Ach Süße … du wirst eine großartige Mutter sein. Da bin ich mir absolut sicher! Und Tate wird auch ein großartiger Vater werden.“ Ich streichle ihr einen Moment lang übers Haar und wiege sie hin und her, als wäre sie selbst noch ein Kind. „Ihr beide werdet ganz wundervolle Eltern sein, da bin ich mir völlig sicher.“

Autumn schmiegt sich an mich und birgt ihr Gesicht an meiner Schulter. Wir kennen uns bereits unser gesamtes Leben, und wir haben schon so vieles miteinander durchgestanden … ich weiß nicht, wie oft wir einander schon unser Leid geklagt haben, ob es nun um die wirklich gravierenden Dinge ging oder nur um Kleinigkeiten.

So oder so tut es unendlich gut, sie zu sehen, und nachdem sie sich bei mir ausgeweint hat, beginne ich ihr alles über Tyson und mich zu erzählen. Sie kennt mich so gut, dass es ohnehin keinen Sinn haben würde, irgendetwas vor ihr zu verheimlichen.

Ich habe keine Ahnung, warum genau, aber zwischenzeitlich heulen wir beide so sehr, dass Tate aus der oberen Etage herunterkommt und besorgt nach uns schaut, bevor er mir vorwurfsvolle Blicke zuwirft, weil ich seine Frau zum Weinen gebracht habe.

Doch am Ende des Abends umarmt mich Autumn noch einmal und sagt mir, dass es ihr nun viel besser geht – und auch ich fühle mich, als hätte ich zehn Kilo an Ballast verloren, als ich mich wieder von ihr verabschiede.

27

Madison

* * *

Anders als bei meiner letzten Rückkehr aus White Crossing nach Midway fühle ich mich dieses Mal genau so, wie ich es mir vorgestellt habe.

Ich bin auf angenehme Art und Weise wehmütig, weil das Wochenende so schön gewesen ist, aber ich freue mich auch, wieder zurück in meiner Wohnung zu sein.

Das alles hier ist mein Leben, und White Crossing und meine Vergangenheit gehören genauso dazu wie die Gegenwart. Ich kann – und ich will – vor nichts davonlaufen, und gestern ist es mir sogar gelungen, ein paar Worte mit Janos zu wechseln, ohne dass ich das Gefühl hatte, dass es mir das Herz aus der Brust reißt, ihn zu sehen.

Eigentlich hat es sich lediglich ein bisschen seltsam angefühlt. So, wie es eben ist, wenn man mit einem Menschen jahrelang einen sehr vertraulichen Umgang hat, man aber mittlerweile nichts mehr miteinander teilt als einer gemeinsamen Vergangenheit.

Wir haben vielleicht fünf Minuten geredet, über ein paar Dinge gesprochen, die noch von mir in seinem Haus standen und die er mir in eine Kiste gepackt hat, und in diesen paar Minuten habe ich mich ständig gefragt, was ich eigentlich früher an ihm gefunden habe.

Janos ist, wenn man mal davon absieht, wie die Dinge zwischen uns geendet haben, ein netter Kerl. Doch mittlerweile kann ich darüber hinaus nichts mehr in ihm erkennen. Da ist kein Kribbeln mehr, kein Sichsehnen, und ich finde dieses Gefühl beziehungsweise den Mangel davon beinahe erschreckend ernüchternd.

Denn wenn ich ganz ehrlich bin, weiß ich gar nicht, ob ich all diese Dinge jemals für ihn empfunden habe. Janos war einfach immer da, uns war schon im Kindergarten klar, dass wir mal ein Paar werden würden, und wir haben das auch später nie hinterfragt. Niemals infrage gestellt, ob wir überhaupt zusammenpassen, niemals jemand anderen angesehen und uns gefragt, ob derjenige vielleicht viel besser für uns wäre. Wahrscheinlich hat Janos nur schneller erkannt, was ich nicht bereit war, einzusehen: Das mit uns war okay so, wie es war, aber es war niemals mehr als das.

Wir haben unsere Lebensplanung gemacht, ohne dabei in uns hineinzuhören, ob wir wirklich das füreinander sind, was wir sein wollen – und letztendlich war es nichts als ein sehr bequemes Arrangement, bei dem wir uns beide gegenseitig vorgemacht haben, dass wir nicht mehr vom Leben erwarten.

Ich schließe die Tür zu meiner Wohnung auf und stelle fest, dass ich zum ersten Mal seit Langem zufrieden mit dem bin, was ich habe.

Es gelingt mir sogar, nicht permanent zu Tysons Fenster hinüberzuschauen.

Na ja.

Zumindest die meiste Zeit an diesem Abend.

Tyson

* * *

Manche Frauen kommen mit Zurückweisungen einfach nicht gut zurecht, und als Tyson an diesem Abend seine Sachen packt, um seine Hütte zu verlassen, ist er sich nicht ganz sicher, ob diese noch stehen wird, wenn er das nächste Mal herkommt.

So wie Melissa drauf war, als er sie weggeschickt hat, stehen die Chancen nicht schlecht, dass sie bald wieder zurückkommt – und zwar mit einer Packung Streichhölzer und einem großen Kanister Benzin im Gepäck, um hier alles dem Erdboden gleichzumachen.

Wenn er Glück hat, sucht sie sich irgendeinen Touristen in der Kneipe im nächsten Ort, der ihr an Tysons Stelle das Gehirn herausvögelt und diese Aufgabe mit Sicherheit mit Freuden übernehmen wird, denn Sex mit Melissa ist spektakulär.

Nur nicht für Tyson, zumindest nicht mehr.

Er hat es wirklich versucht, weil er dachte, es würde ihn

auf andere Gedanken bringen, ihn irgendwie zurück zu sich selbst führen. Doch der Kuss, den sie ausgetauscht haben, hat ihm schon genügt, um zu wissen, dass es diesmal nicht der Fall sein wird.

Es hat sich so grundlegend falsch angefühlt, Melissa zu küssen, dass er sich zurückhalten musste, um sie nicht angewidert von sich zu schieben und sich anschließend den Mund abzuwischen.

Vielleicht lag es daran, dass ihr Parfüm zu süß und zu blumig war, dass sie nicht diese entzückenden, kleinen Geräusche von sich gegeben hat wie Madison, als er sie in Masons Wohnzimmer geküsst hat. Vielleicht lag es auch einfach daran, dass Melissa nicht Madison ist. Madison, um die sich nach wie vor alle von Tysons Gedanken drehen, als wäre sie seine verdammte Sonne.

Auch wenn er das Melissa nicht so gesagt hat, hat sie seine Zurückweisung trotzdem mehr als deutlich gespürt – und Tyson war sehr erstaunt darüber, wie schnell sie von Schmusekätzchen auf Furie umspringen konnte. Es ist doch immer wieder interessant, wie gut man Menschen kennenlernt, wenn mal nicht alles so läuft wie geplant.

Madison

* * *

Es gelingt mir, eine ganze Woche lang ein Leben zu führen, das so ist, als würde nur irgendein x-beliebiger Nachbar gegenüberwohnen und als wäre es nicht Tyson Walker.

Natürlich denke ich trotzdem noch an ihn, aber ich habe nicht mehr das Gefühl, dass sich all meine Gedanken um ihn drehen. Statt zu ihm zu finden oder ihm aus dem Weg zu gehen, habe ich das Gefühl, endlich zu mir selbst zu finden, und das fühlt sich verdammt gut an.

Diese Woche war ich mit Mia bei einem Yoga-Kurs. Auch wenn mein herunterschauender Hund noch eher wie ein deprimierter Köter aussieht, tut es mir einfach gut, wieder etwas für mich selbst zu machen und ein Leben außerhalb der Arbeit und meiner komplizierten Männergeschichten zu haben.

Heute Abend ist Date-Abend. Da wir dieses Mal mit den Paaren bei einem Kletterparcours sind, bleibt für Mia und mich nicht viel mehr zu tun, als am Rand zu stehen und zu beobachten, ob alles glatt läuft. Die eigentliche Leitung übernimmt das Personal vom Kletterpark, und das ist auch besser so, denn ich habe schon beim Zusehen Angst, dass irgendwer von der steilen Wand herabstürzen könnte und sich dabei das Genick bricht.

„Ich glaube, ich bin wirklich nicht schwindelfrei. Gut, dass ich mich nicht auf solche Dates einlassen muss, ich würde tausend Tode sterben. Was, wenn mein Blinddate mich so doof findet, dass es mich einfach fallen lässt?" Erschaudernd wende ich den Blick ab, obwohl das zugegebenermaßen ein bisschen unprofessionell ist.

Mia steht neben mir und lacht leise.

„Ich glaube, es ist gar nicht möglich, da tatsächlich jemanden fallen zu lassen – das würde die Versicherung des Kletterparks gar nicht zulassen. Es geht ja eher um das Gefühl, jemandem sein Leben anvertrauen zu können, als darum, sich in Gefahr zu begeben. Außerdem läuft es doch großartig …“ Mit dem Kopf deutet sie in Richtung von Peggy-Sue, die gerade völlig enthusiastisch dabei ist, Jeffrey anzufeuern, etwas schneller zu klettern. Die beiden treffen sich heute schon zum zweiten Mal über die Agentur, manche Paare machen das so. Jeffrey kommt ihrem Wunsch nach, umgehend und mit stolz geschwellter Brust. Zumindest bei diesen beiden muss ich mir wohl keine Sorgen darüber machen, dass sie sich etwas antun könnten, denn so wie es aussieht, hat es zwischen ihnen tatsächlich gefunkt, und ich muss zugeben, dass es Spaß macht, in ihre strahlenden Gesichter zu schauen.

Nachdem sie die Kletterwand hinter sich gebracht haben und wir allen Teilnehmern noch ein Glas Sekt einschenken, greift Jeffrey nach Peggy-Sues Hand, was diese zauberhaft zum Erröten bringt.

Ich muss lächeln, und auch Mia seufzt entzückt.

„Liebe kann so schön sein …“, sagt sie und schaut wehmütig auf Peggy-Sue und Jeffrey, die wirklich süß sind.

„Ja“, antworte ich, „aber Liebe kann auch beschissen wehtun, und letztendlich stehst du allein und mit einem gebrochenen Herzen da.“

Sie betrachtet mich nachdenklich, schließlich lächelt sie, obwohl sie dabei irgendwie traurig wirkt.

„Egal, was man im Leben macht, es hat alles seinen Preis. Aber wenn man damit beginnt, jegliches Risiko zu vermeiden aus Angst, etwas zu verlieren, dann verliert man meiner Meinung nach von vornherein. Man verpasst nämlich schlicht, überhaupt zu leben!“

Ich würde ihr gerne antworten, irgendetwas, aber ich

komme nicht mehr dazu, weil Mia jetzt in die Hände klatscht und zu einer kleinen Abschlussrede ansetzt.

Es ist Zeit für Feierabend, und da es mittlerweile bereits nach 22:00 Uhr ist, würde ich behaupten, dass wir uns diesen auch redlich verdient haben.

28

Madison

* * *

Eigentlich ging es mir deutlich besser, seit ich aus White Crossing zurückgekommen bin. Ich habe mich erholt und weniger verbittert gefühlt, hatte den Eindruck, dass ich nicht mehr nur an Männer denke. Nicht an Janos und auch nicht an Tyson.

Erst recht nicht an Tyson, denn was verbindet mich schon mit ihm, außer ein paar Wochen im selben Haus gewohnt zu haben?

Dennoch löst es irgendetwas in mir aus, ihn ständig in meiner Nähe zu wissen. Meine Gedanken wandern viel zu oft zu ihm, und das, obwohl ich sie dort gar nicht haben möchte. Es ist, als würde es mir durch unsere Nachbarschaft einfach nicht gelingen wollen, einen Schlussstrich unter die Sache mit ihm und mir zu ziehen.

Ich bin aus White Crossing weggezogen, um Abstand zwischen Janos und mich zu bringen; Abstand, den ich dringend benötigt habe, damit mein Herz und meine Seele heilen können.

Diesen Abstand hätte ich wahrscheinlich auch zu Tyson gebraucht.

Ständig erwische ich mich dabei, heimlich aus dem Fenster zu sehen, und obwohl ich mir einrede, dass es mir völlig egal ist, was er tut und lässt, bin ich jedes Mal enttäuscht, wenn ich ihn nicht sehe und er nicht zu Hause ist.

Ein liebeskranker Teenager ist nichts gegen mich.

Mal ehrlich, ich habe das Ende meiner Beziehung mit Janos mit Würde und Anstand hinter mich gebracht. Ich habe ihm weder die Reifen aufgeschlitzt noch ihm eine Szene gemacht, ich habe seine neue Frau nicht beleidigt – höchstens in Gedanken –, und ich habe mich ihm auch nicht heulend zu Füßen geworfen und darum gebettelt, dass er mich zurücknehmen möge.

Ich bin keine von den Frauen, die das letzte bisschen Selbstachtung verlieren, wenn es um einen Mann geht. Ich habe akzeptiert, dass Janos mich nicht will, auch wenn es wehgetan hat. Alles andere ist Kinderkram, und ich bin schon lange erwachsen.

Ich jammere zwar ein bisschen herum, aber dann akzeptiere ich die Dinge so, wie sie sind. Ich hänge nicht irgendwelchen Träumen und Fantasien nach, zumindest nicht so sehr, dass sie mich in meinem Leben beeinflussen und ich an nichts anderes mehr denken kann.

Leider gelingt mir das in Bezug auf Tyson überhaupt nicht.

Es ist einfach furchtbar. Manchmal bilde ich mir ein, ihn irgendwo zu sehen, wo er gar nicht sein kann, und jetzt gerade bin ich mir sicher, seinen Duft in meinem Treppenhaus wahrzunehmen, diese Mischung aus Mann, Rasierwasser und Zimtkaugummi, die ihn immer begleitet.

Meine eigenen Gefühle erstaunen mich, erstaunen mich sogar sehr, und sie widerstreben meiner Vernunft.

Ich will keine Beziehung mehr, ich habe schließlich aufgehört, an so etwas wie die große Liebe zu glauben, und auf gar keinen Fall will ich eine Beziehung mit einem Typen wie Tyson. Auf gar keinen Fall. Ich will erst mal mein Leben wieder auf die Reihe bekommen, zu mir selbst finden.

Obendrein kenne ich ihn ja eigentlich kaum, uns verbindet nichts weiter als ein kurzer Kuss und eine gemeinsame Nacht in einem Bett, in der wir nicht einmal Sex miteinander hatten. Da war nichts zwischen uns.

Nichts.

Nichts, außer diesem seltsamen Gefühl ganz tief in meinem Bauch, diesem Gefühl von Verbundenheit, so als wäre ich ein bisschen besser, ein bisschen kompletter, wenn ich in seiner Nähe bin.

Ich muss wirklich völlig verrückt sein, eine andere Erklärung gibt es dafür nicht. Wahrscheinlich ist momentan einfach alles zu viel für mich, sodass mein eigenes Seelenleben mir einen Streich spielt.

Kopfschüttelnd lasse ich die Haustür hinter mir ins Schloss fallen und gehe nach oben. Die Entscheidung, das Licht nicht anzumachen, hat natürlich nur etwas damit zu tun, dass ich ökologisch denke. Dass es im Treppenhaus ein

Fenster gibt, von dem aus ich einen hervorragenden Blick auf Tysons Wohnung habe, und es im Dunkeln viel unauffälliger funktioniert, dorthin zu schauen, hat nichts mit meiner Entscheidung zu tun – niemals!

Obwohl es schon recht spät ist, scheint er heute nicht zu Hause zu sein. Vielleicht ist er ausgegangen – im Gegensatz zu mir hat er vermutlich auch so etwas wie ein Privatleben – und vielleicht trifft er sich ja heute Abend mit irgendeiner Frau. Ein heftiger Stich von Eifersucht überkommt mich, und ich schließe einen Moment lang die Augen und bleibe stehen, bis er vorbeigeht. Bis zu meiner Wohnung sind es nur noch wenige Treppenstufen, und ich glaube, so langsam bin ich tatsächlich dabei, den Verstand zu verlieren, denn ich könnte schwören, dass ich Tysons Duft weiterhin wahrnehme.

In der Dunkelheit finde ich das Schlüsselloch zu meiner Wohnungstür nicht, sodass ich letztendlich doch noch das Licht anschalten muss.

Ich blinzle ein paarmal, bis sich meine Augen an die Helligkeit gewöhnt haben, und starte dann einen erneuten Versuch, meine Tür aufzuschließen.

„Guten Abend, meine hochverehrte Mary Poppins ..." Jetzt höre ich auch schon Stimmen. Ich sollte vielleicht wirklich einen Termin bei der Psychologin vereinbaren, die sich im selben Gebäude wie unsere Agentur befindet. Sie hat einen sehr guten Ruf. „Soll ich dir mit der Tür helfen, oder meinst du, du bekommst das heute noch irgendwann hin?"

Als ich mich umdrehe, steht Tyson hinter mir, in voller Größe und höchstpersönlich. Ich lasse meinen Schlüssel einfach fallen und starre ihn an, als wäre er ein Geist.

Tyson

* * *

OKAY, eigentlich hätte er es besser wissen müssen: Frauen, die allein nach Hause kommen, in einem dunklen Treppenhaus aufzulauern, ist vermutlich nie eine sonderlich gute Idee.

Zum Glück hat Madison ihren Schlüssel bereits fallen gelassen, sodass Tyson zumindest keine Gefahr mehr läuft, das Ding ins Auge gerammt zu bekommen. Dennoch macht er vorsichtshalber einen Schritt nach hinten, außerhalb von Madisons Reichweite, denn ihr Knie in seinen Weichteilen oder ihre Handtasche auf seinem Schädel sind ebenfalls keine Bekanntschaften, die er gerne schließen möchte.

Madison schnappt immer noch nach Luft und schüttelt nun kaum wahrnehmbar den Kopf, fast so, als könne sie nicht glauben, was sie sieht.

Um ehrlich zu sein, hat Tyson sich dieses Wiedersehen anders vorgestellt. Irgendwie hat er darauf gehofft, sie würde sich tatsächlich freuen, ihn zu sehen – und nicht so wirken, als hätte ihr ein Zombie aufgelauert, halb verwest, ekelerregend und furchtbar erschreckend.

Madison atmet noch ein weiteres Mal tief durch, langsam scheint sie sich zu fangen.

„Was, zum Henker, machst du bitte hier?“ Während sie die rechte Hand an ihr Herz presst, bückt sie sich, um mit der linken ihren Schlüssel wieder aufzuheben.

„Ich freue mich ebenfalls unglaublich, Sie zu sehen, Gnädigste!“

Statt einer Antwort schnaubt Madison. Sie schnaubt!

Vielleicht hätte er ihr doch Blumen mitbringen sollen, dann wäre die Situation ein wenig ... nun ja ... eindeutiger gewesen.

Das Problem ist, dass er sich selbst gar nicht so ganz sicher ist, was er mit seinem Besuch hier genau bezwecken will.

Eigentlich war er heute Abend mit ein paar Jungs aus seinem Team unterwegs, und ursprünglich beinhaltete Tysons Plan für den heutigen Abend ein paar Drinks und irgendeine willige Frau, mit der er sich irgendwo ein Hotelzimmer nehmen kann.

Nicht, dass es daran gemangelt hätte – weder an den Drinks noch an den Frauen. Es gibt immer Frauen, die bereit sind, mit einem gut durchtrainierten Profisportler in die Kiste zu steigen. Es ist nahezu unglaublich, was ein gewisser Promistatus bei der holden Weiblichkeit ausmacht, und das, wo die meisten Frauen doch so gerne behaupten, dass es vor allem die Männer wären, die sich zu sehr von Äußerlichkeiten beeinflussen lassen.

Auch heute Abend hätte Tyson die Wahl zwischen einer gertenschlanken Brünetten und einer kurvigen, groß gewachsenen Blondine gehabt. Wenn er es geschickt angestellt hätte, hätte er sicherlich auch beide gleichzeitig haben können, denn während die eine ihm ihre Brüste gegen den Oberarm gepresst hat, war die andere bereits dabei, ihm unanständige Dinge ins Ohr zu flüstern, ohne dass sie sich dabei an der jeweils anderen gestört hätten. Sie sahen aus wie zwei Frauen, die keine Probleme damit haben, sich einen Mann zu teilen. Leider hatte er weder gesteigertes Interesse an der Blondine noch an der Brünetten, auch seine Begeisterung über die Aussicht, beide auf einmal haben zu können, hielt sich mehr als in Grenzen.

Wahrscheinlich, weil keine von ihnen klein und rothaarig war, und ja, weil verdammt noch mal keine von ihnen Madison war.

Was für ein Scheiß!

Wenn man als Kerl lieber in einem dunklen Treppenhaus hockt, statt heißen Sex mit gleich zwei attraktiven Frauen zu haben, hat man ein Problem, und zwar ein ziemlich ernsthaftes.

Wenn man dann noch alles andere als begeistert in Empfang genommen wird, wird es irgendwie skurril.

Madison starrt ihn nach wie vor an, noch immer wirkt sie nicht gerade entzückt darüber, ihn hier zu sehen.

„Du schuldest mir eine Antwort. Warum bist du hier?."

„Ich dachte, ich schaue einfach mal bei dir vorbei … vielleicht hast du ja Lust, ein Glas mit mir zu trinken oder so."

„Oder so?" Madison zieht die Augenbrauen in die Höhe. „Das letzte Mal, als wir uns gesehen haben, hast du mir ziemlich deutlich klargemacht, dass du mich eigentlich gar nicht leiden kannst. Da frage ich mich doch: Ist bei dir der Notstand ausgebrochen?"

Madison

* * *

TYSON SCHNAUBT und wendet sich dann kopfschüttelnd ab.

Ich merke selbst, dass ich mich wie die absolute Zicke

benehme, aber ich bin gerade reichlich überfordert mit der Situation; sein plötzliches Auftauchen hier hat mich ziemlich überrumpelt.

Heute Abend habe ich das erste Mal nicht ständig an ihn gedacht und mich stattdessen auf meine Arbeit konzentriert.

Na ja, zumindest habe ich das versucht, denn es ist nicht so einfach, bei einem Abend voller Romantik und mehr oder weniger glücklicher Paare selbst gänzlich ungerührt zu bleiben, aber es ist mir besser gelungen, als ich es mir vorgestellt habe. Manchmal bewirken Arbeit und Ablenkung eben wahre Wunder.

Einem Instinkt heraus folgend strecke ich die Hand nach Tyson aus und berühre ihn sanft an der Schulter.

„Warte ...", flüstere ich, und die Sehnsucht in meiner Stimme muss selbst ihm auffallen. In Momenten wie diesen hasse ich mich dafür, dass ich so etwas nicht besser unter Kontrolle habe. „Ich habe mich erschreckt, das ist alles ... Es tut mir leid, dass ich gerade eine solche Zicke gewesen bin." Ich räuspere mich, und obwohl ich ganz genau weiß, dass es vermutlich keine sonderlich kluge Idee ist, das zu tun, frage ich es dennoch: „Möchtest du vielleicht noch auf ein Glas Wein mit hereinkommen?"

Er dreht sich zu mir um, und sein Blick ist unergründbar, als er sich mir langsam nähert.

„Das würde ich sehr gerne, Madison!" Er streckt die Hand nach mir aus und streicht mir eine verirrte Haarsträhne zurück hinter mein Ohr, und mein Körper reagiert so prompt auf ihn, dass ich das wohlige Erschauern nicht unterdrücken kann. Die Zeitschaltuhr für das Licht im Treppenhaus ist in diesem Moment abgelaufen, und es wird wieder dunkel um uns herum, aber es hat noch ausgereicht, um einen Blick auf Tysons Gesichtsausdruck zu erhaschen.

Er hat zufrieden ausgesehen, in etwa so wie ein Kater, der eine dicke fette Maus entdeckt hat und genau weiß, dass es bloß eine Frage der Zeit ist, bist er sie zu seiner Beute machen kann.

Er steht nun so nah vor mir, dass ich die Wärme seines Körpers spüren kann, die auf meinen abstrahlt, und paradoxerweise dazu führt, dass ich eine Gänsehaut bekomme.

„Was ist das nur mit dir und mir und den dunklen Hausfluren, Madison?“, flüstert er, jetzt ganz nah an meinem Ohr, und ich weiß, dass wir beide wieder an den Abend nach der Party denken, als wir in Masons Hausflur standen und uns geküsst haben, als gäbe es kein Morgen mehr.

Ich frage mich noch immer, was er eigentlich will, und gleichzeitig frage ich mich, was ich eigentlich will.

Nimm ihn! Los, schnapp ihn dir!

Meine Libido scheint zum Cheerleader mutiert zu sein, und weil ich die hüpfenden Mädels mit ihren dämlichen Pompons noch nie leiden konnte, greife ich nach vorn und schalte das Licht an.

Tyson blinzelt eulenartig, weil die plötzliche Helligkeit ihn blendet, und sieht dabei nicht sonderlich schlau aus, was mich beinahe diebisch freut.

Die Spannung, die bis gerade noch beinahe greifbar zwischen uns lag, ist durch das Licht wie verflogen.

Tyson kneift nun die Augen zusammen, anscheinend reagieren seine Augen sehr sensibel auf Lichtunterschiede.

Siehst du? Er ist gar nicht so toll. Ein Mann aus Fleisch und Blut!

Mein Verstand nickt höchstzufrieden, bis meine Libido ihn mit einem gemeinen Ellenbogencheck beinahe umhaut.

Fleisch, Blut und jede Menge Muskeln! Schau dir nur diese Muskeln an!

Seufzend schließe ich einen Moment lang die Augen.

„Haltet doch einfach beide die Klappe!“, zische ich, und Tyson sieht nun noch verwirrter aus.

„Wie bitte?“

„Ach, nichts!“, erwidere ich lächelnd und trete einen Schritt zur Seite, um ihn in meine Wohnung zu lassen, nachdem es mir nun endlich gelungen ist, die Tür aufzuschließen.

Während er hineingeht, bleibe ich noch ein paar Sekunden lang stehen, um mich ein bisschen zu sammeln … Und um ihm auf den Hintern zu starren, der in den Jeans, die er heute Abend trägt, wirklich zum Anbeißen aussieht.

Meine Libido beginnt schon wieder mit den Pompons zu rascheln, und ich ignoriere sie nach Kräften, bevor ich langsam die Tür hinter mir schließe.

„Du hast eine wunderschöne Wohnung. Gefällt mir sehr gut … auch die Farben.“

Erst glaube ich, dass das ein Witz ist, aber als Tyson sich auf mein Sofa setzt, wirkt er zwischen all dem Rosa vollkommen zu Hause und alles andere als unmännlich.

Ich muss mich zweimal räuspern, bevor meine Stimme mir gehorchen will.

„Also ich hätte noch eine Flasche Grauburgunder da, falls du Interesse hättest …“

Tyson lächelt breit, und am liebsten würde ich dieses Lächeln langsam und ausgiebig erkunden. Mit meiner Zunge. Anscheinend gewinnt meine Libido doch langsam die

Oberhand, und um sie davon abzuhalten, mache ich mich auf den Weg in die Küche, nehme die Weinflasche aus dem Kühlschrank, entkorke sie und fülle anschließend zwei Gläser damit.

Zurück in meinem Wohnzimmer verfluche ich den Umstand, dass ich keinen Sessel, sondern nur ein großes Sofa gekauft habe, auf dem Tyson beinahe den gesamten Platz einzunehmen scheint.

Mit ein wenig Mühe gelingt es mir, mich in die von ihm am weitesten entfernte Ecke zu quetschen, ohne ihn dabei zu berühren. Wenn ich mir überlege, dass die kleine Berührung seines Armes auf dem Flur schon genügt hat, damit meine Libido zum Cheerleader mutiert, möchte ich lieber gar nicht wissen, was passieren wird, wenn sich unsere Knie oder – Gott bewahre – unsere Oberschenkel berühren.

Nachdem wir angestoßen haben, sitzen wir schweigend nebeneinander auf dem Sofa, und obwohl ich eigentlich gar nichts sagen will, ist die Stille um uns herum irgendwann so erdrückend, dass ich es einfach nicht mehr aushalte.

„Eigentlich hätte ich nicht mehr damit gerechnet, dich noch mal wiederzusehen."

Grinsend zieht Tyson eine Braue in die Höhe.

„Oh, das heißt, du wolltest mir nicht mehr beim Training zusehen so wie sonst abends?" Seine Stimme ist der pure Sex, und mir wird auf einmal ganz warm.

„Da stehst du drauf, wenn dir jemand zusieht, was?"

„Oh, ich möchte an dieser Stelle darauf hinweisen, dass ich mich im Gegensatz zu anderen hier anwesenden Personen nicht splitterfasernackt vor dem Fenster ausgezogen habe. Ich habe lediglich trainiert und dabei die Aussicht genossen."

Ich muss lachen und werde ein bisschen verlegen, aber so leicht will ich ihn nicht davonkommen lassen.

„Eigentlich war es auch nicht das, was ich meinte. Lass es mich anders ausdrücken: Als du dich einfach so aus Masons Haus verpisst hast ohne ein Wort des Abschieds oder auch nur die geringste Vorwarnung, hätte ich nicht mehr damit gerechnet, dich wiederzusehen." Ich beuge mich vor, um nach meinem Weinglas zu greifen, und trinke einen großen Schluck. „Und um ganz ehrlich zu sein, wollte ich das auch gar nicht."

Jetzt schaue ich Tyson direkt an, und irgendwie erfüllt es mich mit einem stillen Triumph, dass dieser starke, kämpferische Mann gerade nicht dazu in der Lage ist, meinem Blick standzuhalten. Stattdessen reibt er sich mit beiden Händen über sein Gesicht, und ein paar Wimpernschläge lang sieht er so müde und verzweifelt aus, dass ich ihn gerne in den Arm nehmen würde. Allerdings befürchte ich, dass das keine wirklich gute Idee ist, denn Berührungen führen zu mehr Berührungen, und ich will das nicht. Nicht mit ihm, schon gar nicht mit ihm.

„Es tut mir leid, Madison", murmelt er, mehr in seine Hände als zu mir. „Ich bin nicht gut in solchen Dingen. Nicht mehr."

Mehr sagt er nicht, und als er nun die Hand nach mir ausstreckt, schüttle ich den Kopf.

„Bitte nicht ..." Meine Stimme ist nur ein Flüstern. „Ich bin ... ich möchte ... ich kann das im Moment nicht, Tyson. Ich habe gerade erst mühsam mein Gleichgewicht wiedererlangt, und ich bin nicht dazu bereit, es erneut aufzugeben. Es kostet Kraft, aufzustehen, wenn man am Boden liegt, und ich weiß nicht, ob ich so schnell noch mal so viel Kraft aufbringen kann.“ Tyson hat seine Hände sinken lassen und sieht mich bloß schweigend an, also rede ich einfach weiter. „Eigentlich wollte ich mich nie wieder auf einen Mann einlassen, doch ich muss gestehen, dass ich mir nicht ganz sicher bin, ob ich das wirklich den Rest meines Lebens schaffen werde. Ich glaube, ich bin nicht dafür gemacht, dauerhaft allein zu sein.“ Diese Aussage erstaunt mich selbst, aber die Bilder von einer glücklichen Peggy-Sue mit einem ebenso glücklichen Jeffrey gehen mir heute Abend nicht mehr aus dem Kopf. Obendrein erschreckt es mich beinahe selbst, wie sehr ich mich nach Tyson sehne, wie gut es sich anfühlt, ihn hier zu haben. Doch gerade deshalb ist es umso wichtiger, dass ich mich nun selbst schütze. Keine Ahnung, ob ich hier gerade mehr von mir preisgebe, als ich es eigentlich möchte, allerdings habe ich noch nie zu denjenigen gehört, die mit ihren Gefühlen hinterm Berg halten. „Ich weiß nicht, was dein Besuch hier zu bedeuten hat, Tyson. Ich muss zugeben, dass ich dich vermisse. Sehr sogar. Was eigentlich absurd ist, wenn man bedenkt, dass wir uns ja kaum kennen. Aber gerade deshalb kann ich das hier nicht. Ich brauche Sicherheit, Sicherheit und Kontinuität. Verlässlichkeit. Keinen Mann, der in dem einen Moment so tut, als wäre alles ganz wunderbar mit mir, nur um im nächsten Moment zu beschließen, dass er nichts mit mir zu tun haben will. Und ich brauche auch keinen Mann, der einfach von jetzt auf gleich verschwindet. Ohne ein Wort zu sagen.“ Erschöpft lehne ich mich zurück. Es war anstrengend, das alles zu sagen, aber es hat sich auch gut angefühlt. Gut und richtig. Ich habe keine Lust mehr, dieses Katz-und-Maus-Spiel zu spielen, vielleicht bekomme ich nun doch endlich die Chance, meinen ersehnten Schlussstrich unter die ganze Sache zu ziehen.

Tyson

* * *

UNTER MADISONS AUGEN haben sich Ringe gebildet, die ihm erst jetzt richtig auffallen, dafür ist die steile Falte zwischen ihren Brauen verschwunden. Sie wirkt wie jemand, dem gerade eine Last von den Schultern genommen worden ist, und der Gedanke, dass er selbst Teil dieser Last ist, führt dazu, dass sich in Tysons Brust etwas schmerzhaft zusammenzieht.

Er betrachtet sie eine Weile nachdenklich. Sie sieht so schwach und stark zugleich aus, und als er seine Hand ausstreckt, um ihr eine verirrte Haarsträhne aus dem Gesicht zu schieben, zuckt sie zurück.

„Bitte nicht", flüstert Madison tonlos. „Bitte ... nicht." Sie schließt einen Moment lang die Augen, und als sie sie wieder öffnet, kann er die Tränen sehen, die darin schwimmen.

„Okay." Seine eigene Stimme klingt ähnlich müde wie ihre. „Nur noch das." Er beugt sich zu ihr und haucht ihr einen Kuss auf die Stirn. „Jetzt werde ich dich nicht mehr berühren, wenn du es nicht möchtest. Versprochen." Langsam erhebt Tyson sich vom Sofa. Sein Knie scheint auf einmal stärker zu schmerzen als noch vor einer halben Stunde. „Ich sollte wohl besser gehen."

„Ja, das solltest du ...“ Zittrig holt sie Luft, und er nickt zustimmend.

Der Weg zur Tür kommt ihm endlos lang vor, und sein Humpeln nimmt mit jedem Schritt ein bisschen zu.

Als er schließlich in seiner eigenen Wohnung angekommen ist, sind bei Madison vor alle Fenster Vorhänge gezogen, und dahinter brennt kein Licht, was ihn selbst jedoch nicht davon abhält, in allen Räumen welches anzuschalten.

Irgendwie ist der Gedanke daran, dass sie ihn heimlich beobachten könnte, seltsam tröstlich. So, als wäre er dann nicht ganz so allein auf dieser Welt, wie er sich gerade fühlt.

29

Madison

* * *

Meine Wohnung ist zwar dunkler als sonst, aber dennoch sind die vorgezogenen Vorhänge die beste Lösung für mich. Sie schützen mich vor mir selbst und hindern mich daran, mich mit Dingen zu beschäftigen, die mir nicht guttun.

Dinge zu sehen, die mir nicht guttun.

Dass Tyson gestern hier war, hat mich ziemlich aus dem Gleichgewicht geworfen, aber ich bin mir sicher, dass es bloß eine Frage der Zeit sein wird, bis ich es wiederfinden werde.

Die Zeit heilt doch alle Wunden, oder etwa nicht? Ich bleibe jedenfalls so optimistisch, wie ich nur kann.

Leider ist heute Sonntag, sodass ich nicht arbeiten muss,

dabei wäre die Ablenkung vermutlich genau das, was ich gerade brauche.

Kurz erwäge ich, trotzdem ins Büro zu fahren – es gibt schließlich genug Papierkram, der erledigt werden könnte – aber irgendwie würde ich mich dann so fühlen, als ob ich überhaupt kein Privatleben mehr hätte. Mal ehrlich, wer geht schon sonntags freiwillig ins Büro?

Also beschließe ich, mich mit etwas anderem zu beschäftigen, nämlich mit Shopping. Wahrscheinlich eine der weiblichsten aller Lösungen, wenn man sich von Problemen ablenken will.

Allerdings gehe ich nicht für mich einkaufen, sondern für Autumn beziehungsweise ihre ungeborene Tochter. Ich habe diese Woche etwas über einen Babyausstatter gelesen, der heute neu eröffnet, und allein der Umstand, dass er heute geöffnet hat, würde mir schon genügen, um hinzufahren. Dass es obendrein dicke Prozente gibt, macht die Sache gleich noch viel besser.

Eine Stunde später stelle ich jedoch fest, dass meine Idee vielleicht nicht so genial war, wie ich gedacht habe.

Zum einen ist der Laden gerappelt voll, so voll, dass das Ganze nur wenig Spaß macht. Zum anderen sind dort überall Paare.

Glücklich verliebte, schwangere Paare, die sich an den Händen halten und ständig tief in die Augen schauen.

Widerlich.

Einfach absolut ekelhaft.

Zumindest wenn man, so wie ich, den Männern gerade abgeschworen hat.

Natürlich kaufe ich trotzdem etwas ein, ich bin schließlich nicht so weit gekommen, um nun aufzugeben, und letztendlich erstehe ich einen wirklich süßen weißen Strampelanzug mit aufgestickten Sternen in Rosa, Gelb und Blau sowie eine passende Jacke dazu und einen zuckersüßen Teddybären. Schließlich braucht doch jedes Kind einen Teddybären, oder nicht?

Obwohl ich eigentlich gehofft habe, dass es mich ablenken und irgendwie glücklich machen würde, etwas für Autumns kleine Tochter zu kaufen, fühle ich mich ausgelaugt und unterzuckert, als ich nachmittags wieder nach Hause komme.

Ich brauche etwas zu essen und im Anschluss vielleicht ein heißes Bad, irgendetwas, was mein überspanntes Nervensystem wieder beruhigt.

Als ich bei meiner Wohnung ankomme, entdecke ich ein kleines Päckchen vor der Tür.

Keines, wie es die Post bringen würde, sondern eine cremefarbene Schachtel mit zwei Satinschleifen darum, eine in Mint, eine in Braun.

Erstaunt bücke ich mich, um das Geschenk aufzuheben, und stelle es in meiner Wohnung vorsichtig zusammen mit meinen Einkäufen auf dem Küchentisch ab.

Mir hat noch nie jemand einfach so ein Paket vor die Tür gestellt, und wahrscheinlich lese ich zu viele Krimis, um es völlig unbefangen öffnen zu können.

Was, wenn der große Prince Charming mir ein abgeschnittenes Ohr seines Hundes vor die Tür stellt, weil ich ihn nicht ernst genug genommen habe?

Auch wenn ich mir darüber bewusst bin, dass Neugierde gefährlich sein kann, öffne ich das Paket letztendlich doch. Es ist auch deutlich zu stilvoll, um von Prince Charming zu stammen, dem würde ich eher etwas mit ganz viel Glitzer zutrauen.

Oben liegt ein Umschlag, auf dem in einer mir unbekannten, aber eindeutig männlichen Handschrift mein Name steht.

Ich öffne ihn, bevor ich nachschaue, was sich unter dem Seidenpapier verbirgt, vielleicht kann er mich ja darauf vorbereiten, falls es sich doch um abgeschnittene Extremitäten oder andere gruselige Inhalte handeln sollte.

Madison,

Ich bin immer noch da, und ich gehe auch nicht weg.

Tyson

Langsam lasse ich die Karte sinken und schiebe das Seidenpapier beiseite. Darunter liegen mehrere Päckchen mit unterschiedlich aromatisierter Trinkschokolade, und ich muss lächeln, auch wenn mir gleichzeitig bewusst wird, dass ich wirklich bis zum Hals in Schwierigkeiten stecke.

Tyson

* * *

Bis gestern Abend hat Tyson nicht gewusst, dass man Vorhänge hassen kann; nicht, bis Madison sie vor jedes Fenster gezogen und ihn damit aus ihrem Leben ausgeschlossen hat. Vielleicht wäre es am besten, wenn er es einfach dabei belassen und versuchen würde, sie zu vergessen; aber er kann nicht und, was noch viel wichtiger ist, er will nicht.

Seit er aus Kanada zurück ist, ist er von einer seltsamen Unruhe ergriffen, und schließlich ist ihm klar geworden, dass er sich endlich wieder lebendig fühlt, und dieses Gefühl hat etwas mit Madison zu tun.

Sie hat etwas in ihm wiedererweckt, von dem er gedacht hat, dass es zusammen mit Justine im Grab liegt, und Tyson ist nicht dazu bereit, auf dieses Etwas von sich erneut zu verzichten.

Er will nicht mehr allein sein, er will sein Leben endlich wieder mit jemandem teilen können. Liebe kann machtvoll sein und dabei grausam, sie kann dazu führen, dass man sich bis zur Unkenntlichkeit selbst aufgibt. Aber sie kann auch schön sein, heilend und gut. Sie kann dafür sorgen, dass man zu sich selbst findet, zu dem besten Selbst, das man sein kann, und genau so fühlt er sich mit Madison.

Eigentlich war ihm das schon lange vor Kanada klar, spätestens seit der Nacht, die sie in Masons Haus gemeinsam im Bett verbracht haben. Manchmal ist es jedoch schwer, solche Dinge zu erkennen, wenn man sich vorher jahrelang erfolgreich dagegen gewehrt hat. Manche Dinge brauchen einfach Zeit.

Jetzt kann Tyson nur hoffen, dass er nicht zu viel Zeit gebraucht hat. Gestern Abend, als er in Madisons Augen gesehen hat, die Tränen, die Zweifel, den Schmerz und das Misstrauen in ihrem Gesicht entdeckt hat, hatte er Sorge, ob er nicht zu lange gewartet hat.

Auf ihre Art und Weise hat Madison ebenfalls schlechte Erfahrungen gemacht, und er hat ihre Haltung mit seinem Verhalten mit Sicherheit nicht gerade verbessert …

Sie davon zu überzeugen, dass es sich dennoch lohnt, das Risiko einzugehen, eventuell erneut verletzt zu werden, wird ein hartes Stück Arbeit werden, aber Tyson hat Herausforderungen schon immer geliebt. Er ist ein Wettkämpfer durch und durch, und aufgeben ist einfach keine Option.

Madison

* * *

JEDEN TAG, wenn ich von der Arbeit nach Hause komme, liegt irgendeine kleine Aufmerksamkeit vor meiner Haustür, die ganze Woche lang, seit Tyson am Samstag vor meiner Wohnungstür gesessen hat.

Er schenkt mir Blumen, einen neuen Krimi, einen Milchtopf, in dem angeblich nichts anbrennen kann, damit ich mir noch komfortabler Kakao kochen kann, und ein Wäscheset, der aus einem sündigen Hauch von nichts besteht, mit dem Hinweis darauf, dass er meine „Augen" niemals vergessen könnte.

Jedes Mal liegt eine Karte dabei, und jedes Mal schreibt er mir, dass er noch immer da ist und auch nicht mehr weggehen wird.

Er ist hartnäckig, das muss man ihm lassen, und auch wenn eine Woche eigentlich nichts ist, bin ich hingerissen davon, dass er meine Ängste, dass er einfach so verschwinden könnte, so ernst nimmt.

Ich melde mich trotzdem nicht bei ihm.

Es ist nur eine Frage der Zeit, bis er aufgeben wird, bis kein Päckchen mehr vor meiner Tür steht und die Dinge endlich wieder so sind, wie sie sein sollen.

Trotzdem bin ich wahnsinnig genug, um jeden Tag darauf zu hoffen, dass er doch noch nicht aufgegeben hat. Jedes Mal, wenn ich die Treppe bis zu meiner Wohnungstür erklommen habe und ich sehe, dass er etwas für mich dagelassen hat, durchströmt mich diese Mischung aus Freude und Erleichterung. Ich bin eine solche Närrin!

Tyson

* * *

Zum Glück hat Madison keine Befugnis, auch Vorhänge im Treppenhaus aufzuhängen. Vielleicht ist sie sich gar nicht bewusst, dass er sie jedes Mal beobachtet, wenn sie wieder nach Hause kommt, und sich bückt, um eines der Pakete aufzuheben, das er ihr dort hinterlegt hat.

Manchmal hat man einfach Glück und trifft einen Hockeyfan an der richtigen Stelle, denn der ältere Mann, der im Erdgeschoss wohnt, lässt Tyson jeden Tag ins Haus – im Tausch gegen ein signiertes Trikot für seinen Neffen.

Der Moment, in dem Madison nach Hause kommt und ihr Geschenk aufhebt, ist momentan Tysons Highlight des Tages; so weit ist es schon mit ihm gekommen. Überhaupt dreht sich in seinem Kopf gerade alles um die kleinen Päckchen. Bereits beim Frühstück denkt er darüber nach, was er ihr heute bringt. Zum Glück hat er während des Trainings sehr viel Zeit zum Überlegen und den Rest des Tages sehr viel Zeit, seine Überlegungen in die Tat umzusetzen.

Zwei Wochen lang versorgt er Madison mit kleinen

Aufmerksamkeiten, und als sie nach zwei Wochen immer noch jedes seiner Pakete fest an die Brust drückt, bevor sie in ihrer Wohnung verschwindet, weiß er, dass es Zeit für die nächste Runde wird.

Madison

* * *

Seit zwei Wochen warte ich auf den Zeitpunkt, an dem Tyson aufgibt, doch als ich heute die Treppe heraufkomme und die Fußmatte vor meiner Haustür leer ist, verursacht das einen beinahe stechenden Schmerz in meinem Inneren. Ich meine das nicht metaphorisch, sondern es tut mir tatsächlich körperlich weh, ein ekelhaft ziehendes Gefühl in meinem Bauch, verursacht von Adrenalin und Enttäuschung.

Es ist besser so, denke ich, als ich die Wohnungstür aufschließe und dabei zum ersten Mal seit zwei Wochen wieder beide Hände frei habe. Schau, wie viel einfacher das Leben so ist.

Leider fühlt es sich gerade so gar nicht danach an, aber ich bin mir sicher, dass sich das ändern wird, alles ist wie immer bloß eine Frage der Zeit.

Es ist schließlich genau das, was ich gewollt habe, und der Schmerz in meinem Inneren rührt nur daher, dass doch in jedem von uns eine kleine Diva wohnt, der es gefällt, mit Aufmerksamkeiten überschüttet zu werden.

Ich versuche sie wegzusperren, zusammen mit dem Cheerleader, die traurig ihre Pompons hängen lässt, als wären sie ihr zu schwer geworden, und mich vorwurfsvoll ansieht.

„Nachher beim Einkaufen besorge ich euch eine extragroße Portion Eis!“, flüstere ich den beiden zu, aber selbst die Aussicht auf leere Kalorien scheint die beiden nicht aufzumuntern.

Ich hätte nicht gedacht, dass es mir so wehtun wird, wenn Tyson eines Tages aufgibt.

Seufzend lasse ich mich auf mein Sofa fallen und schalte den Fernseher ein, zappe durch die Programme, ohne etwas Konkretes zu schauen, und fühle mich leer, unruhig, frustriert und traurig.

Morgen habe ich frei, vielleicht sollte ich mir etwas Besonderes gönnen, einen Tag Wellness zum Beispiel. Massagen, Maniküre, das ganze Programm eben. Ich könnte auch eine dieser Schlammpackungen ausprobieren, über die ich neulich irgendwo gelesen habe. Angeblich soll der warme Schlamm eine Wohltat für Körper und Seele sein, und das ist schließlich genau das, was ich gerade gebrauchen kann.

Entschlossen setze ich mich wieder auf und greife nach meinem Handy. Hoffentlich gibt es noch irgendwo freie Termine, am Wochenende kann so etwas ja manchmal kritisch sein, aber eventuell habe ich ja Glück.

Mein Handy zeigt eine Nachricht von Mason an, der mir mitteilt, dass er heute in Midway sein wird, und mich fragt, ob ich heute Abend schon etwas vorhabe oder ob ich gerne mit ihm ausgehen würde.

Ich antworte ihm umgehend, denn ein Abend mit meinem Bruder ist noch viel besser als ein Tag Wellness. Obwohl eigentlich ja auch nichts dagegenspricht, einfach beides zu machen.

30

Madison

* * *

Ich gebe mir heute Abend besonders viel Mühe mit meinem Outfit und meinem Make-up. Mason zieht schöne Frauen an wie eine Motte das Licht, und ich habe keine Lust, mir neben ihm wie eine graue Maus vorzukommen.

Also schlüpfe ich in ein grünes Shirt mit tiefem Ausschnitt sowie in meine besten Jeans und die zum Shirt passenden grünen Schuhe mit den Mörderabsätzen, in denen ich ansatzweise so etwas wie eine normale Körpergröße erreiche.

Pünktlich zur vereinbarten Zeit klingelt es an der Tür, womit ich nicht gerechnet hätte. Normalerweise kommt

Mason notorisch zu spät, vor allem, wenn es sich um private Termine handelt.

Ich bin mit meinem Make-up noch nicht ganz fertig, also lege ich einen gewagten Sprint hin, um den Türsummer zu betätigen, rufe „Komm schon rein, bin gleich da!" ins Treppenhaus und lasse meine Wohnungstür angelehnt, bevor ich zurück ins Bad laufe, um mir noch schnell die Lippen zu schminken sowie etwas Parfüm aufzulegen.

Ich höre Masons Schritte im Wohnzimmer und muss lächeln, weil ich mich darüber freue, dass er mich hier besuchen kommt. Wir sehen uns so selten in letzter Zeit, und ich vermisse ihn wirklich sehr. Eigentlich sagt man ja nur eineiigen Zwillingen eine besondere Verbundenheit nach, aber Mason und ich haben uns immer ungewöhnlich gut verstanden, und auch wenn wir nicht jeden Tag telefonieren und uns manchmal über Wochen hinweg weder zu sehen noch zu hören bekommen, haben wir eine sehr enge Beziehung zueinander. Ich weiß, dass ich jederzeit auf ihn zählen kann – und er auch auf mich.

„Fertig!", rufe ich vom Bad aus und stöckele auf meinen hohen Absatzen in Richtung Wohnzimmer, wo Tyson auf mich wartet und mich strahlend anlächelt.

Tyson

* * *

„Du siehst toll aus, Baby!" Verdammt noch mal, das tut sie in der Tat. Grün ist genau ihre Farbe, es unterstreicht den

Ton ihrer Augen und bringt ihre Haare zum Leuchten. Und dann ist da noch dieser Ausschnitt … Tysons Blick bleibt viel zu lange daran hängen, aber wen interessiert es? Madison weiß sowieso, dass er auf sie steht. Auf sie und auf ihre göttlichen Titten ebenfalls.

Als sein Blick wieder zurück zu ihrem Gesicht findet, kann er sehen, dass ihm seine Überraschung gelungen ist.

Sie sieht völlig entgeistert aus, und ihre Hand wandert an ihr Herz.

„Guten Abend, Tyson", sagt sie dann, und er ist sich auf einmal nicht mehr sicher, ob es eine gute Idee war, sie zu überraschen – beim letzten Mal hat das bei genauerer Überlegung schließlich auch nicht wirklich funktioniert. „Eigentlich hatte ich jemand anderes erwartet."

„Mason war mir noch etwas schuldig …" Entschuldigend zuckt Tyson mit den Schultern. „Er lässt schön grüßen und sagt, es täte ihm leid, er würde es irgendwann wiedergutmachen."

Madison lacht auf, ein klarer, heller Laut, der Tyson glücklicher macht, als es so ein kleines Lachen können sollte.

„Dann bist du mein heutiges Geschenk?" Madison legt den Kopf leicht schief und mustert ihn. Er hat sich extra für sie in Schale geworfen und trägt immerhin ein graues Oberhemd zur Jeans sowie ein dazu passendes Sakko.

„Wenn du das so sehen möchtest …" Er lächelt nun breit. „Ich habe auch nichts dagegen, wenn du mich auspacken möchtest, aber ich habe einen Tisch reserviert, und es wäre schade, die Reservierung verfallen zu lassen."

„Dich auspacken, Tyson? Ich glaube nicht. Ich bin mir nicht mal sicher, ob ich dich überhaupt begleiten möchte …" Dennoch folgt sie ihm umgehend Richtung Tür, was er als gutes Zeichen wertet, und sie steigt auch in seinen Wagen, ohne Widerstand zu leisten.

Schweigend fahren sie bis zum Restaurant.

„Ich würde dir ja meinen Arm anbieten, aber ich habe dir versprochen, dich nicht mehr anzufassen, bis du mir die explizite Erlaubnis dafür gibst."

„Du meinst, du hoffst darauf, dass ich eines Tages darum bettle?" Tyson öffnet ihr die Beifahrertür von außen, und Madison klettert aus dem Auto, und Tyson bedauert es, dass sie keinen Rock angezogen hat, obwohl der weite Ausschnitt ihres Shirts ihn entschädigt, als sie sich vorbeugt. Sein Mund ist auf einmal ganz trocken.

„Oh, glaub mir, Baby, ich würde dich nicht sehr lange betteln lassen. Und jetzt hör auf, mir solch einen Schweinkram zu erzählen, sonst musst du mit mir hier draußen warten, bis mein Ständer wieder weggeht. Ich will nicht, dass die Kellnerin in Ohnmacht fällt, wenn sie mich so sieht. Du kennst ja die Geschichten über meinen Hockeyschläger ..." Er zwinkert ihr zu, und Madison legt den Kopf in den Nacken und lacht so laut, dass sich eine Gruppe von gerade vorbeigehenden Männern in schnöseligen Anzügen nach ihnen umdreht. Natürlich tun sie das, schließlich ist nichts anziehender als eine schöne Frau, die auch noch so lachen kann.

Eifersucht macht sich in Tyson breit, was ein völlig neues, unbekanntes Gefühl für ihn ist, und er starrt die Männer so lange wütend an, bis sie sich abwenden. Jahrelanges Training macht sich eben doch manchmal bezahlt, und selbst auf dem Eis gelingt es ihm, mit diesem Blick dem einen oder anderen Gegner das Fürchten zu lehren.

Leider bleibt Madisons Lachen auch auf ihn nicht ganz ohne Wirkung, sodass er nun tatsächlich einen Ständer hat.

Während Madison ihre Handtasche zurechtrückt, zieht Tyson sein Jackett aus und hängt es sich so über den Arm, dass es seinen Zustand verdeckt.

„Komm …“ Er vermeidet es, Madison den Arm hinzuhalten, schließlich hat er es ihr versprochen, und zu seiner Freude folgt sie ihm auch so in das Innere des Restaurants.

Madison

* * *

EIGENTLICH MÜSSTE ich wütend auf Tyson und meinen Bruder sein, weil sie mich so hereingelegt haben, aber der Abend ist viel zu schön und entspannt, um ihn mir durch negative Gefühle verderben zu lassen.

Wobei entspannt nicht das richtige Wort ist, denn zwischen Tyson und mir herrscht jede Menge Spannung von der Art, die meine Haut zum Kribbeln bringt und dafür sorgt, dass ich zwischen meinen Beinen ein unablässiges Ziehen spüre. Der Cheerleader in mir ist entzückt, die Diva ebenfalls, denn Tyson überschüttet mich mit Aufmerksamkeit.

Er hat diese ganz besondere Art, einen anzusehen, so, als wäre man das Einzige weit und breit, das es wert ist, überhaupt beachtet zu werden.

Ich habe keine Ahnung, was wir eigentlich essen und trinken, was wahrscheinlich eine Schande ist, denn ich bin überzeugt davon, dass es köstlich sein muss; aber der Mann, der vor mir sitzt und mir Geschichten über seinen Trainer in der Grundschule erzählt, nimmt all meine Aufmerksamkeit in Anspruch, und für nichts anderes bleibt mehr Raum.

Für nichts anderes außer für mich selbst, denn Tyson schafft es, mir immer wieder Fragen zu stellen, und zwar solche, die davon zeugen, dass er sich wirklich für mich interessiert.

Als wir aufgegessen haben und Tyson schließlich um die Rechnung bittet, könnte ich heulen, weil der Abend nun schon fast vorbei ist.

Es war, als hätten wir die letzten paar Stunden in einer Blase verbracht, in der das Leben leicht und unkompliziert ist und in der es keine Sorgen und Ängste gibt, aber jetzt kehren sie alle zurück, und zwar mit Macht.

Tyson

* * *

Die Madison, die ihm vorhin im Restaurant gegenübergesessen hat, ist eine andere als die, die jetzt neben ihm im Auto sitzt.

Obwohl er jede ihrer Versionen mag und alles besser ist, als ohne sie zu sein, wünscht sich Tyson trotzdem ins Restaurant zurück, zusammen mit einer Madison, die lautstark lachen kann und auf deren Stirn sich diese süße kleine Falte bildet, wenn sie aufmerksam zuhört.

Vorhin hatte er das Gefühl, dass sie ganz und gar bei ihm war, während sie jetzt schon wieder dabei ist, ihm zu entgleiten.

Panisch sucht er nach einem geeigneten Gesprächsthema, aber obwohl ihm das vorhin noch alles völlig unkompliziert vorgekommen ist, will ihm jetzt einfach nichts mehr einfallen. Nichts außer Belanglosigkeiten, allerdings sind die das Letzte, was er mit Madison austauschen will, wo so viel Wichtiges zwischen ihnen steht.

Ohne ein Wort zu sagen, fahren sie zu dem Parkplatz vor seinem Haus, und er steigt aus, um Madison die Beifahrertür zu öffnen; doch sie ist schneller.

Bevor er bei ihr ist, ist sie bereits ausgestiegen.

„Ich danke dir für den schönen Abend." Sie lächelt, als könne sie es kaum erwarten, ihn wieder loszuwerden, so, als würde er ihr etwas verkaufen wollen, was sie nicht haben will.

„Ich danke dir, Baby!" Kurz ist er versucht, sein Killerlächeln zum Einsatz zu bringen, das Lächeln, mit dem er von Frauen gewöhnlich fast alles bekommt, was er will, aber da sie schon leicht zusammenzuckt, nur weil er einen Kosenamen für sie verwendet, lässt er es lieber bleiben. Er hat genug Zurückweisung von ihr ertragen, und er ist sich nicht sicher, ob er heute Abend noch mehr davon ertragen kann. Es hilft nicht, wenn man nur seine Stärken kennt, man muss auch wissen, wo seine Schwächen und Grenzen liegen, und manchmal muss man einen Kampf verlieren, um die Schlacht gewinnen zu können. Für heute Abend reicht es. „Schlaf gut, Madison!" Seine Stimme klingt ein wenig rauer als sonst. Er würde sich gerne zu ihr beugen, um sie zu küssen, wenigstens auf die Stirn oder auf die Wange, aber er lässt es bleiben, schließlich hat er es versprochen.

Dann dreht er sich um und geht, und es kostet ihn alle Kraft, sich nicht noch einmal nach ihr umzusehen.

31

Madison

* * *

Gestern Abend bin ich lange auf dem Parkplatz stehen geblieben, bis ich so sehr gefroren habe, dass meine Zähne laut zu klappern begonnen haben.

Am liebsten wäre ich Tyson nachgelaufen, hätte mich in seine Arme geworfen und mich auf alles eingelassen, was er von mir will, ohne nachzufragen, worum es sich dabei eigentlich genau handelt.

Stattdessen habe ich den Haustürschlüssel aus der Tasche meines Trenchcoats genommen, die Tür aufgeschlossen, und als sie leise hinter mir ins Schloss gefallen ist, sind mir beinahe die Tränen gekommen. Diese dummen, selbst schließenden Türen sind nicht mal für einen dramatischen

Auftritt gut, sie können nur einen leisen, erbärmlichen Abgang untermalen.

Keine Ahnung, wie es mir gelungen ist, überhaupt zu schlafen, aber als ich heute Morgen aufwache, dröhnt mir der Kopf.

Ich habe weder den Mut, mich auf Tyson einzulassen, noch bin ich mutig genug, um die Sache tatsächlich zu beenden; beide Varianten machen mir Angst.

Ohne darüber nachzudenken, stehe ich auf und ziehe die Vorhänge zurück, sodass zum ersten Mal seit zwei Wochen die Sonne wieder mit voller Kraft in meine Wohnung scheinen kann.

Ich bin völlig durcheinander. So durcheinander, dass Engelchen und Teufelin auf meinen Schultern mittlerweile dabei sind, sich in einer solchen Lautstärke anzubrüllen, dass ich kein Wort von dem verstehe, was sie sagen. Vermutlich ist das auch besser so, denn höchstwahrscheinlich reden die beiden nur Mist. Wer sagt schon sinnvolle Sachen, solange er brüllt?

Ich nehme eine lange, heiße Dusche, aber die hilft auch nicht, um meine aufgewühlten Nerven zu beruhigen.

Vielleicht sollte ich es doch mit der Schlammpackung versuchen, über die ich gestern bereits nachgedacht habe. Wenn ich mich beeile, dann bekomme ich vielleicht noch einen Termin.

Leider kann ich meine Handtasche nicht finden, in der auch mein Handy sein müsste, vermutlich habe ich sie gestern Abend in Tysons Wagen liegen lassen, und während ich noch darüber nachdenke, was ich jetzt tun soll, klingelt es an der Tür.

Tyson

* * *

„Guten Morgen, Baby!" Er versucht, so zu tun, als hätte er sie gestern nicht gesehen, wie sie unschlüssig auf dem Parkplatz gestanden und dabei so verloren gewirkt hat, dass er am liebsten zu ihr gegangen wäre und sie in die Arme genommen hätte, um sie nie wieder loszulassen.

Wenn er davon ausgegangen wäre, dass es zum Ziel führen könnte, hätte er es getan. Aber Tyson ist seit seiner Kindheit darauf getrimmt worden, seine Gegner ganz genau zu beobachten, ihre Schwächen und Stärken zu analysieren, um dann im richtigen Moment und an der richtigen Stelle zuschlagen zu können.

Aus Erfahrung weiß er, dass manche Gegner Zeit brauchen, um sich besiegen zu lassen.

Sie müssen sich erst in Sicherheit wiegen, man muss ihnen Raum lassen, bis sie unaufmerksam werden und man eine Chance bekommt, ihre Verteidigung zu durchdringen; und Madison brauchte gestern Abend ganz eindeutig Raum.

Doch als er heute Morgen ihre geöffneten Vorhänge gesehen hat, hätte er beinahe laut gejubelt.

Ein deutlicheres Zeichen dafür, dass es Zeit für einen neuen Angriff ist, kann es kaum geben, also hat er Frühstück besorgt und ihre Handtasche mitgebracht.

„Ich habe Frühstück dabei!" Er wedelt mit den beiden Tüten, die er in der einen Hand hält, und mit dem Becherhalter mit dem Kaffee darin in der anderen Hand, und endlich zeigt sich auf Madisons Gesicht ein zaghaftes Lächeln.

„Frühstück klingt toll!" Mit dem Kopf deutet sie in Richtung der Küche. „Komm bitte herein ... stell es dort irgendwo ab. Ich ziehe mir nur schnell etwas über."

„Meinetwegen brauchst du dich nicht umzuziehen, Baby. Ich fand dich im Bademantel vom ersten Moment an ziemlich scharf ..."

Madison lacht, aber sonderlich fröhlich klingt sie nicht.

ALS SIE WENIGE Minuten später wiederkommt, hat Tyson bereits den Tisch gedeckt.

Madison trägt jetzt eine schwarze Yogahose und ein weites, cremefarbenes Shirt, von dem ihr wahrscheinlich nicht bewusst ist, dass er jedes Mal ihren BH sehen kann, wenn sie sich vorbeugt.

„Danke für das Frühstück!" Sie greift so vorsichtig nach einem der Croissants, als könne es sich jeden Moment in eine giftige Schlange verwandeln, die nach ihr schnappt. Dann isst sie schweigend.

ALS TYSON die Stille im Raum schließlich nicht mehr erträgt, seufzt er schwer.

„Wusstest du, dass ich schon mal verheiratet war? Wahrscheinlich weißt du es, es ist kein Geheimnis, und der Unfall meiner Frau, meiner verstorbenen Frau, ist damals überall in der Presse gewesen. Was allerdings nur die wenigsten wissen: Justine und ich sind zusammen aufgewachsen. Wir hatten beide keine Eltern mehr, und meine Tante Thelma hat erst sie und später auch mich bei sich aufgenommen."

„Das tut mir sehr leid ...", flüstert Madison und bricht sich ein Stück Croissant ab, bevor sie es sich in den Mund steckt.

„Das muss dir nicht leidtun. Solche Dinge passieren eben, und Tante Thelma ... na ja, letztendlich war und ist sie eine bessere Mutter, als andere Menschen sie jemals haben werden." Einen Moment lang lächelt Tyson nachdenklich, bevor er seine Aufmerksamkeit wieder auf Madison richtet. „Ich weiß, dass man nicht schlecht über die Toten sprechen soll, aber Justine .... Sie war keine gute Ehefrau. Wahrscheinlich war ich auch kein guter Ehemann, waren wir beide nicht gut füreinander. Ich dachte immer, ich würde sie kennen. Immerhin sind wir zusammen aufgewachsen. Wenn du so willst, habe ich es für ein gut kalkulierbares Risiko gehalten, sie zu heiraten." Einen Moment lang schweigt Tyson, bevor er den Kopf schüttelt, als könne er die schlechten Erinnerungen damit vertreiben. „Letztendlich hat sich herausgestellt, dass es alles Schwachsinn war. Ich kannte Justine überhaupt nicht. Im Nachhinein glaube ich, dass ich viel zu jung war, um zu erkennen, dass sie einfach nicht dazu gemacht war, glücklich zu sein. Ich habe sie für die einzig wahre Liebe meines Lebens gehalten. Doch die Dinge, die sie in ihrer frühen Kindheit erlebt hat, bevor sie zu Thelma gekommen ist, hatten bereits vieles in ihr zerstört, und den Rest hat später der Alkohol geschafft. Am Ende unserer Ehe hatte ich nichts mehr als Verachtung für sie übrig – und ich glaube, ihr ist es ebenso ergangen. Sie hat mich in jeglicher nur möglichen Hinsicht betrogen." Madison atmet scharf ein, aber Tyson hebt die Hand, um sie zu beschwichtigen. „Man könnte jetzt davon ausgehen, dass ich mich nie mehr auf irgendwen einlassen würde, und lange Jahre war das auch so. Ich hatte das Gefühl, nie wieder jemandem vertrauen zu können."

„Was hat sich geändert?" Mit einer zittrigen Bewegung greift Madison nach dem Kaffee, den Tyson mitgebracht hat, und schließt beide Hände um den Becher, statt davon zu trinken.

„Ich habe erkannt, dass es kein Zustand ist, ein Leben zu führen, in dem ich niemandem vertrauen, mich auf niemanden wirklich einlassen kann. Ich dachte, es würde gehen, aber weißt du was? Eigentlich ist es dann gar kein Leben mehr. Es macht mir keinen Spaß, wenn ich jede Nähe meide. Nein, es macht mir nicht nur keinen Spaß, es fühlt sich absolut entsetzlich an. Ich will das nicht mehr." Nun greift er ebenfalls nach seinem Kaffee, schon allein, weil er sich einen kurzen Moment sammeln muss. Solche Beichten wie diese hier ist er nicht gewohnt, es fühlt sich anstrengend und nervenaufreibend an. Ein emotionaler Striptease, den er sonst stets zu vermeiden versucht hat – es gefällt ihm nämlich eindeutig besser, wenn andere sich für ihn ausziehen. „Seit ich Eishockey spiele, bin ich darauf getrimmt worden, Risiken abzuschätzen, sie so schnell wie möglich zu kalkulieren, einzuschätzen, ob sich ein Einsatz lohnt oder nicht. Aber weißt du was? Ich bin der Meinung, dass sich beinahe jedes Risiko lohnt, wenn es darum geht, sich wieder lebendig zu fühlen, ein Leben zu führen, das seinen Namen auch wert ist." Madison hüllt sich in Schweigen, und Tyson trinkt noch einen weiteren Schluck Kaffee. „Vielleicht sollte man dabei nicht zu leichtsinnig sein, immerhin bin ich mir selbst auch nicht völlig egal. Doch das Leben ist nun einmal, wie es ist. Man verletzt sich und man macht weiter. Dinge heilen. Herzen, Knie ...“

„Ich weiß nicht, ob ich das schon wieder kann ...“, flüstert Madison, den Blick fest auf ihren Kaffeebecher gerichtet, als würde sie es nicht wagen, Tyson in die Augen zu sehen.

„Das ist eine Entscheidung, die nur du ganz allein treffen kannst, Madison. Vielleicht hilft es dir, wenn ich dir verspreche, dass ich immer auf dich aufpassen werde. Du bist etwas Besonderes für mich, ich will Teil deines Lebens sein, und ich möchte, dass du auch Teil von meinem wirst. Ein anderes Versprechen kann ich dir nicht geben. Niemand kann sagen, wie es zwischen uns in einem Jahr aussehen wird oder in zehn. Trotzdem könnten wir gemeinsam versuchen, es herauszufinden. Wir könnten gemeinsam versuchen, wieder zu leben – und ich bin mir sicher, dass das viel besser sein würde, als allein zu sein.“

Madisons Blick ist noch immer fest auf ihren Kaffeebecher gerichtet, sie sieht unendlich klein und verletzlich aus, wenn sie so dasitzt, in sich zusammengesunken, als hätte jemand den Stecker herausgezogen.

Tyson steht langsam auf, auch wenn es ihn jedes kleine bisschen Willenskraft kostet, das er besitzt. Viel lieber würde er jetzt bei Madison bleiben, sie in die Arme nehmen und dafür sorgen, dass dieses übermütige, herausfordernde Funkeln in ihre Augen zurückkehrt, das er so an ihr liebt.

Doch Tyson weiß, wann es Zeit ist, sich zurückzuziehen und mit sicherem Abstand darauf zu warten, dass der andere den ersten Schritt wagt.

„Baby, ich gehe jetzt. Aber ich bin da. Du weißt, wo du mich findest.“

Madison

* * *

ICH HÖRE, wie seine Schritte sich langsam entfernen, wie die Wohnungstür hinter ihm ins Schloss fällt, und ich sitze nach wie vor auf meinem Stuhl wie paralysiert.

Mir fällt erst auf, dass ich weine, als die ersten warmen Tränen auf meine Hände tropfen.

Langsam beuge ich mich vor und stelle den Kaffeebecher auf dem Tisch ab, obwohl die Wärme mir gutgetan hat.

Ich bleibe eine halbe Ewigkeit hier sitzen und höre auf die Stimmen in meinem Inneren, die noch immer damit beschäftigt sind, sich gegenseitig anzuschreien.

Irgendwann stehe ich auf und nehme mein Handy aus meiner Handtasche, die Tyson vorhin mitgebracht hat. Ich telefoniere so lange jeden Spa in halbwegs erreichbarer Nähe ab, bis sich einer findet, der heute noch einen Termin für diese verdammte Schlammpackung frei hat. Als wäre das alles, was in meinem Leben gerade wichtig ist … allerdings ist es gerade das Einzige, bei dem ich mich dazu in der Lage fühle, mich darum zu kümmern, und ich weiß sicher, dass ich dem Wahnsinn verfallen werde, wenn ich hier sitzen bleibe und nichts tue.

Mechanisch packe ich meine Sachen zusammen und fahre ins Spa, aber als ich dort fertig bin, kann ich keine Aussage darüber treffen, ob es gut war oder nicht.

Habe ich schon mal erwähnt, dass ich ein Feigling bin?

Eigentlich weiß ich ganz genau, was ich will, ich bin nur nicht mutig genug, das Risiko einzugehen.

Tyson

* * *

Ursprünglich hat er vorgehabt, sich mit irgendetwas abzulenken, das Haus zu verlassen und sich mit etwas anderem zu beschäftigen, damit er nicht ständig darauf hofft, Madison könnte vor der Tür stehen. Wer weiß denn, ob sie überhaupt jemals zu ihm kommen wird, und wenn, wann das sein wird?

Heute Morgen ist sie weggefahren und erst gegen Abend zurückgekommen, seitdem sitzt sie an ihrem Esstisch mit dem Rücken zu Tyson und bewegt sich nicht, als wäre sie eine leblose Puppe.

Vielleicht war es doch ein Fehler, ihr heute Morgen sein Herz auszuschütten, vielleicht hätte er damit noch warten und sie nicht so überfallen sollen, aber er hatte das Gefühl, es nicht mehr aushalten zu können.

Mit zusammengebissenen Zähnen steht er auf, um noch ein bisschen zu trainieren. Er hatte heute zwar schon mehr als eine Runde auf dem Laufband und an den Gewichten, aber zumindest lenkt ihn die körperliche Bewegung ein bisschen ab.

Also trainiert er wie ein Besessener, dann nimmt er eine heiße Dusche und danach eine kalte, doch die Unruhe, die Tyson empfindet, will einfach nicht verschwinden.

Warten und Geduld zählten noch nie zu seinen Stärken, und noch viel weniger gefällt ihm der Umstand, dass er

Entscheidungen, die sein Leben in einem großen Umfang betreffen, in fremde Hände abgeben muss. Er hat gerne selbst alles unter Kontrolle, aber letztendlich ist es Teil dessen, was er Madison heute Morgen gepredigt hat: Vertrauen. Er kann nichts tun, als darauf zu vertrauen, dass Madison das Richtige tun wird, so oder so.

Seufzend lässt er sich aufs Sofa fallen und schaltet den Fernseher an. Vielleicht hätte er sich doch mit Luke treffen sollen oder auch mit Mason, der an diesem Wochenende tatsächlich in Midway und nicht in New York ist, doch irgendwie war Tyson nicht nach Gesellschaft zumute.

Er hat gerade einen Sender gefunden, bei dem er wenigstens so tun kann, als würde ihn das Programm interessieren, als es an der Tür klingelt.

Fluchend humpelt er zur Tür, weil er so schnell vom Sofa aufgesprungen ist, dass er sein verletztes Knie zu stark belastet hat, aber scheiß drauf. Wenn es Madison sein sollte, ist das eindeutig wichtiger.

Madison

* * *

ICH WEIß SELBST NICHT GENAU, warum ich letztendlich hergekommen bin, vielleicht, weil ich es allein einfach nicht mehr ausgehalten habe. Außerdem habe ich mich an den Sommer erinnert, in dem ich mit Autumn in dem großen Schwimmbad in Midway gewesen bin und wir uns nicht getraut haben, vom Zehnmeterbrett zu springen. Dreimal sind wir bis ganz nach oben geklettert, bloß um anschließend hinunterzuklettern und uns deprimiert zu fühlen. Dann haben wir einen Entschluss gefasst: Wir machen die Augen zu und springen einfach, denn von dort oben ins Wasser zu springen, hat nichts mit nicht können zu tun. Jeder kann einen Schritt nach vorn machen und sich ins Wasser fallen lassen, und schon ist es geschafft. Es ist nur unser Kopf, der uns vormacht, dass wir es lieber nicht tun sollten.

Autumn und ich sind an diesem Tag gesprungen, ein ums andere Mal, denn nachdem wir uns einmal überwunden haben, war es einfach großartig.

Die Überwindung ist manchmal das Schwierigste an allem.

Dennoch kommen mir die Sekunden, die ich vor Tysons Tür stehe, wie Stunden vor, und ich bin kurz davor, wieder abzuhauen und auf Nimmerwiedersehen zu verschwinden, als er die Tür von innen aufreißt.

Tysons Haare sind noch nass, er trägt eine Trainingshose und ein enges, graues T-Shirt, und er starrt mich an, als wäre ich Osterhase und Weihnachtsmann in einer Person. Ungläubig und erfreut.

Er braucht nicht lange, bis er sich gesammelt hat und einen Schritt zur Seite tritt.

„Möchtest du reinkommen?"

Ich nicke bloß, irgendwie hat es mir die Sprache verschlagen, und als ich in Tysons Wohnzimmer ankomme, habe ich keine Ahnung, was ich jetzt machen soll.

32

Tyson

* * *

Die Zeit, um Spiele zu spielen, ist vorbei, und auch die Zeit, um Madison mehr Raum zu geben.

Er kann es in ihren Augen sehen, all die inneren Kämpfe erkennen, die dort noch immer toben, und wenn er jetzt nicht handelt, wird sie einen Rückzieher machen.

Langsam, beinahe vorsichtig schließt er die Tür hinter Madison, fast so, als wäre sie ein wildes Tier, das er verschrecken könnte, wenn er sich zu schnell bewegt. Am liebsten würde er abschließen und den Schlüssel aus dem Fenster werfen, damit sie nicht mehr entkommen kann, aber wahrscheinlich würde das genau das Gegenteil dessen erreichen, was er will, und womöglich einen Panikanfall bei ihr auslösen.

„Möchtest du etwas trinken, Babe? Eine Cola oder ein Wasser?“ Keinen Alkohol, er will auf gar keinen Fall, dass sie es hinterher darauf schieben kann, dass sie betrunken war, egal, was auch immer passiert.

Madison schüttelt den Kopf und sieht ihn an, ihre Augen wirken riesig in ihrem bleichen Gesicht. Es ist deutlich zu erkennen, dass ihr all das nicht leichtfällt, und dennoch ist sie hier, was Tysons Herz dazu bringt, wie verrückt gegen seine Brust zu schlagen.

Sie ist das schönste Wesen, das er jemals gesehen hat, und er will sie in diesem Moment so sehr, dass es beinahe schmerzhaft ist.

Ihren Körper, ihren Geist, ihre Seele – er hat sich noch nie in seinem ganzen Leben so sehr nach jemandem gesehnt wie nach Madison.

„Ich würde dich gerne küssen, Madison“, flüstert er, und ihre Augen scheinen noch ein bisschen größer zu werden.

Madison

* * *

„Du hattest doch geschworen, mich nie wieder anzufassen!“ Ich schlucke und kann den Blick nicht von seinen Lippen lassen, von denen ich nicht vergessen kann, wie es sich anfühlt, sie zu küssen.

„Hatte ich das?“ Ein leichtes Lächeln spielt um seinen Mund. „Ich kann mich gar nicht mehr daran erinnern. In meinem Alter beginnt man, immer mehr Dinge zu vergessen, weißt du …“ Er lässt mich nicht aus den Augen, während er ein paar Schritte auf mich zu macht, bis er so nah bei mir stehen bleibt, dass ich den Duft seines Aftershaves wahrnehmen kann. Ich müsste nur meinen Arm ausstrecken, um ihn zu berühren, und ich balle meine Hände neben meinem Körper zu Fäusten, um mich selbst dazu zu zwingen, es nicht zu tun. Ein paar endlos lange Sekunden verstreichen, in denen zwischen uns Schweigen herrscht und wir einfach nur dastehen und uns anstarren, darauf warten, dass irgendetwas passiert, der andere den ersten Schritt macht.

Aber wie so oft unterschätze ich Tyson. Er ist es gewohnt, anzugreifen, wann immer sich ihm eine Chance dazu bietet, und er weiß genau, wie er seine Gegner ausschaltet.

Lächelnd macht er einen Schritt zurück, sodass er sich nun außerhalb meiner direkten Reichweite befindet. „Nun … wenn ich dich nicht berühren darf, dann musst du die Sache mit dem Anfassen wohl übernehmen, nicht wahr?“ Langsam, beinahe wie in Zeitlupe greift er nach dem Saum seines Shirts und zieht es sich über den Kopf, enthüllt dabei erst seinen flachen Bauch und anschließend seine breite, trainierte Brust. Überall sind Muskeln, über die sich glatte, goldbraune Haut spannt.

Mein Mund ist auf einmal ganz trocken, während mein Herz zu rasen beginnt.

Tyson nimmt seinen Blick nicht von mir, während er nach dem Saum seiner Trainingshose greift und sie sich mitsamt den Boxershorts über die Hüften schiebt, bis sie sich um seine Knöchel bauscht, dann heraussteigt und sie von sich kickt.

Er ist wunderschön, und ich schaffe es nicht, meinen Blick von ihm zu nehmen. Ich sollte mich umdrehen und einfach gehen, das wäre sicherlich das Beste, doch stattdessen bleibe ich an Ort und Stelle stehen, als wäre ich hier festgewachsen, und starre den nackten Mann vor mir an.

Ich betrachte seine gewölbte Brust, die sich unter seiner Atmung hebt und senkt, und im Gegensatz zu mir scheint er völlig ruhig zu sein. Mein Blick wandert weiter zu seinem Bauch, und ich bin erneut erstaunt darüber, dass es auch im wirklichen Leben Männer gibt, die einen solchen Waschbrettbauch haben, und nicht nur in irgendwelchen Zeitschriften und Hollywoodfilmen.

Unterhalb seines Bauchnabels beginnt eine feine Spur dunkler Haare, die nach unten führt, als würde sie den Weg auf einer Schatzkarte markieren.

Sein Schwanz ist halb erigiert, und als mein Blick daran hängen bleibt, richtet er sich ganz auf.

Tyson hebt die Arme ein Stück zur Seite, als würde er die Waffen strecken, dabei ist genau das Gegenteil der Fall, er fährt erst richtig hoch.

„Was ist nun, Madison? Zu feige?" Er versucht mich herauszufordern, aber es ist die kleine Spur von Unsicherheit in seiner Stimme, die mein Herz schließlich dazu bringt, so schnell zu rasen, dass ich das Gefühl habe, jeden Augenblick ohnmächtig zu werden. Es ist die Verletzlichkeit, die er mir zeigt, vermutlich ohne es zu wollen, die mich dazu bringt, mich in Bewegung zu setzen und den Abstand zwischen uns mit wenigen Schritten zu überbrücken, vor ihm stehen zu bleiben, bis mein Brustkorb seinen bei jedem Atemzug berührt.

„Niemals …", murmle ich und sehe, wie Tyson irritiert die Stirn runzelt. „Niemals zu feige." Dann umfasse ich mit beiden Händen seinen Nacken und ziehe ihn zu mir herunter, um ihn küssen zu können. Kaum dass meine Lippen auf seine treffen, hat er all seine guten Vorsätze, mich nicht anzufassen, anscheinend vergessen. Denn während er zischend einatmet, schlingt er mir einen Arm fest um die Taille und vergräbt die andere Hand in meinem Haar. Er hält mich an Ort und Stelle, so fest, dass ich mich kaum noch bewegen kann, allerdings wäre das auch das Letzte, das ich gerade wollen würde.

Ich dränge mich gegen ihn, und er hält mich fest, seine Erektion presst sich gegen meinen Bauch, und ich merke erst, dass er mich nach hinten bis auf das Sofa geschoben hat, als ich darauf liege.

„Maddy …“, flüstert er in mein Ohr, als er kurz von meinen Lippen ablässt, und ich bin mir sicher, dass er noch irgendetwas anderes sagen will, aber ich habe keine Lust dazu, ihm zuzuhören. Ich will ihn küssen, ich will ihn spüren und schmecken, ich will ihm in diesem Moment so nah wie möglich sein. Zum Reden bleibt später immer noch Zeit. Zumindest hoffe ich das.

Tysons Kuss ist rau und wild, ohne jegliche Raffinesse, und genau das, was ich gerade brauche.

Ich will ihn spüren, jeden Zentimeter von ihm, pur und unverfälscht.

Seine Hände sind auf einmal überall gleichzeitig, schieben mein Shirt nach oben, streicheln über meinen Rücken, öffnen meinen BH mit einem einzigen routinierten Handgriff, dass ich mir darüber Gedanken machen würde, wenn ich dazu tatsächlich noch in der Lage wäre.

Seine Hände erkunden meine Brüste, umfassen sie, kneten sie leicht, drücken meine empfindlichen Nippel, bis ich keuchend den Kopf in den Nacken lege.

„Du bist wunderschön, Baby …", flüstert Tyson rau an meinem Ohr, als er meinen Kopf wieder zu sich hinunterzieht, um mich erneut zu küssen.

Er schmeckt so gut, ein bisschen nach Zimt und nach berauschender Lust, und mit jedem seiner Küsse, mit jeder seiner Berührungen habe ich das Gefühl, dem Wahnsinn etwas näher zu kommen.

Beinahe beiläufig streicht er wieder über meine Nippel, rollt sie zwischen Daumen und Zeigefinger und beobachtet dabei mein Gesicht, während er mich langsam komplett auszieht.

„Ich frage mich seit Wochen, wie du wohl nackt aussiehst …" Er stützt sich auf die Ellenbogen, um mich zu betrachten, und ich lege instinktiv einen Arm über meine Brüste, um mich vor seinen Blicken zu schützen. „Nicht!" Tyson zieht meinen Arm zur Seite. „Ich will dich sehen, alles von dir." Wie in Zeitlupe senkt er seinen Kopf, und als seine Lippen einen meiner Nippel umschließen, ist mir alles andere plötzlich komplett egal; ich habe den Eindruck, mich in meinen Empfindungen völlig aufzulösen.

Zwischen meinen Beinen beginnt es zu pochen, als würden sich alle meine Gefühle nur noch auf diese eine Stelle konzentrieren. Auf diese Stelle und auf jeden Teil meines Körpers, den Tyson in irgendeiner Form berührt, und alles steht offenbar miteinander in direkter Verbindung. Jede seiner Berührungen entfacht ein Feuer in mir, von dem ich mir nicht sicher bin, wie lange ich es aushalten kann.

Ich brauche Linderung. Ich brauche eine Pause, ich brauche mehr, es ist gleichzeitig viel zu viel und viel zu wenig.

„Tyson …“, murmle ich, und meine eigene Stimme hört sich rau und fremd an, ich beginne zu zittern.

„Alles gut, Baby. Ich hab dich. Ich kümmere mich um dich. Mach dir keine Sorgen.“

Er lässt von meinen Nippeln ab, sein Mund wandert träge über meinen Bauch nach unten, und bevor mir überhaupt klar wird, was er vorhat, ist er bereits nach unten abgetaucht.

Ich schreie auf, als seine Zunge die empfindliche Stelle zwischen meinen Beinen findet, und mein Zittern verstärkt sich noch, zusätzlich beginne ich mich unter ihm zu winden, sodass er alle Mühe hat, mich stillzuhalten.

Quälend langsam dringt er erst mit einem, dann mit zwei Fingern in mich ein, was dazu führt, dass ich ein tiefes Stöhnen von mir gebe.

„Du bist so feucht, Baby. So feucht und eng und bereit … ich kann es kaum abwarten, in dir zu sein.“

Seine Worte reichen aus, um mich über die Klippe zu stoßen, mit einem Schrei ziehe ich mich um seine Finger herum zusammen, und ich habe das Gefühl, in tausend Stücke zu zerfallen.

Tyson hält mich fest, er streichelt mich, bewegt seine Finger in mir und küsst mich, bis das Zittern nach und nach aufhört und ich wieder ins Hier und Jetzt zurückkomme.

Vielleicht wäre es mir peinlich, dass ich so stark auf ihn reagiert habe, dass ich so schnell gekommen bin, als hätte ich seit Jahren keinen Sex mehr gehabt und wäre völlig ausgehungert danach. Doch Tysons Blick ist voller Zufriedenheit und gleichzeitig voller Verlangen, und ich fühle mich so begehrt, dass für eine andere Empfindung gar kein Platz mehr bleibt.

„Meinst du, wir können jetzt ein bisschen langsamer

weitermachen, Baby?“ Lächelnd beugt er sich zu mir, um mich zu küssen, und obwohl ich gerade erst einen Orgasmus hatte, genügt dieser Kuss völlig aus, um mich schon wieder mehr wollen zu lassen.

„Ich weiß nicht ... vielleicht heben wir uns langsam für später auf?“ Ich greife zwischen uns, um Tysons Schwanz zu umfassen, der hart gegen meinen Bauch drückt, und als ich damit beginne, ihn zu streicheln, schließt er die Augen und gibt ein tiefes Stöhnen von sich.

„Langsam für später aufheben klingt gut für mich!“, antwortet er schließlich und schiebt zu meinem großen Bedauern meine Hände zur Seite, dann sucht er nach seiner Hose und zieht aus der Tasche ein Kondom hervor.

Obwohl ich ihm ansehen kann, dass es ihn alle Selbstbeherrschung kostet, die er aufbringen kann, lässt er sich dennoch Zeit, als er kurz darauf in mich eindringt, und wenn es sich nicht so gut anfühlen würde, wenn ich nicht jede Sekunde mit ihm voll und ganz auskosten würde, würde ich ihn vermutlich darum bitten, schneller zu machen. Doch meine Sprache ist mir ohnehin abhandengekommen, ich fühle mich nicht mehr dazu in der Lage, auch nur ein sinnvolles Wort hervorzubringen.

Als Tyson damit beginnt, sich in mir zu bewegen, brauche ich nicht lange, bis ich erneut kurz davor bin, zu kommen, und diesmal nehme ich ihn mit mir, und wir kommen gemeinsam, Münder und Körper fest aufeinandergedrückt, als hätten wir Angst, uns sonst zu verlieren.

Wir lassen es in dieser Nacht noch mehr als nur einmal langsam angehen, und um ehrlich zu sein ist langsam auch reine Definitionssache, aber es wird draußen fast schon wieder hell, als wir schließlich eng aneinander kuscheln.

Bis Tysons Atem ruhig geworden ist und er schließlich einschläft, dauert es nicht lange.

Es fühlt sich seltsam gut an, beinahe vertraut, mit Tyson in einem Bett zu liegen, allerdings bin ich viel zu müde, um mir darüber gerade noch Gedanken, geschweige denn Sorgen machen zu können. Stattdessen genieße ich die Wärme seines großen, festen Körpers neben mir, schließe die Augen und beinahe im selben Moment bin ich ebenfalls eingeschlafen.

33

Madison

* * *

Ich werde davon wach, dass die Sonne hell in mein Gesicht scheint, und noch bevor ich die Augen öffne, weiß ich, dass Tyson nicht mehr neben mir im Bett liegt.

Mit geschlossenen Augen horche ich nach irgendwelchen Geräuschen in seiner Wohnung, irgendwelchen Anzeichen dafür, dass er nur mal schnell ins Badezimmer gegangen ist, aber ich höre nichts außer bedrückende Stille.

Er ist nicht da, obwohl er mir versprochen hat, nicht mehr zu verschwinden, und mein Herz trommelt rasend gegen meinen Brustkorb, als ich mich im Bett aufsetze.

Als ich die Augen öffne, sehe ich es sofort.

Auf dem Kopfkissen neben mir, dort, wo er die Nacht

verbracht hat, liegt ein Zettel, und Tysons Handschrift ist mir mittlerweile so vertraut, dass ich sie auf den ersten Blick erkenne.

Ich bin nicht lange weg, Baby.

Ich besorge nur schnell Frühstück.

Bleib einfach im Bett – da gefällst du mir am besten.

Ich muss über mich selbst lachen, über meine dummen, irrationalen Gefühle und über meine Erleichterung, als ich kurze Zeit später höre, wie Tyson die Wohnungstür aufschließt.

„Guten Morgen, Baby, hast du gut geschlafen?" Er betritt das Schlafzimmer, und mein Herz fliegt ihm zu, als hätte es niemals vergessen, wie man für einen anderen schlägt.

„Besser denn je ..." Ich lächle ihn an.

„Frühstück im Bett oder lieber in der Küche?" Er hält wie gestern schon in meiner Wohnung zwei braune Papiertüten sowie einen Becherhalter hoch.

„Lieber in der Küche. Ich finde, Frühstück im Bett hört sich immer viel besser an, als es ist. Hinterher sind überall Krümel, und ich hasse Krümel – außerdem habe ich immer Angst, etwas umzuwerfen."

„Ha! Endlich mal jemand, der meine Meinung vertritt. Essen muss man an einem vernünftigen Tisch genießen, das Bett ist für andere Sachen da ..." Er zwinkert mir zu. „Ich habe dir eine neue Zahnbürste ins Bad gelegt, falls du dich frisch machen möchtest. Ich kümmere mich dann mal ums Frühstück. Bis gleich!"

Tyson

* * *

MADISON BRAUCHT NICHT LANGE, um in der Küche zu erscheinen. Ihre Haare hängen ihr offen bis zur Taille und sehen noch immer etwas zerzaust von letzter Nacht aus.

Außerdem trägt sie sein Trikot, das er auf die Kommode im Schlafzimmer gelegt hat in der Hoffnung, dass sie es finden und anziehen würde.

Vielleicht ist es verrückt, aber es gefällt ihm, wenn sie seine Rückennummer und seinen Namen trägt und das Logo der Icefoxes sich quer über ihrer Brust befindet.

Er kann seinen Blick nicht von ihr nehmen, nicht, als sie langsam auf ihn zukommt, und auch nicht, als sie nach einem der Croissants greift, die er mitgebracht hat, weil er weiß, dass sie die so gerne isst.

Tysons Trikot reicht Madison beinahe bis zum Knie, und obwohl es sie somit fast schon züchtig bedeckt, gehen lauter unanständige Gedanken durch seinen Kopf, während er sie dabei beobachtet, wie sie sich auf einen der Barhocker am Frühstückstresen setzt.

„Du gefällst mir in meinem Trikot!“, sagt er und fährt sich mit dem Handrücken nervös über den Mund. „Was trägst du eigentlich darunter?“ Der Gedanke ist ihm gerade in den Kopf gekommen und lässt ihn nun nicht mehr los.

In Madisons Augen tritt dieses ganz gewisse Funkeln, und sie lächelt.

„Du kennst doch mein Geheimnis ... ich liebe es, keine Unterwäsche zu tragen.“

Mit zwei Schritten ist Tyson bei ihr.

„Iss das auf …“ Er deutet auf das Croissant, um es ihr dann aus der Hand zu nehmen. „Nein, ich habe es mir anders überlegt. Lass es liegen und iss es später!“ Er zieht sie vom Hocker hoch und schiebt seine Hände unter ihren Po, um sie hochzuheben.

„Ich mag das Croissant, es ist noch warm!“, widerspricht sie ihm lachend, schlingt aber gleichzeitig ihre Arme um seinen Hals.

„Ich kaufe dir später ein neues, ich backe dir auch eines, wenn das sein muss, doch jetzt haben wir andere Dinge zu erledigen, und die dulden keinen Aufschub!“

Da Madison nun nicht nur ihre Arme um seinen Hals, sondern auch ihre Beine um seine Taille schlingt, geht Tyson davon aus, dass sie wohl nichts dagegen einzuwenden hat.

Als er im Schlafzimmer entdeckt, dass sie wirklich nichts unter dem Trikot trägt, bleibt ihm einen Moment lang die Luft weg.

Später liegt er eng an sie gekuschelt da, während sie tief und fest schläft, ihren Körper voller Vertrauen an seinen geschmiegt, und er fragt sich, wie er je so lange auf dieses Gefühl verzichten konnte.

Madison

* * *

Die letzten drei Wochen sind wie im Flug vergangen.

Vielleicht hätten wir uns weniger oft zusammen in der

Öffentlichkeit zeigen sollen, dann wäre mir das ständige Klingeln meines Telefons erspart geblieben.

„Mom …“ Sie ruft mich heute bereits zum dritten Mal an. Bisher habe ich ihre Anrufe einfach ignoriert, aber ich weiß, dass ich mich nicht ewig vor ihr beziehungsweise einem Gespräch mit ihr verstecken kann.

„Ich habe Fotos von dir gesehen … von dir und diesem Tyson Walker.“ Sie klingt besorgt in einer Kombination mit hysterisch, was immer eine gefährliche Mischung ist.

„Ja, Mom, das habe ich mir schon gedacht, die Bilder von uns sind im Moment überall.“ Anscheinend haben die regionalen Nachrichtensender, die meine Mutter so gerne beim Bügeln sieht, momentan wenig, worüber sie sonst berichten können, denn selbst Tyson hat mir bereits amüsiert mitgeteilt, dass wir im Fernsehen waren.

„Würdest du mir bitte erzählen, was das zu bedeuten hat?“ Sie hat diesen typischen Mutterton drauf, bei dem man selbst dann umgehend ein schlechtes Gewissen bekommt, wenn man sich gar nichts vorzuwerfen hat. Zum Glück habe ich mich darauf vorbereitet und lasse mich nicht von ihr einschüchtern. Sie mag zwar meine Mutter sein, aber das hier ist mein Leben und ich muss meine eigenen Entscheidungen treffen.

„Ich denke, die Bilder waren doch eindeutig genug. Muss ich dir das tatsächlich erläutern?“ Tyson hat mir den Beitrag online gezeigt; man sieht uns Händchen haltend und knutschend – eigentlich sollte das wirklich selbsterklärend sein.

„Er ist ein Profispieler, Madison!“

„Ich weiß, Mom!“

„Bitte sag mir, dass es nur Sex und nichts Ernstes ist. Bitte!“

Ich muss beinahe lachen, denn meine Mutter ist in einer amerikanischen Kleinstadt bei überaus strengen Eltern aufgewachsen. Ihre Moralvorstellungen, was „einfach nur Sex" angeht, sind andere, als sie die meisten Menschen heutzutage haben dürften. Für sie war es eigentlich schon eine Katastrophe, dass ich mit Janos zusammengewohnt habe, obwohl wir nicht verheiratet waren.

„Ernsthaft, Mom? Das ist es, was du dir für mich wünschst?"

Sie seufzt tief und ein wenig zittrig.

„Ich wünsche mir doch das Beste für dich, Liebling! Ein Profispieler ... Madison ..."

„Er macht mich glücklich, Mom." Das ist einfach die Wahrheit. „Ich bin so glücklich wie seit Jahren nicht mehr. Ist es nicht das, was zählt?"

„Aber wie lange soll das halten? Du weißt doch, wie so etwas läuft ..."

Ich unterbreche sie, auch wenn ich weiß, wie sehr sie das hasst. Vielleicht mache ich es auch gerade deswegen.

„Ich hoffe, dass es sehr, sehr lange hält – wenn es nach mir gehen würde, sogar für immer. Und nein, ich weiß nicht, wie so etwas läuft. Das kann niemand wissen. Du kennst Tyson überhaupt nicht, und selbst wenn du ihn kennen würdest: Garantien gibt einem nie jemand! Schau dir Janos und mich an. Alle haben gedacht, es wäre für immer – und was war es stattdessen? Eine Katastrophe, die mit einer Bruchlandung endete. Niemand kann so etwas vorher wissen. Man kann es nur versuchen und sein Bestes geben und hoffen. Weißt du was? Wenn es mit Tyson nicht klappt, weiß ich auch nicht mit wem."

Eine Weile herrscht Schweigen am anderen Ende der

Leitung, schließlich höre ich meine Mom seufzen, tief und inbrünstig.

„Also gut. Wann bringst du ihn zum Essen mit?"

‚Nie!', möchte ich brüllen, weil ich Tyson am liebsten noch eine Weile ganz für mich behalten würde, aber ich weiß, dass das bloß eine Wunschvorstellung ist. Dann stelle ich mir vor, wie er meine Mom umgehend mit seinem Lächeln einwickeln wird mit all seinem geballten Netter-Junge-vom-Land-Charme, den er ja durchaus an den Tag legen kann, wenn ihm danach ist. Und mein Dad ... nun – mein Vater war lange genug Sportagent, um einen hervorragenden Spieler durchaus zu schätzen zu wissen; außerdem hat er Janos ohnehin immer für ein Weichei gehalten. Eigentlich ist der Gedanke, Tyson mit nach Hause zu bringen, gar nicht unangenehm. Ganz im Gegenteil. Ich muss lächeln.

„Wir melden uns, okay, Mom? Wir finden bestimmt zeitnah einen Termin."

„Okay, Engelchen. Pass bis dahin auf dich auf, ja?"

„Mache ich."

Als ich auflege, höre ich es hinter mir leise lachen.

„Tyson!" Meine Hand wandert zu meiner Kehle. „Du solltest dir wirklich abgewöhnen, mich so zu erschrecken!"

„Das ist meine Wohnung, Baby. Du müsstest doch damit rechnen, dass ich hier irgendwo bin." Er lächelt und zieht mich an seine Brust, bis ich das Gefühl habe, überall von ihm umgeben zu sein. „Für immer also, hm?" Er küsst die empfindliche Stelle hinter meinem Ohr, und ich schmiege mich noch ein bisschen enger an ihn. „Wenn du mich fragst, klingt für immer nach einem hervorragenden Plan. Wahrscheinlich der beste, den du jemals hattest."

Als ich mich auf die Zehenspitzen stelle, um ihn zu küssen, kann ich da nur zustimmen.

EPILOG

Madison

* * *

„Na, du kleine Schönheit? Hast du gut geschlafen, süßer Sonnenschein?“ Tyson hebt die kleine Summer aus ihrer Wiege, und das Mädchen gluckst vergnügt, während es versucht, nach seiner Nase zu greifen.

Sie sieht winzig und zerbrechlich in seinen Armen aus, beinahe, als könne er sie jeden Moment zerquetschen, aber er hält sie so sicher, als hätte er nie etwas anderes getan, als Babys herumzutragen.

Meine Hormone geraten bei diesem Anblick auf die ursprünglichste aller Arten in Wallung, und mein inneres Cheerleader lässt die Pompons fallen, um sich die Klamotten vom Leib zu reißen, doch meine Vernunft hält sie zurück, schließlich sind wir gerade nicht allein.

„Hör auf, mit meiner Tochter zu flirten, sie ist noch zu jung für so etwas. Außerdem hat sie Besseres verdient als einen abgehalfterten Eishockeyspieler, der in ein paar Jahren vermutlich so viele Gehirnerschütterungen hinter sich hat, dass er sich kaum noch an seine eigne Hausnummer erinnert.“ Tate Birdie ist neben Tyson getreten und streckt die Hände nach seiner Tochter aus, aber als sich Summer protestierend enger an Tyson schmiegt, schüttelt er bloß lachend den Kopf. Das kleine Mädchen scheint einen guten Geschmack zu haben.

„Hey, mit meinem Gehirn ist alles bestens. Die Kerle mit dem vielen Matsch im Oberstübchen sind beim Football zu finden. Außerdem habe ich ohnehin nur Interesse an einer einzigen Frau auf diesem Planeten.“

Tysons Blick wandert zu mir, und als ich ihn erwidere, beginnen wie immer die Schmetterlinge in meinem Bauch zu tanzen.

Summer klatscht in ihre Händchen und gibt ein zufriedenes Gurren von sich, was Tysons Aufmerksamkeit umgehend wieder zu ihr zurückbringt; sie weiß wirklich ganz genau, wie man es machen muss.

„Mit der werden wir wohl noch Spaß bekommen …“, sagt Autumn neben mir und ich sehe sie lächelnd an.

„Tate wird ihr die Kerle schon vom Hals halten, da bin ich mir ganz sicher. Und ich werde auch mein Bestes geben, als Patentante habe ich schließlich eine gewisse Verantwortung!“

Autumn lacht leise.

„Das wirst du schön bleiben lassen. Wir leben im einundzwanzigsten Jahrhundert, da dürfen auch Frauen ihren Spaß haben. Und so wie es aussieht, weiß sie schon jetzt sehr genau, wie man Männer um den Finger wickelt.“ Autumn deutet mit dem Kopf in Richtung Summer, die jetzt am Boden sitzt und sich von Tate und Tyson abwechselnd bespaßen lässt. „Sind Männer mit kleinen Kindern nicht einfach hinreißend? Wenn die schlaflosen Nächte nicht wären, könnte ich umgehend eine ganze Horde Babys bekommen, schon allein, weil ich Tate so gerne dabei zusehe, wie er mit ihr umgeht.“

In der Tat ist Tate Birdie ein unglaublich liebevoller Vater, und auch bei Tyson bin ich mir sehr sicher, dass er ein großartiger Dad werden wird. Unwillkürlich wandert meine Hand zu meinem Bauch, und Autumns aufmerksamem Blick entgeht wie immer nichts.

„Madison?“ Sie grinst breit. „Willst du mir vielleicht irgendetwas mitteilen?“

Ich grinse ebenfalls.

„Ich denke, ich werde bald erfahren, ob an dem Gejammer über die schlaflosen Nächte tatsächlich etwas dran ist oder ob es in Wirklichkeit gar nicht so schlimm ist, wie du immer behauptest!“

Bevor ich weiß, wie mir geschieht, hat sie mich schon in eine feste Umarmung gezogen.

„Madison! Das ist ja großartig! Und es ging so schnell …“

Ich lächle.

Ja, das ging es in der Tat.

Tyson und ich sind jetzt erst ein knappes Jahr zusammen, aber jeder Tag mit ihm erscheint mir wie ein Geschenk, auch wenn es nicht immer alles ganz einfach war, vor allem nicht, seit die Saison losgegangen ist und er wieder aktiv zu spielen begonnen hat. Momentan sieht alles so aus, als würden es die

Midway Icefoxes in die Play-offs schaffen und vielleicht sogar den Stanley Cup holen können. So oder so wird Tyson nach dieser Saison aufhören zu spielen.

Er will nicht damit warten, bis sie ihn in irgendeine Mannschaft in der Minor League abschieben, weil er mit den jungen Kerlen auf dem Eis nicht mehr mithalten kann; er will lieber in Würde aussteigen, solange er das noch selbst entscheiden kann.

Außerdem glaube ich, dass er sich einen geregelteren Tagesablauf wünscht, um mehr für mich und unser Baby da zu sein.

Er hat bereits einige interessante Angebote bekommen, im Moment interessiert er sich vor allem für einen Job im Management der Icefoxes, und er erscheint mir bei dieser Aussicht zufriedener denn je.

Als wir abends nach Hause fahren und seine Wohnung betreten, die mittlerweile auch meine geworden ist, zieht er mich eng an sich.

„Ich liebe dich, Baby!“, flüstert er in mein Ohr, und ich schließe einen Moment lang die Augen, um seine Umarmung voll und ganz genießen zu können.

„Ich liebe dich auch. Am liebsten für immer.“

Ich muss zugeben, dass Liebe eine wunderschöne Sache ist – wenn man nur den Richtigen dafür an seiner Seite hat.

WEITERE BÜCHER VON HANNAH KAISER

„Die Verführung des Mondes“

Eigentlich will sich Luna nur einen ruhigen, kinderlosen Abend zu Hause machen, als sie überraschend in das Leben des ebenso reichen wie attraktiven Anwalts Phillip Dawn stolpert.

Zwischen den beiden knistert es gewaltig, aber Luna ist sich nicht sicher, ob es zwischen ihnen tatsächlich eine Zukunft geben wird.

Und während sie sich noch Gedanken über die Zukunft macht, wird sie von ihrer Vergangenheit eingeholt.

März 2013 (ca. 320 Taschenbuchseiten)

„Die Verlockung des Glücks Teil 1“

Sophie hat, nach einigen herben Enttäuschungen, den

Männern eigentlich schon lange abgeschworen. Sie ist fest davon überzeugt, dass es sich alleine einfach viel besser lebt.

Doch eines Tages tritt Matt, der amerikanische Enkelsohn ihrer Nachbarin, auf sehr ungalante Art und Weise in ihr Leben. Sophie ist sich ganz sicher, dass sie diesen überheblichen Typ auf den Tod nicht ausstehen kann, denn er benimmt sich kaum besser als ein eingebildeter Neandertaler. Wäre da nur nicht dieses verdächtige Kribbeln, das sich in ihr breit macht, wann immer er in ihrer Nähe ist …

Juni 2013 (ca. 206 Taschenbuchseiten)

„Die Verlockung des Glücks Teil 2“
Zweiter und letzter Teil der Reihe „Die Verlockung des Glücks“.

Endlich hat Sophie der Verlockung des Glücks nachgegeben und ist zu Matt in die USA geflogen.

Dort angekommen ist ihr gemeinsames Leben allerdings nicht so ungetrübt wie erhofft. Das große Interesse der Öffentlichkeit an Matt, Sophies Selbstzweifel und eine Frau, die aus Matts Vergangenheit zu kommen scheint, legen ihnen immer wieder Steine in den Weg.

Werden sie es dennoch schaffen, einen gemeinsamen Weg zum Glück zu finden?

August 2013 (ca. 238 Taschenbuchseiten)

„Die Versuchung der Hoffnung“

Hopes Leben ist auch ohne die große Liebe schon voll genug:

Studium, Job, die Familie und ihr kranker Bruder fordern all ihre Zeit und Energie. Doch dann tritt John Petterson in ihr Leben, Sänger einer Rockband kurz vorm großen Durchbruch, und wirbelt ihre Gefühle und ihr Leben ordentlich durcheinander. Trotzdem reichen tiefe Gefühle allein manchmal nicht aus, um auf Dauer miteinander glücklich zu sein ... oder?

Dezember 2013 (ca. 342 Taschenbuchseiten)

"Der Kuss von Vergissmeinnicht"

Junes Leben besteht vor allem aus einem – nämlich aus Arbeit.

Doch eines Tages fällt ihr das Schicksal geradezu vor die Füße. Und zwar in Form eines Mannes, der vom Mountainbike gestürzt ist und sich nun an nichts mehr erinnern kann.

Allerdings verschwindet er nach ein paar Tagen genauso abrupt wieder aus ihrem Leben, wie er darin aufgekreuzt ist. Und das, obwohl June gerade dabei war, sich in ihn zu verlieben ...

März 2014 (ca. 298 Taschenbuchseiten)

„Herzkirschen“

Grayson White hat zwei große Leidenschaften: Football und Frauen. Zu seinem großen Frust darf er jedoch nach einem Unfall nicht mehr als Profi spielen und stürzt sich stattdessen in wilde Partys, ebenso wilde Affären und diverse Prügeleien.

Leider findet sein Werbepartner die negative Aufmerksamkeit, die Grayson dadurch auf sich zieht, gar nicht witzig.

Um sein Image wieder aufzupolieren, zwingen sie ihn, ehrenamtlich in einer Einrichtung für sozial benachteiligte Kinder zu arbeiten. Andernfalls winkt ihm eine dicke Vertragsstrafe. Grayson findet das überhaupt nicht witzig, zumal die Chefin der Einrichtung, Cherry Devenor, eine frustrierte Zicke zu sein scheint, die gegen seine Reize völlig immun ist …

Juni 2014 (ca. 262 Taschenbuchseiten)

„Sein Kuss und andere Katastrophen"

Chloe Winterfield kauft eine Farm in ihrer alten Heimat Nebraska und hofft dort, die unliebsamen Erinnerungen an ihren Ex-Verlobten loszuwerden. Aber leider bleiben Erinnerungen nicht einfach an Ort und Stelle, sie reisen immer mit. Zusätzlich ist Chloe im Nu auch noch mit einer anderen Episode ihrer Vergangenheit konfrontiert, die sie beinahe schon vergessen hatte.

August 2014 (- Kurzroman - ca. 135 Taschenbuchseiten)

„Zimtzucker"

Sarah Wellington hat ihren Job verloren, der bisher ihr ganzer Lebensinhalt war. Nun macht sie sich auf den Weg zu ihrem Vater und ihrer fünfzehnjährigen Halbschwester, um den beiden in einer schweren Lebenslage zur Seite zu stehen.

Doch bereits am Flughafen begegnet sie einem geheimnisvollen Fremden, den sie einfach nicht mehr aus dem Kopf bekommt.

November 2014 (ca. 272 Taschenbuchseiten)

„Pfefferminzeis"

Als Theresa Bennetts Kerzenladen abbrennt, steht sie vor dem finanziellen Ruin. Ihr bleibt nichts anderes übrig, als in einer Bar zu arbeiten, damit sie wenigstens die nächste Mahlzeit für sich und ihre neurotische Katze bezahlen kann. Dort lernt sie Devon Frenley kennen, einen Eishockey-Torhüter auf der Flucht vor einer aufdringlichen Stalkerin. Er macht Theresa ein Angebot, das sie nicht ablehnen kann. Allerdings bringt es die beiden schnell in die unmöglichsten Situationen und auch Theresas traumatische Vergangenheit lässt sich nicht so einfach ignorieren, wie sie es gerne hätte.

März 2015 (ca. 326 Taschenbuchseiten)

„Unverkäufliches Liebhaberstück"

Lilly Hurlington verlässt ihren Mann, nachdem sie ihn mit der Babysitterin im Bett erwischt hat. Die Wunden der Trennung sind noch nicht verheilt, als sie auf einem Parkplatz buchstäblich in ihre Jugendliebe hineinläuft: Ryan Stanford, dem seit ihrer Kindheit ihr Herz gehört und von dem sie sich innerlich nie ganz getrennt hat.

Im Nu stürzen komplizierte Gefühle und ungelöste Konflikte Lilly mitten ins Chaos.

September 2015 (ca.278 Taschenbuchseiten)

„Marzipanrosen“

Annabelle Sinclair war in ihrer Kindheit ein gefeierter Fernsehstar, bis ihr der Erfolg über den Kopf wuchs. Seit einigen Jahren lebt sie bei ihrer Großmutter in der Einöde Nebraskas. Sie liebt das beschauliche Landleben, die Abgeschiedenheit ihres Dorfes und ihren kleinen Catering-Service. Hier hat sie Ruhe vor ihrer Vergangenheit, ihren Problemen und vor allem vor den Männern. Als eines Tages ihr Auto mitten auf einer Kreuzung seinen Geist aufgibt, hilft ihr der erfolgreiche Unternehmer Maxwell Montgomery. Er hasst das Leben in der Pampa – und Annabelle hasst ihn. Dennoch bekommt sie ihn einfach nicht mehr aus dem Kopf, und dabei steht für Annabelle weit mehr auf dem Spiel, als sich nur unglücklich zu verlieben.

Dezember 2015 (ca. 296 Taschenbuchseiten)

„Sekundenträume“

Bevor Katelyn Montgomery mit der Leitung einer großen Baustelle im ländlichen Greenwish, Nebraska so richtig beginnen kann, geschehen bereits die ersten Katastrophen: Ausgerechnet auf ihrer Baustelle wurde ein Skelett gefunden, und als vorläufiger Gutachter taucht Alexander McLearie auf, in den sie als Teenager hoffnungslos verliebt war. Auch jetzt noch schlägt seine geheimnisvolle Ausstrahlung sie sofort in ihren Bann. Doch beide tragen Geheimnisse aus ihrer Vergangenheit mit sich herum, die sie bis heute nicht loslassen. Außerdem ist da noch Katelyns Freund, der ungeduldig in New York auf sie wartet …

April 2016 (ca. 342 Taschenbuchseiten)

„Please don't touch – Bitte nicht anfassen"

Gwen Campbell sucht dringend einen neuen Job, um sich selbst und ihre Tochter Livie durchzubringen – und Liam Brooks sucht dringend eine Haushälterin.

Obwohl sie ihren zukünftigen Chef gleich beim Vorstellungsgespräch ausgerechnet mit dem Gärtner verwechselt, wird sie seine Angestellte – und noch viel mehr als das. Doch noch bevor Gwen sich entscheiden kann, ihre mühsam errichteten Schutzmauern fallen zu lassen, werden beide von ihrer Vergangenheit eingeholt, die alles zu zerstören droht …

September 2016 (ca. 400 Tachenbuchseiten)

„Let it Snow – Schneeflockenalram"

Kurz vor Weihnachten bekommt die toughe Anwältin Dana Donovan noch einen Auftrag: Sie muss in das verschlafene Örtchen White Crossing fliegen, um dort einen heiklen Adoptionsfall zu klären. So schnell wie möglich will sie wieder zurück in ihr eigenes Leben, denn White Crossing bedeutet Vorstadtromantik, Familienglück und Weihnachtsidylle – alles Dinge, von denen Dana nicht viel hält. Obendrein ist da auch noch Nathan Callery, der mürrische Bruder ihrer Mandantin, der sie bereits am Flughafen nur sehr widerwillig in Empfang nimmt und den Dana lieber heute als morgen nur noch von hinten sehen würde. Doch leider hat das Leben andere Pläne: White Crossing macht seinem Namen alle Ehre und Dana sitzt auf einmal fest. Plötzlich ist sie ausgerechnet auf Nathans Hilfe angewiesen - und schon ist das Schneechaos perfekt.

Dezember 2016 (ca. 334 Taschenbuchseiten)

„A nigt for a daydream“

Es gibt nur eine große Liebe im Leben – davon ist Sally Walker fest überzeugt.

Da sie diese schon gefunden und auf tragische Weise verloren hat, erwartet sie nicht mehr viel, wenn es um Männer geht. Stattdessen gibt sie alles für ihre Familie und ihre Karriere als Assistentin einer der erfolgreichsten Anwältinnen Bostons.

Doch dann begegnet ihr Cole Cane: anziehend, sexy, mysteriös - und obendrein der gegnerische Mandant. Für Sally ist er also absolut tabu.

Egal, wie verzweifelt Sally auch versucht, sich von ihm fernzuhalten, er scheint ihr auf einmal überall zu begegnen.

Irgendwann muss sie sich entscheiden: Hält sie an alten Verhaltensmustern fest? Oder gibt sie alles auf, was ihr bisher

Sicherheit gegeben hat, damit sie sich endlich wieder lebendig fühlen kann?

Mai 2017 (ca. 319 Taschenbuchseiten)

„Hearts on the road – Herzen auf Reisen"

Savannah Cane hat Dinge erlebt, die sie am liebsten für immer vergessen möchte. Leider steht eines Tages eine ganze Horde Paparazzi vor ihrer Tür, und sie hat Angst, dass diese tiefer in ihrem Leben wühlen, als ihr lieb ist. Deshalb beschließt sie, ein paar Tage aus New York zu verschwinden und abzutauchen, bis sich die Lage wieder beruhigt hat. Dumm nur, dass ihre Flucht nicht so gelingt wie geplant und Savannah irgendwann alleine auf einem Parkplatz im Nirgendwo steht: Ohne Geld, Papiere oder ein Telefon. Als kurze Zeit später ein Wohnmobil bei ihr anhält, ist sie zunächst für jede Hilfe dankbar. Allerdings nur so lange, bis sich herausstellt, dass es sich bei ihrem vermeintlichen Retter ausgerechnet um Zachery Trueman handelt, ihrem personalisierten Alptraum aus Kindheitstagen. Doch da auch Zach auf Hilfe angewiesen ist, brechen die beiden aus der Not heraus zu einem Roadtrip der besonderen Art auf. Während sie zusammen quer durch das halbe Land reisen, stellen sie fest, dass sie sich noch immer genauso verachten wie früher, und als wäre das alles nicht schon kompliziert genug, ist da auch noch dieses Knistern zwischen ihnen, das sich einfach nicht ignorieren lässt.

September 2017

„Frozen Kisses – Küsse im Schnee“

Eigentlich kann es sich Autumn Holmes gerade gar nicht leisten zu verreisen. In ihrem Fotostudio ist so kurz vor Weihnachten die Hölle los, auf ihrem Schreibtisch türmt sich ein Berg von Rechnungen, und ihr Vater ist zum Pflegefall geworden.

Dennoch tritt sie eine Reise nach Las Vegas an, die sie in einem Preisausschreiben gewonnen hat. In Vegas lernt sie Tate Birdie kennen – ohne zu wissen, dass er der gefeierte Star einer Band namens Black Jellybeans ist.

Die beiden verbringen eine besondere Nacht miteinander, bevor sich ihre Wege zunächst wieder trennen – aber sie können einfach nicht aufhören, aneinander zu denken ...

Hannah Kaiser

c/o Papyrus Autoren-Club

Pettenkoferstr. 16-18

10247 Berlin

Tel.: 030 / 49997373

E-Mail: hannah.kaiser79@gmx.de

Erstellt mit Vellum

29529211R00202

Printed in Poland
by Amazon Fulfillment
Poland Sp. z o.o., Wrocław